人生
文丛 | 林贤治
主编

实用人生

胡适 著

SPM
南方传媒 | 花城出版社

中国·广州

图书在版编目（ＣＩＰ）数据

实用人生 / 胡适著. -- 广州 : 花城出版社,
2024.1
（人生文丛 / 林贤治主编）
ISBN 978-7-5360-9497-0

Ⅰ. ①实… Ⅱ. ①胡… Ⅲ. ①散文集－中国－现代
Ⅳ. ①I266

中国版本图书馆CIP数据核字(2022)第035997号

出版人：张　懿
特邀编辑：余红梅
项目统筹：揭莉琳　邹蔚昀
责任编辑：揭莉琳　邹蔚昀
责任校对：汤　迪
技术编辑：凌春梅
封面绘图：老　树
装帧设计：姚　敏

书　　名　实用人生
　　　　　SHIYONG RENSHENG
出版发行　花城出版社
　　　　　（广州市环市东路水荫路11号）
经　　销　全国新华书店
印　　刷　佛山市迎高彩印有限公司
　　　　　（佛山市顺德区陈村镇广隆工业区兴业七路9号）
开　　本　880毫米×1230毫米　32开
印　　张　11　2插页
字　　数　210,000字
版　　次　2024年1月第1版　2024年1月第1次印刷
定　　价　49.00元

如发现印装质量问题，请直接与印刷厂联系调换。
购书热线：020-37604658　37602954
花城出版社网站：http://www.fcph.com.cn

人生
文丛 | 看纷纭世态
读各色人生

写在"人生文丛"新版之前

20世纪90年代初,受出版社之邀,编选了"人生文丛",计二十种。恰逢第四届全国书市在广州举办,这套丛书成了场上的"骄子",被评为"十大畅销书"之一。此后一段时间,一版再版,受欢迎的程度超乎出版人的预想。其时,坊间腾起一股"散文热"。若果"人生文丛"算不上引燃物的话,至少,它提供的柴薪是增添了不少热量的。

五四开启了一个时代,星汉灿烂,人才辈出。新文学第一代作家的坚实的创作实践,奠定了"艺术为人生"的原则,影响至为深远。"人生文丛"乃从五四后三十年间,遴选有代表性的二十位作家的非虚构作品,也即我们惯称的散文,自然是广义的散文,除了一般的叙事之作,还包括演讲稿,以及带有隐私性质的日记、书信等。这些文字,烙上作者各自的人生印记,不同的思想和艺术个性,真诚、真实、真切,俾普通读者——英国作家伍尔夫郑重地使用了这个词,以它为一本文学评论集命名——借由文学更好地体察社会,思考人生,并从中获得美学的熏陶。

文丛初版时，编者分别使用了一个虚拟的"何氏家族"成员的代名。此次重版，恢复了编者的本名。

　　由于版权变易，初版时的林语堂、巴金已为丁玲、萧红所代替。单从人生富含的文化价值看，后者的意蕴恐怕更深。同样出于版权关系，未予收入张爱玲，这是可遗憾的。无论读文学，读人生，张爱玲都是不容忽略的。

　　新版"人生文丛"，对胡适、郭沫若、冰心、丰子恺等作家，各有篇幅不等的增订。私心里，总是期望选本能够尽善尽美，以贡献于广大读者之前，虽然自知这是很艰难的事。

编者
2023年6月

编辑者说

"我的朋友胡适之",这句话居然成了一个新典故、新成语,可见胡适之其人的知名度。20世纪50年代,美国一家颇有声望的杂志《展望》把他推为当今世界最具影响力的100个伟人之一,不是没有理由的。

胡适,原名嗣穈,后改名适,字适之,安徽省绩溪县人。从三岁开始进家塾,读"四书""五经",深受传统文化的熏陶;但也读《水浒》《红楼》,同时接受非正统的影响。1904年春,到上海求学,先进梅溪学堂,后入澄衷学堂,初步接触西方文化科学。就像当年的许多青年知识者一样,严复的《天演论》和梁启超的"笔锋常带情感"的文章,都是他喜欢阅读的。1906年夏,考取中国公学,不久加入竞业学会,成为《竞业旬报》的主要撰稿人。两年后,转入中国新公学。1910年8月,作为官费生被派至美国留学。初入康南耳大学(今译康奈尔大学)农学院,不久转文理学院,专攻哲学和文学。1915年9月,入哥伦比亚大学,师从杜威,攻读实用主义哲学,从此把实用主义当作一生"生活和思想的一个向导"。留美期间，他对西方哲学、文学、教育、政治文化等诸多方面做过较为全面深入的考察与研究，接受资产阶级自由民主思想的洗礼。1916年起，在国内《新青年》杂志发表文章，首倡文学革命。1917年7月回国，任教于北京大学，直接参与《新青年》的编辑工作，成为新文化运动和文学革命的倡导者。1922年，创办《努力周报》；1932年，又办《独立评论》。他既标榜"独立精神"，又倡言"好政府主义"，既主持"整理国故"，又热衷于政治功利，表现了一个知识者处于斗争日益尖锐化的客观情势中的两难心境。1937年开始，胡适正式步入追随国民党政府的政治生涯。他临危受命，担任驻美大使，往来奔走于欧美各国，争取国际舆论对中国的支持。1946年6月返国，出任北京大学校长。但是，终究不甘寂寞，曾为蒋介石重登总统宝座积极效劳。随着蒋的"引退"，一度客居美国。1958年回台湾，任"中央研究院"院长。1962年2月因心脏病猝发逝世。

作为文学革命的开拓者之一，胡适在理论建设方面有过努力的探索和重要的贡献。他提倡"活的文学""真的文学""人的文学"，注重文学观念的革新；此外，对文学的内容和形式，以及各种白话文体的特点，都有过广泛的论述。在创作实践方面，同时进行了大胆的尝试。他出版的《尝试集》，是中国诗歌史上第一部白话新诗集；他的剧本《终身大事》，是中国戏剧史上第一个话剧；此外，他还创作白话小说，出版了第一部白话的《短篇小说》译本。而他的散文创作更丰，影响也在新诗、小说和戏剧之上。

说到文学创作，他毕竟是一个"言志"派人物。他的散文，虽然不乏"言情"的篇什，更多的还是作为一个运动领袖，旨在传播新思潮、新观念、新方法的一种思想载体，因此多取议论的形式，而议论的范围也都十分广泛。由于他阅历丰富，知识渊博，他的散文便可以容纳各式各样新鲜的事实和材料，信手拈来，皆成妙谛。他处世严肃，富于理性，即使言论偏激，仍不失其严谨。他的文字，汪洋恣肆，既有气派，又条理清晰。文中常常使用比喻，甚至大众常用的口语，明白晓畅，朴素自然。有人认为，这也可以看作是他的民主思想的某种表现，是很有见地的。只是因为太重宣传，文章多少失之平直浅露，缺乏"个人笔调"。自然，这也没有法子想。周作人说："中国散文中现有几派，适之、仲甫一派的文章清新明白，长于说理讲学，好像西瓜之有口皆甜。"对于胡适散文的格局和影响，大处着眼，这个概括是恰当的。

从自由知识分子到"过河卒子"，胡适一生经历过一个漫长复杂的历程。作为一个启蒙思想家，他写过许多出色的说理性散文，并以此影响了整整一代人。毛泽东回忆青年时代，就说过，他那时"非常钦佩胡适和陈独秀的文章"，把他们当作自己的"楷模"。胡适在五四前后那些孕育和脱胎于大时代的文字，是富于革命气息的。但是，他的反对暴力革命的思想，点滴改良的主张，则为编者所不敢苟同。至于"做政府的诤友"，为"权势者"设想的种种治国做人的方案，就更不足取了。格里德在《胡适与中国文艺复兴》一书中写道："如果说，在他生命结束的时候，胡适是一个令人失望的人物，只能自负地炫耀标榜在早先那个顺心吉祥的时代所取得的名声，那么我认为，他本人也已彻底失望了。在以前那个时代和环境中他说过的大部分话都是富于洞察力的、有重大价值的，甚至他以一种平淡的方式所说的话也是充满勇气的。"褒贬得宜，可谓持平之论。

　　集中所选，多是作者在20世纪上半叶的所感所作。逝者如斯，至今读来，犹能随处感觉其中的新锐之意。

目 录

第一辑

观念种种

第二辑

问题种种

第三辑

人物种种

第四辑

自我种种

观念种种

科学并不菲薄感情上的安
慰；科学只要求一切信仰须要禁
得起理智的评判，须要有充分的
证据。凡没有充分证据的，只可
存疑，不足信仰。

捶煮自然的灵物

究竟什么算是工程师的哲学呢？什么算是工程师的人生观呢？因为时间很短，我当然不能把这个大的题目讲得满意，只是提出几点意思，给现在的工程师同将来的工程师作个参考。法国从前有一位科学家柏格生（Bergson）说："人是制器的动物。"过去有许多人说："人是有效力的动物。"也有许多人说："人是理智的动物。"而柏格生说："人是能够制造器具的动物。"这个初造器具的动物，是工程师的老祖宗。什么叫做工程师呢？工程师的作用，在能够找出自然界的利益，强迫自然世界把它的利益一个一个贡献出来；就是改造自然、征服自然、控制自然，以减除人的痛苦，增加人的幸福。这是工程师哲学的简单说法。

大家都承认：学作工程师的，每天在课堂里面上应该上的课，在试验室里面作应该作的试验，也许忽略了最大的目标，或者忽略了真正的基本——工程师的人生观。所以这个题目，是值得我们考虑的。

昨天在工学院教授座谈会中，我说，我到了六十二岁，还不知道我专门学的什么。起初学农；以后弄弄文学，弄弄哲学，弄弄历史；现在搞《水经注》，人家说我改弄地理。也许六十五岁以后、七十岁的时候，说不定要到工学院作学生；只怕工学院的先生们不愿意收一个老学徒，说"老狗教不会新把戏"。今天在工学院作学生不够资格的人，要来谈谈现在的工程师同将来的工程师的人生观，实属狂妄，就是，有点大胆。不过我觉得我这个意思，值得提出来说说。人是能够制造器具的动物，别的动物，也有能够制造东西的，譬如：蜘蛛能够制造网，蜜蜂能够制造蜜糖，珊瑚虫能够制造珊瑚岛。而我们人同这些动物之所以不同，就是蜘蛛制造网的丝，是从肚子里出来的，它肚子里有无穷无尽的丝；蜜蜂采取百花，经一番制造，作成的确比原料高明的蜜糖：这些动物，可算是工程师；但是它的范围，它用的，只是它自己的本能。珊瑚虫能够做成很大的珊瑚岛，也是本能的。人，如果只靠他的本能，讲起来也是很有限得很的！人与蜘蛛、蜜蜂、珊瑚虫所以不同，是在他充分运用聪明才智，揭发自然的秘密，来改造自然，征服自然，控制自然。控制自然，为的是什么呢？不是像蜘蛛织网，为的捕虫子来吃；人的控制自然为的是要减轻人的劳苦，减除人的痛苦，增加人的幸福，使人类的生活格外的丰富，格外有意义。这是"科学与工业的文化"的哲学。我觉得柏格生这个"人"的定义，同我们刚才简单讲的工程师的哲学、工程师的人生观、工程师的目标，是值得我们随时想想，随时考虑的。

这个话同这个目标，不是外国来的东西，可以说是我们老祖宗在几百年，甚至几千年以前，就有了这种理想了。目前有些人提倡读经；我倒很愿意为工程师背几句经书，来说明这个理想。

人如何能控制自然，制造器具呢？人控制自然这个观念，无论东方的圣人贤人、西方的圣人贤人，都是同样有的。我现在提出我们古人的几句话，使大家知道工程师的哲学，并不是完全外来的洋货。我常常喜欢把《易经·系辞》里面几句话翻成外国文给外国人看。这几句话是："见乃谓之象；形乃谓之器；制而用之谓之法；利用出入，民咸用之，谓之神。"看见一个意思，叫做象；把这个意象变成一种东西——形，叫做器；大规模的制造出来，叫做法；老百姓用工程师制造出来的这些器具，都说"好呀！好呀！"但是不晓得这器具是从一种意象来的，所以看见工程师便叫做神。

希腊神话，说火是从天上偷来的；中国历史上发明火的燧人氏被称为古帝之一——神。火，是一个大发明。发明火的人，是一个大工程师。我刚才所举《易经·系辞》，从一个观念——意象——造成器具，这个意思，是了不得的。人类历史上所谓文化的进步，完全在制造器具的进步。文化的时代，是照工程师的成绩划分的。人类第一发明是火；大体说来，火的发现是文化的开始。下去为石器时代。无论旧石器时代、新石器时代，都是人类用智慧把石头造成器具的时候。再下去为青铜器时代。用铜制造器具，这是工程师最大的贡献。再下去为铁的时代。这是一个大的革命。后来把铁炼成钢。再下去发明蒸汽机，为蒸汽机时代。再下去运用电力，为电力的时代。现在为原子能时代。这都是制器的大进步。每一个大时代，都只是制器的原料与动力的大革命。从发明火以后，石器时代、铜器时代、铁器时代、电力时代、原子能时代；这些文化的阶段，都是依工程师所创造划分的。

这种理想，中国历史上，早就有了的。工学院水工试验室要我写字，我写了两句话。这两句话，是《荀子·天论篇》里面的。《荀子·天论篇》，是中国古代了不得的哲学，也就是西方柏格生征服自然，以为人用的思想。《荀子·天论篇》说："大天而思之，孰与物蓄而制之？从天而颂之，孰与制天命而用之？"这个文字，依照清代学者校勘，稍须改动。但意思没有改动。"从天而颂之"，是说服从自然。"从天而颂之，孰与制天命而用之"两句话连起来说，意思是：跟着自然走而歌颂，不如控制自然来用。"大天而思之"，是问自然是怎样来的。"大天而思之，孰与物蓄而制之？"是说：问自然从哪里来的，不如把自然看成一种东西，养它、制裁它。把自然控制来用，中国思想史上只有荀子才说得这样彻底。从这两句话，也可以看出中国在两千二三百年前，就有控制天命——古人所谓天命，就是自然——把天命看作一种东西来用的思想。

"穷理致知"四个字，是代表七八百年前——十一世纪到十二世纪——宋朝的思想的。宋代程子、朱子提倡格物——

穷理——的哲学。什么叫做"格物"呢？这有七十几种说法。今天我们不去研究这些说法。照程子朱子的解释，"格物"是"即物而穷其理也。……即凡天下之物，莫不因其已知之理而益穷之，以求至乎其极"。这样的格物致知，可以扩大人的智识。程子说，"今天格一物，明天格一物，习而久之，自然贯通。"有人以范围问他，他说："上自天地之高大，下至一草一木，都要格的。"这个范围，就是科学的范围，工程师的范围。

两千二三百年前，荀子就有"制天命而用之"的思想；七八百年前，程子、朱子就有格物——穷理——的哲学。这是科学的哲学，可算是工程师的哲学。我们老祖宗有这样的好思想、哲学，为什么不能作到科学工业的文化呢？简单一句话，我们不幸得很，二千五百年以前的时候，已经走上了自然主义的哲学一条路了。像老子、庄子，以及更后的淮南子，都是代表自然主义思想的。这种自然主义的哲学发达的太早，而自然科学与工业发达的太迟，这是中国思想史的大缺点。

刚才讲的，人是用智慧制造器具的动物。这样，人就要天天同自然界接触，天天动手动脚的，抓住实物，把实物来玩，或者打碎它，煮它、烧它。玩来玩去，就可以发现新的东西，走上科学工业的一条路。比方"豆腐"，就是把豆子磨细，用其他的东西来点，来试验；一次、二次……经过许多次的试验，结果点成浆，做成功豆腐；做成功豆腐还不够，还要做豆腐干、豆腐乳。豆腐的做成，很显然的，是与自然界接触，动手、动脚，多方试验的结果，不是对自然界看看，想想，或作一首诗恭维自然界就行了的。

顶好一个例子，是格物哲学到了明朝的一个故事。明朝有一位大哲学家王阳明，他说，"照程子、朱子的说法，要做圣人，要'即物而穷其理'。'即物穷理'，你们没有试验过，我王阳明试验过了"。有一天，他同一位姓钱的朋友研究格物，并由钱先生动手格竹子，拿一个凳子坐在竹子旁边望，望了三天三夜，格不出来，病了。王阳明说："你不够做圣人，我来格。"也端把椅子对着竹子望；望了一天一夜，两天两夜……到了七天七夜，王阳明也格不出来，病了。于是王阳明说："我们不配作圣人，不能格物。"从这个故事，可以看出传统的不动手动脚，拿天然实物来玩的习惯。今天工学院植物系的学生格竹子，是要把竹子劈开，用显微镜来细细的看，再加上颜色的水，作各种的试验，然后就可以判定竹子在工业上的地位。为什么王阳明格不出来，今天的工程师可以格出来？因王阳明没有动手动脚作器具的习惯，今天的工程师有动手动脚作器具的习惯。荀子"制天命而用之"的哲学，终敌不过老子、庄子"错（措）人而思天"的哲学。故程、朱的格物穷理的思想，终不能应用到自然界的实物上去，至多只能在"读书"上（文史的研究上）发生了一点功效。

今天送给各位工程师哲学的人生观，又约略讲一讲我们老祖宗为什么失败；为什么有了这样好的征服天然的理想，穷理致知的哲学，而没有造成功科学文化、工业文化。我们可以了解我们老祖宗让西方人赶上去了。同时，从西方人后来实现了我们老祖宗的理想，我们亦就可以知道，只要振作，是可以迎头赶上的。我们只要二十年、三十年的努力，就可以同世界上科学工业发达的国家站在一样的地位。

二十年前，中国科学社要我作一个社歌，后来请赵元任先生作了乐谱。今天我把这个东西送给各位工程师。这个社歌，一共三段十二句。

我们不崇拜自然。它是一个刁钻古怪；

　　我们要捶他，煮他，要叫他听我们的指派。

我们要他给我们推车；我们要他给我们送信。

　　我们要揭穿他的秘密，好叫他服事我们人。

我们唱天行有常；我们唱致知穷理。

　　明知道真理无穷，进一寸有一寸的欢喜。

少年中国之精神

前番太炎先生，话里面说现在青年的四种弱点，都是很可使我们反省的。他的意思是要我们少年人：一、不要把事情看得太容易了；二、不要妄想凭藉已成的势力；三、不要虚慕文明；四、不要好高骛远。这四条都是消极的忠告，我现在且从积极一方面提出几个观念，和各位同志商酌。

一、**少年中国的逻辑** 逻辑即是思想、辩论、办事的方法。一般中国人现在最缺乏的就是一种正当的方法，因为方法缺乏，所以有下列的几种现象：（一）灵异鬼怪的迷信，如上海的盛德坛及各地的各种迷信；（二）谩骂无理的议论；（三）用诗云子曰作根据的议论；（四）把西洋古人当作无上真理的议论；还有一种平常人不很注意的怪状，我且称他为"目的热"，就是迷信一些空虚的大话，认为高尚的目的；全不问这种观念的意义究竟如何；今天有人说"我主张统一和平"，大家齐声喝彩，就请他做内阁总理；明天又有人说"我主张和平统一"，大家又齐声叫好，就举他做大总统；此外还有什么"爱国"哪，"护法"哪，"孔教"哪，"卫道"哪……许多空虚的名词；意义不曾确定，也都有许多人随声附和，认为天经地义，这便是我所说的"目的热"。以上所说各种现象都是缺乏方法的表示。我们既然自认为"少年中国"，不可不有一种新方法；这种新方法，应该是科学的方法；科学方法，不是我在这短促时间里所能详细讨论的，我且略说科学方法的要点：

第一注重事实　科学方法是用事实作起点的，不要问孔子怎么说，柏拉图怎么说，康德怎么说；我们须要先从研究事实下手，凡游历调查统计等事都属于此项。

第二注重假设　单研究事实，算不得科学方法。王阳明对着庭前的竹子做了七天的"格物"工夫，格不出什么道理来，反病倒了，这是笨伯的"格物"方法；科学家最重"假设"（Hypothesis）。观察事物之后，自说有几个假定的意思；我们应该把每一个假设所涵的意义彻底想出，看那意义是否可以解释所观察的事实？是否可以解决所遇的疑难？所以要博学。正是因为博学方才可以有许多假设，学问只是供给我们种种假设的来源。

第三注重证实　许多假设之中，我们挑出一个认为最合用的假设，但是这个假设是否真正合用？必须实地证明。有时候，证实是很容易的；有时候，必须用"试验"方才可以证实。证实了的假设，方可说是"真"的，方才可用。一切古人今人的主张、东哲西哲的学说，若不曾经过这一层证实的工夫，只可作为待证的假设，不配认作真理。

少年的中国，中国的少年，不可不时时刻刻保存这种科学的方法，实验的态度。

二、少年中国的人生观　现在中国有几种人生观都是"少年中国"的仇敌：第一种是醉生梦死的无意识生活，固然不消说了；第二种是退缩的人生观，如静坐会的人，如坐禅学佛的人，都只是消极的缩头主义，这些人没有生活的胆子，不敢冒险，只求平安，所以变成一班退缩懦夫；第三种是野心的投机主义，这种人虽不退缩，但为完全自己的私利起见，所以他们不惜利用他人，作他们自己的器具，不惜牺牲别人的人格和自己的人格，来满足自己的野心；到了紧要关头，不惜作伪，不惜作恶，不顾社会的公共幸福，以求达他们自己的目的。这三种人生观都是我们该反对的。少年中国的人生观，依我个人看来，该有下列的几种要素：

第一须有批评的精神　一切习惯、风俗、制度的改良，都起于一点批评的眼光；个人的行为和社会的习俗，都最容易陷入机械的习惯，到了"机械的习惯"的时代，样样事都不知不觉的做去，全不理会何以要这样做，只晓得人家都这样做故我也这样做；这样的个人便成了无意识的两脚机器，这样的社会便成了无生气的守旧社会，我们如果发愿要造成少年的中国，第一步便须有一种批评的精神；批评的精神不是别的，就是随时随地都要问我为什么要这样做？为什么不那样做？

第二须有冒险进取的精神　我们须要认定这个世界是很多

危险的，定不太平的，是需要冒险的；世界的缺点很多，是要我们来补救的；世界的痛苦很多，是要我们来减少的；世界的危险很多，是要我们来冒险进取的。俗话说得好："成人不自在，自在不成人。"我们要做一个人，岂可贪图自在；我们要想造一个"少年的中国"，岂可不冒险；这个世界是给我们活动的大舞台，我们既上了台，便应该老着面皮，拼着头皮，大着胆子，干将起来；那些缩进后台去静坐的人都是懦夫，那些袖着双手只会看戏的人，也都是懦夫；这个世界岂是给我们静坐旁观的吗？那些厌恶这个世界梦想超生别的世界的人，更是懦夫，不用说了。

第三须要有社会协进的观念　上条所说的冒险进取，并不是野心的，自私自利的。我们既认定这个世界是给我们活动的，又须认定人类的生活全是社会的生活，社会是有机的组织，全体影响个人，个人影响全体，社会的活动是互助的，你靠他帮忙，他靠你帮忙，我又靠你同他帮忙，你同他又靠我帮忙；你少说了一句话，我或者不是我现在的样子，我多尽了一分力，你或者也不是你现在这个样子，我和你多尽了一分力，或少做了一点事，社会的全体也许不是现在这个样子，这便是社会协进的观念。有这个观念，我们自然把人人都看作同力合作的伴侣，自然会尊重人人的人格了；有这个观念，我们自然觉得我们的一举一动都和社会有关，自然不肯为社会造恶因，自然要努力为社会种善果，自然不致变成自私自利的野心投机家了。

少年的中国，中国的少年，不可不时时刻刻保存这种批评的、冒险进取的、社会的人生观。

三、少年中国的精神　少年中国的精神并不是别的，就是上文所说的逻辑和人生观；我且说一件故事做我这番谈话的结论：诸君读过英国史的，一定知道英国前世纪有一种宗教革新的运动，历史上称为"牛津运动"（The Oxford Movement），这种运动的几个领袖如客白尔（Keble）、纽曼（Newman）、福鲁德（Froude）诸人，痛恨英国国教的腐败，想大大的改革一番；这个运动未起事之先，这几位领袖做了一些宗教性的诗歌写在一个册子上，纽曼摘了一句荷马的诗题在册子上，那句诗是You shall see the difference now that we are back again! 翻译出来即是"如今我们回来了，你们看便不同了！"

少年的中国，中国的少年，我们也该时时刻刻记着这句话：

如今我们回来了，你们看便不同了！

这便是少年中国的精神。

科学的人生观

　　今天讲的题目，就是"科学的人生观"，研究人是什么东西？在宇宙中占据什么地位？人生究竟有何意味？因为少年人近来觉得很烦闷，自杀、颓废的都有，我比较至少多吃了几斤盐、几担米，所以来计划计划，研究自身人的问题。至于人生观，各人不同，都随环境而改变，不可以一个人的人生观去统理一切；因为公有公理，婆有婆理，我们至少要以科学的立场，去研究它，解决它。"科学的人生观"有两个意思：第一，拿科学做人生观的基础；第二，拿科学的态度、精神、方法，做我们生活的态度，生活的方法。

　　现在先讲第一点，就是人生是什么？人生是啥物事？拿科学的研究结果来讲，我在民国十二年发表了十条，这十条就是武昌有一个主教，称为新的《十诫》，说我是中华基督教的危险物的。十条内容如下：

　　（一）要知道空间的大　拿天文、物理考察，得着宇宙之大；从前孙行者翻筋斗，一翻翻到南天门，一翻翻到下界，天的观念，何等的小？现在从地球到银河中间的最近的一个星，中间距离，照孙行者一秒钟翻十万八千里的速率计算，恐怕翻一万万年也翻不到，宇宙是何等的大！地球是宇宙间的沧海之一粟，九牛之一毛；我们人类，更是小，真是不成东西的东西！以前看得人的地位太重了，以为是万物之灵，同大地并行，凡是政治不良，就有彗星、地震的征象，这是错的。从前王充很能见得到，说："一个虱子不能改变那裤子里的空气，和那人类不能改变皇天一样。"所以我们眼光要大。

（二）时间是无穷的长　从地质学、生物学的研究，晓得时间是无穷的长，以前开口五千年，闭口五千年，以为目空一切；不料世界太阳系的存在，有几万万年的历史，地球也有几万万年，生物至少有几千万年，人类也有二三百万年，所以五千年占很小的地位。明白了时间之长，就可以看见各种进步的演变，不是上帝一刻可以造成的。

（三）宇宙间自然的行动　根据一切科学，知道宇宙、万物都有一定不变的自然行动。"自然自己，也是如此"，就是自己自然如此，各物自己如此的行动，并没有一种背后的指示，或是一个主宰去规范他们。明白了这点，对于月蚀是月亮被天狗所吞的种种迷信，可以打破了。

（四）物竞天择的原理　从生物学的知识，可以看到物竞天择的原理。鲫鱼下卵有几百万个，但是变鱼的只有几个；否则就要变成"鱼世界"了！大的吃小的，小的又吃更小的，人类都是如此。从此晓得人生不受安排，是自己如此的行动；否则要安排起来，为什么不安排一个完善的世界呢？

（五）人是什么东西　从社会学、生理学、心理学方面去看，人是什么东西？吴稚晖先生说："人是两手一个大脑的动物，与其他的不同，只在程度上的区别罢了。"人类的手，与鸡、鸭的掌差不多，实是他们的弟兄辈。

（六）人类是演进的　根据人种学来看，人类是演进的，因为要应付环境，所以要慢慢的变；不变不能生存，要灭亡了。所以从下等的动物，慢慢演进到高等的动物，现在还是演进。

（七）心理受因果律的支配　根据心理学，生物学来讲，心理现状是有因果律的。思想、做梦，都受因果律的支配，是心理、生理的现象，和头痛一般；所以人的心理说是超过一切，是不对的。

（八）道德、礼教的变迁　照生理学、社会学来讲，人类道德、礼教也变迁的。以前以为脚小是美观，但是现在脚小要装大了。所以道德、礼教的观念，正在改进。以二十年、二百年或二千年以前的标准，来判断二十年、二百年、二千年后的状况，是格格不相入的。

（九）各物都有反应　照物理、化学来讲，物质是活的原子分为电子，是动的。石头倘然加了化学品，就有反应，像人打了一记，就有反应一样。不同的，只在程度不同罢了。

（十）人的不朽　根据一切科学知识，人是要死的，物质上的腐败，和猫死、狗死一般，但是个人不朽的工作，是功德，在立德，立功，立言。善恶都是不朽。一块痰中，有微生物，这菌能散布到空间，使空气都恶化了；人的言语，也是一样。凡是功业、思想，都能传之无穷；匹夫匹妇，都有其不朽的存在。

我们要看破人世间、时间之伟大，历史的无穷，人是最小的动物，处处都在演进，要去掉那小我的主张，但是那小小的人类，居然现在对于制度、政治各种都有进步。

以前都是拿科学去答复一切，现在要用什么方法去解决人生，就是哪哼①生活？各人有各人的方法，但是，至少要有那科学的方法、精神、态度去做。分四点来讲：

（一）怀疑　第一点是怀疑。三个弗相信的态度，人生问题就很多。有了怀疑的态度，就不会上当。以前我们幼时的知识，都从阿金、阿狗、阿毛等黄包车夫、娘姨处学来；但是现在自己要反省，问问以前的知识是否靠得住？……

（二）事实　我们要实事求是，现在像贴贴标语，什么打倒田中义一等，都仅务虚名，像豆腐店里生意不好，看看"对我生财"泄闷一样。又像是以前的画符，一画符病就好的思想。贴了打倒帝国主义，帝国主义就真个打倒了么？这不对，我们应做切实的工作，奋力的做去。

（三）证据　怀疑以后，相信总要相信，但是相信的条

---

①　无锡话，意谓"怎么样"。

件，就是拿凭据来。有了这一句，论理学诸书，都可以不读。赫胥尔的儿子死了以后，宗教家去劝他信教，但是他很坚决的说，"拿有上帝的证据来"。有了这种态度，就不会上当。

（四）真理　朝夕的去求真理，不一定要成功，因为真理无穷，宇宙无穷；我们去寻求，是尽一点责任，希望在总分上，加上万万分之一。胜固是可喜，败也不足忧。明知赛跑，只有一个人第一，我们还要跑去，不是为我为私，是为大家。发明不是为发财，是为人类。英国有一个医生，发明了一种治肺的药。但是因为自秘，就被医学会开除了。

所以科学家是为求真理。庄子虽有"吾生也有涯，而知也无涯，以有涯逐无涯，殆已"的话头，但是我们还要向上做去，得一分就是一分，一寸就是一寸，可以有阿基米德氏发现浮力时叫Eureka的快活。有了这种精神，做人就不会失望。所以人生的意味，全靠你自己的工作；你要它圆就圆，方就方，是有意味，因为真理无穷，趣味无穷，进步快活也无穷尽。

新生活

——为《新生活》杂志第一期做的

那样的生活可以叫做新生活呢?

我想来想去,只有一句话。新生活就是有意思的生活。

你听了,必定要问我,有意思的生活又是什么样子的生活呢?

我且先说一两件实在的事情做个样子,你就明白我的意思了。

前天你没有事做,闲的不耐烦了,你跑到街上一个小酒店里,打了四两白干,喝完了,又要四两,再添上四两。喝的大醉了,同张大哥吵了一回嘴,几乎打起架来。后来李四哥来把你拉开,你气忿忿的又要了四两白干,喝的人事不知,幸亏李四哥把你扶回去睡了。昨儿早上,你酒醒了,大嫂子把前天的事告诉你,你懊悔的很,自己埋怨自己:"昨儿为什么要喝那么多酒呢?可不是糊涂吗?"

你赶上张大哥家去,作了许多揖,赔了许多不是,自己怪自己糊涂,请张大哥大量包涵。正说时,李四哥也来了,王三哥也来了。他们三缺一,要你陪他们打牌。你坐下来,打了十二圈，输了一百多吊钱。你回得家来，大嫂子怪你不该赌博，你又懊悔的很，自己怪自己道："是呵，我为什么要陪他们打牌呢？可不是糊涂吗？"

诸位，像这样子的生活，叫做糊涂生活，糊涂生活便是没有意思的生活。你做完了这种生活，回头一想，"我为什么要这样干呢？"你自己也回不出究竟为什么。

诸位，凡是自己说不出"为什么这样做"的事，都是没有意思的生活。

反过来说，凡是自己说得出"为什么这样做"的事，都可以说是有意思的生活。

生活的"为什么"，就是生活的意思。

人同畜生的分别，就在这个"为什么"上。你到万牲园里去看那白熊一天到晚摆来摆去不肯歇，那就是没有意思的生活。我们做了人，应该不要学那些畜生的生活，畜生的生活只是胡混，只是不晓得自己为什么如此做。一个人做的事应该件件事回得出一个"为什么"。

我为什么要干这个？为什么不干那个？回答得出，方才可算是一个人的生活。

我们希望中国人都能做这种有意思的新生活。其实这种新生活并不十分难，只消时时刻刻问自己为什么这样做，为什么不那样做，就可以渐渐的做到我们所说的新生活了。

诸位，千万不要说"为什么"这三个字是很容易的小事。

你打今天起，每做一件事，便问一个为什么，——为什么不把辫子剪了？为什么不把大姑娘的小脚放了？为什么大嫂子脸上搽那么多的脂粉？为什么出棺材要用那么多叫花子？为什么娶媳妇也要用那么多叫花子？为什么骂人要骂他的爹妈？为什么这个？为什么那个？——你试办一两天，你就会觉得这三个字的趣味真是无穷无尽，这三个字的功用也无穷无尽。

诸位，我们恭恭敬敬的请你们来试试这种新生活。

非个人主义的新生活

本篇有两层意思：一是表示我不赞成现在一般有志青年所提倡，我所认为"个人主义的"新生活。一是提出我所主张的"非个人主义的"新生活，就是"社会的"新生活。

先说什么叫做"个人主义"（Individualism）。1月2日夜（就是我在天津讲演前一晚），杜威博士在天津青年会讲演"真的与假的个人主义"，他说：个人主义有两种：

（一）假的个人主义——就是为我主义（Egoism）。

他的性质是自私自利：只顾自己的利益，不管群众的利益。

（二）真的个人主义——就是个性主义（Individuality）。他的特性有两种：一是独立思想，不肯把别人的耳朵当耳朵，不肯把别人的眼睛当眼睛，不肯把别人的脑力当自己的脑力；二是个人对于自己思想信仰的结果要负完全责任，不怕权威，不怕监禁杀身，只认得真理，不认得个人的利害。

杜威先生极力反对前一种假的个人主义，主张后一种真的个人主义。这是我们都赞成的。但是他反对的那种自私自利的个人主义的害处，是大家都明白的。因为人多明白这种主义的害处，故他的危险究竟不很大。例如东方现在实行这种极端为我主义的"财主督军"，无论他们眼前怎样横行，究竟逃不了公论的怨恨，究竟不会受多数有志青年的崇拜。所以我们可以说这种主义的危险是很有限的。但是我觉得"个人主义"还有第三派，是很受人崇敬的，是格外危险的。这一派是：

（三）独善的个人主义，他的共同性质是：不满意于现社会，却又无可如何，只想跳出这个社会去寻一种超出现社会的理想生活。

这个定义含有两部分：一、承认这个现社会是没有法子挽救的了；二、要想在现社会之外另寻一种独善的理想生活。自有人类以来，这种个人主义的表现也不知有多少次了。简括说来，共有四种：

一、宗教家的极乐国　如佛家的净土，犹太人的伊甸园，别种宗教的天堂、天国，都属于这一派。这种理想的缘起，都由于对现社会不满意。因为厌恶现社会，故悬想那些无量寿、无量光的净土；不识不知，完全天趣的伊甸园；只有快乐，毫无痛苦的天国。这种极乐国里所没有的，都是他们所厌恨的；

有的，都是他们所梦想而不能得到的。

二、神仙生活　神仙的生活也是一种思想的超出现社会的生活。人世有疾病痛苦，神仙无病长生；人世愚昧无知，神仙能知过去未来；人生不自由，神仙乘云遨游，来去自由。

三、山林隐逸的生活　前两种是完全出世的，他们的理想生活是悬想的，渺茫的出世生活。山林隐逸的生活虽然不是完全出世的，也是不满意于现社会的表示。他们不满意于当时的社会政治，却又无能为力，只得隐姓埋名，逃出这个恶浊社会去做他们自己理想中的生活。他们不能"得君行道"，故对于功名利禄，表示藐视的态度。他们痛恨富贵的人骄奢淫逸，故说富贵如同天上的浮云，如同脚下的破草鞋。他们痛恨社会上有许多不耕而食，不劳而得的"吃白阶级"，故自己耕田锄地，自食其力。他们厌恶这污浊的社会，故实行他们理想中梅妻鹤子、渔蓑钓艇的洁净生活。

四、近代的新村生活　近代的新村运动，如十九世纪法国美国的理想农村，如现在日本日向的新村，照我的见解看起来，实在同山林隐逸的生活是根本相同的。那不同的地方，自然也有。山林隐逸是没有组织的，新村是有组织的：这是一种不同。隐逸的生活是同世事完全隔绝的，故有"不知有汉，遑论魏晋"的理想；现在的新村的人能有赏玩Rodin同 Cezanne的幸福，还能在村外著书出报，这又是一种不同。但是这两种不同都是时代造成的，是偶然的，不是根本的区别。从根本性质上看来，新村的运动都是对于现社会不满意的表示。即如日向的新村，他们对于现在"少数人在多数人的不幸上，筑起自己的幸福"的社会制度，表示不满意，自然是公认的事实。周作人先生说日向新村里有人把中国看作"最自然，最自在的国"（《新潮》二，页七五），这是他们对于日本政制极不满意的一种牢骚话，很可玩味。武者小路实笃先生一班人虽然极不满意于现社会，却又不赞成用"暴力"的改革。他们都是"真心仰慕着平和"的人。他们于无可如何之中，想出这个新村的计划来。周作人先生说："新村的理想，要将历来非暴力不能做到的事，用和平方法得来。"（《新青年》七，二，一三四。）这个和平方法就是离开现社会，去做一种模范的生活。"只要万人真希望这种的世界，这世界便能实现。"（《新青年》同上）这句话不但是独善主义的精义，简直全是净土宗的口气了！所以我把新村来比山林隐逸，不算冤枉他；就是把他来比求净土天国的宗教运动，也不算玷辱他。不过他们的"净土"在日向，不在西天罢了。

我这篇文章要批评的"个人主义的新生活"，就是指这一种跳出现社会的新村生活。这种生活，我认为是"独善的个人主义"的一种。"独善"两个字是从孟轲"穷则独善其身"一句话上来的。有人说：新村的根本主张是要人人"尽了对于人类的义务，却又完全发展自己个性"。如此看来，他们既承认"对于人类的义务"，如何还是独善的个人主义呢？我说：这正是个人主义的证据。试看古今来主张个人主义的思想家，从希腊的"狗派"（Cynic）以至十八九世纪的个人主义，哪一个不是一方面崇拜个人，一方面崇拜那广漠的"人类"的？主张个人主义的人，只是否认那些切近的伦谊，——或是家族，或是"社会"，或是国家，——但是因为要推翻这些比较狭小逼人的伦谊，不得不捧出那广漠不逼人的"人类"。所以凡是个人主义的思想家，没有一个不承认这个双重关系的。

新村的人主张"完全发展自己个性"，故是一种个人主义。他们要想跳出现社会去发展自己个性，故是一种独善的个人主义。

这种新村的运动，因为恰合现在青年不满意于现社会的心理，故近来中国也有许多人欢迎、赞叹、崇拜。我也是敬仰武者先生一班人的，故也曾仔细考究这个问题。我考究的结果是不赞成这种运动，我以为中国的有志青年不应该仿行这种个人主义的新生活。

这种新村的运动有什么可以反对的地方呢？

第一，因为这种生活是避世的，是避开现社会的。这就是让步，这便不是奋斗。我们自然不应该提倡"暴力"，但是非暴力的奋斗是不可少的。我并不是说武者先生一班人没有奋斗的精神。他们在日本能提倡反对暴力的论调，——如"一个青年的梦"——自然是有奋斗精神的。但是他们的新村计划想避开现社会里"奋斗的生活"，去寻那现社会外"生活的奋斗"，这便是一大让步。武者先生的"一个青年的梦"里的主人翁最后有几句话，很可玩味。他说：

> "……请宽恕我的无力。——宽恕我的话的无力。但我心里所有的对于美丽的国的仰慕，却要请诸君体察的。……"（《新青年》七，二，一〇二）

我们对于日向的新村应该作如此观察。

第二，在古代这种独善主义还有存在的理由；在现代，我们就不该崇拜他了。古代的人不知道个人有多大的势力，故孟轲说："穷则独善其身，达则兼善天下。"古人总想，改良社会是"达"了以后的事业，——是得君行道以后的事业；——故承认个人——穷的个人——只能做独善的事业，不配做兼善的事业。古人错了，现在我们承认个人有许多事业可做。人人都是一个无冠的帝王，人人都可以做一些改良社会的事。去年的五四运动和六三运动，何尝是"得君行道"的人做出来的？知道个人可以做事，知道有组织的个人更可以做事，便可以知道这种个人主义的独善生活是不值得模仿的了。

第三，他们所信仰的"泛劳动主义"是很不经济的。他们主张："一个人生存上必要的衣食住，论理应该用自己的力去得来，不该要别人代负这责任。"这话从消极一方面看，——从反对那"游民贵族"的方面看，——自然是有理的。但是从他们的积极实行方面看，他们要"人人尽劳动的义务，制造这生活的资料"，——就是衣食住的资料，这便是"矫枉过正"了。人人要尽制造衣食住的资料的义务，就是人人要加入这生活的奋斗。（周作人先生再三说新村里平和幸福的空气，也许不承认"生活的奋斗"的话，但是我说的，并不是人同人争面包米饭的奋斗，乃是人在自然界谋生存的奋斗；周先生说新村的农作物至今还不够自用，便是一证。）现在文化进步的趋势，是要使人类渐渐减轻生活的奋斗至最低度，使人类能多分一些精力出来，做增加生活意味的事业。新村的生活使人人都要尽"制造衣食住的资料"的义务，根本上否认分工进化的道理，增加生活的奋斗，是很不经济的。

第四，这种独善的个人主义的根本观念就是周先生说的"改造社会，还要从改造个人做起"。我对于这个观念，根本上不能承认。这个观念的根本错误在于把"改造个人"与"改造社会"分作两截；在于把个人看作一个可以提到社会外去改造的东西。要知道个人是社会上种种势力的结果。我们吃的饭，穿的衣服，说的话，呼吸的空气，写的字，有的思想……没有一件不是社会的。我曾有几句诗，说："……此身非吾有：一半属父母，一半属朋友。"当时我以为把一半的我归功社会，总算很慷慨了。后来我才知道这点算学做错了！父母给我真是极少的一部分。其余各种极重要的部分，如思想、信仰、知识、技术、习惯……等等，大都是社会给我的。我穿线袜的法子是一个徽州同乡教我的；我穿皮鞋打的结能不散开，是一个美国女朋友教我的。这两件极细碎的例，很可以说明这个"我"是社会上无数势力所造成的。社会上的"良好分子"并不是生成的，也不是个人修炼成的，——都是因为造成他们的种种势力里面，良好的势力比不良的势力多些。反过来，不良的势力比良好的势力多，结果便是"恶劣分子"了。古代的社会哲学和政治哲学只为要妄想凭空改造个人，故主张正心、诚意、独善其身的办法。这种办法其实是没有办法，因为没有下手的地方。近代的人生哲学渐渐变了，渐渐打破了这种迷梦，渐渐觉悟：改造社会的下手方法在于改良那些造成社会的种种势力——制度、习惯、思想、教育，等等。那些势力改良了，人也改良了。所以我觉得"改造社会要从改造个人做起"还是脱不了旧思想的影响。我们的根本观念是：

个人是社会上无数势力造成的。

改造社会须从改造这些造成社会，造成个人的种种势力做起。

改造社会即是改造个人。

新村的运动如果真是建筑在"改造社会要从改造个人做起"一个观念上，我觉得那是根本错误了。改造个人也是要一点一滴的改造那些造成个人的种种社会势力。不站在这个社会里来做这种一点一滴的社会改造，却跳出这个社会去"完全发展自己个性"，这便是放弃现社会，认为不能改造；这便是独善的个人主义。

以上说的是本篇的第一层意思。现在我且简单说明我所主张的"非个人主义的"新生活是什么。这种生活是一种"社会的新生活",是站在这个现社会里奋斗的生活;是霸占住这个社会来改造这个社会的新生活。他的根本观念有三条:

一、社会是种种势力造成的,改造社会须要改造社会的种种势力。这种改造一定是零碎的改造,——一点一滴的改造,一尺一步的改造。无论你的志愿如何宏大,理想如何彻底,计划如何伟大,你总不能笼统的改造,你总不能不做这种"得寸进寸,得尺进尺"的工夫。所以我说,社会的改造是这种制度那种制度的改造,是这种思想、那种思想的改造,是这个家庭、那个家庭的改造,是这个学堂、那个学堂的改造。

〔附注〕有人说:"社会的种种势力是互相牵掣的,互相影响的。这种零碎的改造,是不中用的。因为你才动手改这一种制度,其余的种种势力便围拢来牵掣你了。如此看来,改造还是该做笼统的改造。"我说不然。正因为社会的势力是互相影响牵掣的,故一部分的改造自然会影响到别种势力上去。这种影响是最切实的,最有力的。近年来的文字改革,自然是局部的改革,但是他所影响的别种势力,竟有意想不到的多。这不是一个很明显的例吗?

二、因为要做一点一滴的改造，故有志做改造事业的人必须要时时刻刻存研究的态度，做切实的调查，下精细的考虑，提出大胆的假设，寻出实验的证明。这种新生活是研究人的生活，是随时随地解决具体问题的生活。具体的问题多解决了一个，便是社会的改造进了那么多一步。做这种生活的人要睁开眼睛，公开心胸；要手足灵敏，耳目聪明，心思活泼；要欢迎事实，要不怕事实；要爱问题，要不怕问题的逼人！

三、这种生活是要奋斗的，那避世的独善主义是与人无忤，与世无争的，故不必奋斗。这种"淑世"的新生活，到处翻出不中听的事实，到处提出不中听的问题，自然是很讨人厌的，是一定要招起反对的。反对就是兴趣的表示，就是注意的表示。我们对于反对的旧势力，应该作正当的奋斗，不可退缩。我们的方针是：奋斗的结果，要使社会的旧势力不能不让我们；切不可先就偃旗息鼓退出现社会去，把这个社会双手让给旧势力。换句话说，应该使旧社会变成新社会，使旧村变为新村，使旧生活变为新生活。

我且举一个实际的例。英美近二三十年来，有一种运动，叫做"贫民区域居留地"的运动（Social Settlements）。这种运动的大意是：一班青年的男女——大都是大学的毕业生，——在本地拣定一块极龌龊、极不堪的贫民区域，买一块地，造一所房屋。这一班人便终日在这里面做事。这屋里，凡是物质文明所赐的生活需要品，——电灯、电话、热气、浴室、游水池、钢琴、话匣，等等，——无一不有。他们把附近的小孩子，——垢面的孩子、顽皮的孩子，——都招拢来，教他们游水，教他们读书，教他们打球，教他们演说辩论，组成音乐队，组成演剧团，教他们演戏奏艺。还有女医生和看护妇，天天出去访问贫家，替他们医病，帮他们接生和看护产妇。病重的，由"居留地"的人送入公家医院。因为天下贫民都是最安本分的，他们眼见那高楼大屋的大医院，心里以为这定是为有钱人家造的，决不是替贫民诊病的；所以必须有人打破他们这种见解，教他们知道医院不是专为富贵人家的。还有许多贫家的妇女每日早晨出门做工，家里小孩子无人看管，所以"居留地"的人教他们把小孩子每天寄在"居留地"里，有人替他们洗浴，换洗衣服，喂他们饮食，领他们游戏。到了晚上，他们的母亲回来了，各人把小孩领回去。这种小孩从小就在洁净慈爱的环境里长大，渐渐养成了良好习惯，回到家中，自然会把从前的种种污秽的环境改了。家中的人人也因时时同这种新生活接触，渐渐的改良了。我在纽约时，曾常常去看亨利街上的一所居留地，是华德女士（Lilian Wald）办的。有一晚我去看那条街上的贫家子弟演戏，演的是贝里（Barry）的名剧。我至今回想起来，他们演戏的程度比我们大学的新戏高得多咧！

　　这种生活是我所说的"非个人主义的新生活"！是我所说的"变旧社会为新社会，变旧村为新村"的生活！这也不是用"暴力"去得来的！我希望中国的青年要做这一类的新生活，不要去模仿那跳出现社会的独善生活。我们的新村就在我们自己的旧村里！我们所要的新村是要我们自己的旧村变成的新村！

　　可爱的男女少年！我们的旧村里我们可做的事业多得很咧！村上的鸦片烟灯还有多少？村上的吗啡针害死了多少人？村上缠脚的女子还有多少？村上的学堂成个什么样子？村上的绅士今年卖选票得了多少钱？村上的神庙香火还是怎样兴旺？村上的医生断送了几百条人命？村上的煤矿工人每日只拿到五个铜子，你知道吗？村上多少女工被贫穷逼去卖淫，你知道吗？村上的工厂没有避火的铝梯，昨天火起，烧死了一百多人，你知道吗？村上的童养媳妇被婆婆打断了一条腿，村上的绅士逼他的女儿饿死做烈女，你知道吗？

　　有志求新生活的男女少年！我们有什么权利，丢开这许多的事业去做那避世的新村生活！我们放着这个恶浊的旧村，有什么面孔，有什么良心，去寻那"和平幸福"的新村生活！

自由主义

　　孙中山先生曾引一句外国成语："社会主义有五十七种，不知那一种是真的。"其实"自由主义"也可以有种种说法，人人都可以说他的说法是真的，今天我说的"自由主义"，当然只是我的看法，请大家指教。

　　自由主义最浅显的意思是强调的尊重自由，现在有些人否认自由的价值，同时又自称是自由主义者。自由主义里没有自由，那就好像长坂坡里没有赵子龙，空城计里没有诸葛亮，总有点叫不顺口罢！据我的拙见，自由主义就是人类历史上那个提倡自由，崇拜自由，争取自由，充实并推广自由的大运动。

　　"自由"在中国古文里的意思是："由于自己"，就是不由于外力，是"自己作主"。在欧洲文字里，"自由"含有"解放"之意，是从外力裁制之下解放出来，才能"自己作主"。在中国古代思想里，"自由"就等于自然，"自然"是"自己如此"，"自由"是"由于自己"，都有不由于外力拘束的意思。陶渊明的诗："久在樊笼里，复得返自然。"这里"自然"二字可以说是完全同"自由"一样。王安石的诗："风吹瓦堕屋，正打破我头……我终不嗔渠，此瓦不自由。"这就是说，这片瓦的行动是被风吹动的，不是由于自己的力量。中国古人太看重"自由""自然"的"自"字，所以往往看轻外面的拘束力量，也许是故意看不起外面的压迫，故意回向自己内心去求安慰，求自由。这种回向自己求内心的自由，有几种方式，一种是隐遁的生活——逃避外力的压迫；一种是梦想神仙的生活——行动自由、变化自由——正如庄子说，列子御风而行，还是"有待"，"有待"还不是真自由，最高的生活是至人无待于外，道教的神仙、佛教的西天净土，都含有由自己内心去寻求最高的自由的意义。我们现在讲的"自由"，不是那种内心境界，我们现在说的"自由"，是不受外力拘束压迫的权利，是在某一方面的生活不受外力限制束缚的权利。

在宗教信仰方面不受外力限制，就是宗教信仰自由。在思想方面就是思想自由。在著作出版方面，就是言论自由，出版自由。这些自由都不是天生的，不是上帝赐给我们的，是一些先进民族用长期的奋斗努力争出来的。

人类历史上那个自由主义大运动实在是一大串解放的努力。宗教信仰自由只是解除某个某个宗教威权的束缚，思想自由只是解除某派某派正统思想威权的束缚。在这些方面……在信仰与思想的方面，东方历史上也有很大胆的批评者与反抗者。从墨翟、杨朱，到桓谭、王充，从范缜、傅奕、韩愈，到李贽、颜元、李塨，都可以说是为信仰思想自由奋斗的东方豪杰之士，很可以同他们的许多西方同志齐名比美，我们中国历史上虽然没有抬出"争自由"的大旗子来做宗教运动、思想运动，或政治运动，但中国思想史与社会政治史的每一个时代都可以说含有争取某种解放的意义。

我们的思想史的第一个开山时代，就是春秋战国时代——就有争取思想自由的意义。

古代思想的第一位大师老子，就是一位大胆批评政府的人。他说："天下多忌讳，而民弥贫。""法令滋彰，盗贼多有。""民之饥，以其上食税之多，是以饥。""民之难治，以其上之有为，是以难治。""民之轻死，以其求生之厚，是以轻死。""天之道损有余，而补不足。""人之道则不然，损不足以奉有余。"老子同时的邓析是批评政府而被杀的。另一位更伟大的人就是孔子，他也是一位偏向左的"中间派"，他对于当时的宗教与政治，都有大胆的批评，他的最大胆的思想是在教育方面。

有教无类："类"是门类，是阶级民族。"有教无类"，是说："有了教育，就没有阶级民族了。"

从老子、孔子打开了自由思想的风气，二千多年的中国思想史、宗教史，时时有争自由的急先锋，有时还有牺牲生命的殉道者。孟子的政治思想可以说是全世界的自由主义的最早一个倡导者。孟子提出的"大丈夫"是"富贵不能淫，贫贱不能移，威武不能屈"。这是中国经典里自由主义的理想人物。在二千多年历史上，每到了宗教与思想走进了太黑暗的时代，总有大思想家起来奋斗，批评，改革。

汉朝的儒教太黑暗了，就有桓谭、王充、张衡起来，作大胆的批评。后来佛教势力太大了，就有齐梁之间的范缜，唐朝初年的傅奕，唐朝后期的韩愈出来，大胆的批评佛教，攻击那在当时气焰熏天的佛教。大家都还记得韩愈攻击佛教的结果是"一封朝奏九重天，夕贬潮阳路八千"。佛教衰落之后，在理学极盛时代，也曾有多少次批评正统思想或反抗正统思想的运动。王阳明的运动就是反抗朱子的正统思想的。李卓吾是为了反抗一切正宗而被拘捕下狱，他在监狱里自杀的，他死在北京，葬在通州，这个七十六岁的殉道者的坟墓，至今存在，他的书经过多少次禁止，但至今还是很流行的。北方的颜李学派，也是反对正统的程朱思想的，当时，这个了不得的学派很受正统思想的压迫，甚至于不能公开的传授。这三百年的汉学运动，也是一种争取宗教自由思想自由的运动。汉学是抬出汉朝的书做招牌，来掩护一个批评宋学的大运动。这就等于欧洲人抬出《圣经》来反对教会的权威。

但是东方自由主义运动始终没有抓住政治自由的特殊重要性，所以始终没有走上建设民主政治的路子。西方的自由主义绝大贡献正在这一点，他们觉悟到只有民主的政治方才能够保障人民的基本自由，所以自由主义的政治意义是强调拥护民主。一个国家的统治权必须放在多数人民手里，近代民主政治制度是安格罗撒克逊民族的贡献居多，代议制度是英国人的贡献，成文而可以修改的宪法是英美人的创制，无记名投票是澳洲人的发明，这就是政治的自由主义应该包含的意义。我们古代也曾有"天视自我民视，天听自我民听""民为邦本""民为贵，社稷次之，君为轻"的民主思想。我们也曾在二千年前就废除了封建制度，做到了大一统的国家，在这个大一统的帝国里，我们也曾建立一种全世界最久的文官考试制度，使全国才智之士有参加政府的平等制度。但，我们始终没有法可以解决君主专制的问题，始终没有建立一个制度来限制君主的专制大权，世界只有安格罗撒克逊民族在七百年中逐渐发展出好几种民主政治的方式与制度，这些制度可以用在小国，也可以用在大国。（1）代议政治，起源很早，但史家指一二九五年为正式起始。（2）成文宪，最早的一二一五年的大宪章，近代的是美国宪法（一七八九）。（3）无记名投票（政府预备选举票，票上印各党候选人的姓名，选民秘密填记）是一八五六年South Australia最早采用的。自由主义在这两百年的演进史上，还有一个特殊的、空前的政治意义，就是容忍反对党，保障少数人的自由权利。向来政治斗争不是东风压了西风，就是西风压了东风，被压的人是没有好日子过的，但近代西方的民主政治却渐渐养成了一种容忍异己的度量与风气。因为政权是多数人民授予的，在朝执政权的党一旦失去了多数人民的支持，就成了在野党了，所以执政权的人都得准备下台时坐冷板凳的生活，而个个少数党都有逐渐变成多数党的可能。甚至于极少数人的信仰与主张，"好像一粒芥子，在各种种子里是顶小的，等到他生长起来，却比各种菜蔬都大，竟成了小树，空中的飞鸟可以来停在他的枝上"（《新约·马太福音》十四章，圣地的芥菜可以高到十英尺）。人们能这样想，就不能不存容忍别人的态度了，就不能不尊重少数人的基本自由了。在近代民主国家里，容忍反对党，保障少数人的权利，久已成了当然的政治作风，这是近代自由主义里最可爱慕而又最基本的一个方面。我做驻美大使的时期，有一天我到费城去看我的一个史学老师白尔教授，他平生最注意人类争自由的历史，这时候他已八十岁了。他对我说："我年纪越大，越觉得容忍比自由还更重要。"这句话我至今不忘记。为什么容忍比自由还更要紧呢？因为容忍就是自由的根源，没有容忍，就没有自由可说了。至少在现代，自由的保障全靠一种互相容忍的精神，无论是东风压了西风，是西风压了东风，都是不容忍，都是摧残自由。多数人若不能容忍少数人的思想信仰，少数人当然不会有思想信仰的自由，反过来说，少数人也得容忍多数人的思想信仰，因为少数人要时常怀着"有朝一日权在手，杀尽异教方罢休"的心理，多数人也就不能不行"斩草除根"的算计了。最后我要指出，现代的自由主义，还含有"和平改革"的意思。

和平改革有两个意义，第一就是和平的转移政权，第二就是用立法的方法，一步一步的做具体改革，一点一滴的求进步。容忍反对党，尊重少数人权利，正是和平的政治社会改革的唯一基础。反对党的对立，第一是为政府树立最严格的批评监督机关，第二是使人民可以有选择的机会，使国家可以用法定的和平方式来转移政权，严格的批评监督，和平的改换政权，都是现代民主国家做到和平革新的大路。近代最重大的政治变迁，莫过于英国工党的执掌政权。英国工党在五十多年前，只能选择出十几个议员。三十年后，工党两次执政，但还站不长久，到了战争胜利之年（一九四五），工党得到了绝对多数的选举票，故这次工党的政权，是巩固的，在五年之内，谁都不能推翻他们，他们可以放手改革英国的工商业，可以放手改革英国的经济制度，这样重大的变化，——从资本主义的英国变到社会主义的英国，——不用流一滴血，不用武装革命，只靠一张无记名的选举票，这种和平的革命基础，只是那容忍反对党的雅量，只是那保障少数人自由权利的政治制度，顶顶小的芥子不曾受摧残，在五十年后居然变成大树了。自由主义在历史上有解除束缚的作用，故有时不能避免流血的革命，但自由主义的运动，在最近百年中最大成绩。例如英国自从一八三二年以来的政治革新，直到今日的工党政府，都是不流血的和平革新，所以在许多人的心目中自由主义竟成了"和平改革主义"的别名，有些人反对自由主义，说它是"不革命主义"，也正是如此。我们承认现代的自由主义正应该有"和平改革"的含义，因为在民主政治已上了轨道的国家里，自由与容忍铺下了和平改革的大路，自由主义者也就不觉得有暴力革命的必要了。这最后一点，有许多没有忍耐心的年轻人也许听了不满意，他们要"彻底改革"，不要那一点一滴的立法，他们要暴力革命，不要和平演进。我要很诚恳的指出，近代一百六七十年的历史，很清楚的指示我们，凡主张彻底改革的人，在政治上没有一个不走上绝对专制的路，这是很自然的，只有绝对的专制政权可以铲除一切反对党，消灭一切阻力，也只有绝对的专制政治可以不择手段，不惜代价，用最残酷的方法做到他们认为根本改革的目的。他们不承认他们的见解会有错误，他们也不能承认反对的人会有值得考虑的理由，所以他们绝对不能容忍异己，也绝对不能容许自由的思想与言论。所以我很坦白地说，自由主义为了尊重自由与容忍，当然反对暴力革命，与暴力革命必然引起来的暴力专制政治。

总结起来，自由主义的第一个意义是自由，第二个意义是民主，第三个意义是容忍——容忍反对党，第四个意义是和平的渐进的改革。

易卜生主义

一

易卜生最后所作的《我们死人再生时》（*When We Dead Awaken*）一本戏里面有一段话，很可表出易卜生所作文学的根本方法。这本戏的主人翁是一个美术家，费了全副精神，雕成一副像，名为"复活日"。这位美术家自己说他这副雕像的历史道：

> 我那时年纪还轻，不懂得世事。我以为这"复活日"应该是一个极精致、极美的少女像，不带着一毫人世的经验，平空地醒来，自然光明庄严，没有什么过恶可除。……但是我后来那几年，懂得些世事了，才知道这"复活日"不是这样简单的，原来是很复杂的……我眼里所见的人情世故，都到我理想中来，我不能不把这些现状包括进去。我只好把这像的座子放大了，放宽了。
>
> 我在那座子上雕了一片曲折爆裂的地面。从那地的裂缝里，钻出来无数模糊不分明，人身兽面的男男女女。这

都是我在世间亲自见过的男男女女。（二幕）

这是"易卜生主义"的根本方法。那不带一毫人世罪恶的少女像，是指那盲目的理想派文学。那无数模糊不分明，人身兽面的男男女女，是指写实派的文学。易卜生早年和晚年的著作虽不能全说是写实主义，但我们看他极盛时期的著作，尽可以说，易卜生的文学，易卜生的人生观，只是一个写实主义。一八八二年，他有一封信给一个朋友，信中说道：

> 我做书的目的，要使读者人人心中都觉得他所读的全是实事。（《尺牍》第一五九号）

人生的大病根在于不肯睁开眼睛来看世间的真实现状。明明是男盗女娼的社会，我们偏说是圣贤礼仪之邦；明明是赃官污吏的政治，我们偏要歌功颂德；明明是不可救药的大病，我们偏说一点病都没有！却不知道：若要病好，须先认有病；若要政治好，须先认现今的政治实在不好；若要改良社会，须先知道现今的社会实在是男盗女娼的社会！易卜生的长处，只在他肯说老实话，只在他能把社会种种腐败龌龊的实在情形写出来叫大家仔细看。他并不是爱说社会的坏处，他只是不得不说。一八八〇年，他对一个朋友说：

我无论作什么诗,编什么戏,我的目的只要我自己精神上的舒服清净。因为我们对于社会的罪恶,都脱不了干系的。(《尺牍》第一四八号)

因为我们对于社会的罪恶都脱不了干系,故不得不说老实话。

二

我们且看易卜生写近世的社会,说的是一些什么样的老实话。第一,先说家庭。

易卜生所写的家庭,是极不堪的。家庭里面,有四种大恶德:一是自私自利;二是倚赖性、奴隶性;三是假道德,装腔做戏;四是懦怯没有胆子。做丈夫的便是自私自利的代表。他要快乐,要安逸,还要体面,所以他要娶一个妻子。正如《娜拉》戏中的郝尔茂,他觉得同他妻子有爱情是很好玩的。他叫他妻子做"小宝贝""小鸟儿""小松鼠儿""我的最亲爱的",等等肉麻名字。他给他妻子一点钱去买糖吃,买粉搽,买好衣服穿。他要他妻子穿得好看,打扮得标致。做妻子的完全是一个奴隶。她丈夫喜欢什么,她也该喜欢什么:她自己是不许有什么选择的。她的责任在于使丈夫欢喜。她自己不用有思想;她丈夫会替她思想。她自己不过是她丈夫的玩意儿,很像叫花子的猴子专替他变把戏引人开心的（所以《娜拉》又名《玩偶之家》）。丈夫要妻子守节，妻子却不能要丈夫守节，正如《群鬼》（Ghosts）戏里的阿尔文夫人受不过丈夫的气，跑到一个朋友家去；那位朋友是个牧师，教训了她一顿，说她不守妇道。但是阿尔文夫人的丈夫专在外面偷妇人，甚至淫乱他妻子的婢女；人家都毫不介意，那位牧师朋友也觉得这是男人常有的事，不足为奇！妻子对丈夫，什么都可以牺牲；丈夫对妻子，是犯不着牺牲什么的。《娜拉》戏内的娜拉因为要救她丈夫的生命，所以冒她父亲的名字，签了借据去借钱。后来事体闹穿了，她丈夫不但不肯替娜拉分担冒名的干系，还要痛骂她带累他自己的名誉。后来和平了结了，没有危险了，她丈夫又装出大度的样子，说不追究她的错处了，他得意扬扬的说道："一个男人赦了他妻子的过犯是很畅快的事！"（《娜拉》三幕）

这种极不堪的情形，何以居然忍耐得住呢？第一，因为人都要顾面子，不得不装腔做戏，做假道德遮着面孔。第二，因为大多数的人都是没有胆子的懦夫。因为要顾面子，故不肯闹翻；因为没有胆子，故不敢闹翻。那《娜拉》戏里的娜拉忽然看破家庭是一座做猴子戏的戏台，她自己是台上的猴子。她有胆子，又不肯再装假面子，所以告别了掌班的，跳下了戏台，去干她自己的生活。那《群鬼》戏里的阿尔文夫人没有娜拉的胆子，又要顾面子，所以被她的牧师朋友一劝，就劝回头了，还是回家去尽她的"天职"，守她的"妇道"。她丈夫仍旧做那种淫荡的行为。阿尔文夫人只好牺牲自己的人格，尽力把他羁縻在家。后来生下一个儿子，他母亲恐怕他在家学了他父亲的坏榜样，所以到了七岁便把他送到巴黎去。她一面要哄她丈夫在家，一面要在外边替她丈夫修名誉，一面要骗她儿子说他父亲是怎样一个正人君子。这种情形，过了十九个足年，她丈夫才死。死后，他妻子还要替他装面子，花了许多钱，造了一所孤儿院，作她亡夫的遗爱。孤儿院造成了，她把儿子唤回来参加孤儿院落成的庆典。谁知她儿子从胎里就得了他父亲的花柳病的遗毒，变成一种脑腐症，到家没几天，那孤儿院也被火烧了，她儿子的遗传病发作，脑子坏了，就成了疯人了。这是没有胆子，又要顾面子的结局。这就是腐败家庭的下场！

三

其次，且看易卜生的社会的三种大势力。那三种大势力：一是法律，二是宗教，三是道德。

第一，**法律** 法律的效能在于除暴去恶，禁民为非。但是法律有好处也有坏处。好处在于法律是无有偏私的；犯了什么法，就该得什么罪。坏处也在于此。法律是死板板的条文，不通人情世故；不知道一样的罪名却有几等几样的居心，有几等几样的境遇情形；同犯一罪的人却有几等几样的知识程度。法律只说某人犯了某法的某某篇某某章某某节，该得某某罪，全不管犯罪的人的知识不同，境遇不同，居心不同。《娜拉》戏里有两件冒名签字的事：一件是一个律师做的，一件是一个不懂法律的妇人做的。那律师犯这罪全由于自私自利，那妇人犯这罪全因为她要救她丈夫的性命。但是法律全不问这些区别。请看这两个"罪人"讨论这个问题：

> **律师**　郝夫人，你好像不知道你犯了什么罪，我老实对你说，我犯的那桩使我一生声名扫地的事，和你所做的事恰恰相同，一毫也不多，一毫也不少。
>
> **娜拉**　你！难道你居然也敢冒险去救你妻子的命吗？
>
> **律师**　法律不管人的居心如何。
>
> **娜拉**　如此说来，这种法律是笨极了。
>
> **律师**　不问他笨不笨，你总要受他的裁判。
>
> **娜拉**　我不相信。难道法律不许做女儿的想个法子免得他临死的父亲烦恼吗？难道法律不许做妻子的救她丈夫的命吗？我不大懂得法律，但是我想总该有这种法律承认这些事的。你是一个律师，你难道不知道有这样的法律吗？柯先生，你真是一个不中用的律师了。（《娜拉》一幕）

最可怜的是世上真没有这种入情入理的法律！

第二，宗教　易卜生眼里的宗教久已失了那种可以感化人的能力；久已变成毫无生气的仪节信条，只配口头念得烂熟，却不配使人奋发鼓舞了。《娜拉》戏里说：

郝尔茂　你难道没有宗教吗？

娜拉　我不很懂得究竟宗教是什么东西。我只知道我进教时那位牧师告诉我的一些话。他对我说宗教是这个，是那个，是这样，是那样。（三幕）

如今人的宗教，都是如此，你问他信什么教，他就把他的牧师或是他的先生告诉他的话背给你听。他会背耶稣的祈祷文，他会念阿弥陀佛，他会背一部《圣谕广训》。这就是宗教了。

宗教的本意，是为人而作的，正如耶稣说的，"礼拜是为人造的，不是人为礼拜造的。"不料后世的宗教处处与人类的天性相反，处处反乎人情。如《群鬼》戏中的牧师，逼着阿尔文夫人回家去受那荡子丈夫的待遇，去受那十九年极不堪的惨痛。那牧师说，宗教不许人求快乐；求快乐便是受了恶魔的魔力了。他说，宗教不许做妻子的批评她丈夫的行为。他说，宗教教人无论如何总要守妇道，总须尽责任。那牧师口口声声所说是"是"的，阿尔文夫人心中总觉得都是"不是"的。后来阿尔文夫人仔细去研究那牧师的宗教，忽然大悟。原来那些教

条都是假的，都是"机器造的！"（《群鬼》二幕）

但是这种机器造的宗教何以居然能这样兴旺呢？原来现在的宗教虽没有精神上的价值，却极有物质上的用场。宗教是可以利用的，是可以使人发财得意的。那《群鬼》戏里的木匠，本是一个极下流的酒鬼，卖妻、卖女都肯干的。但是他见了那位道学的牧师，立刻就装出宗教家的样子，说宗教家的话，做宗教家的唱歌祈祷，把这位蠢牧师哄得滴溜溜的转。（二幕）那《罗斯马庄》（*Rosmersholm*）戏里面的主人翁罗斯马本是一个牧师，后来他的思想改变了，遂不信教了。他那时想加入本地的自由党，不料党中的领袖却不许罗斯马宣告他脱离教会的事。为什么呢？因为他们党里很少信教的人，故想借罗斯马的名誉来号召那些信教的人家。可见宗教的兴旺，并不是因为宗教真有兴旺的价值，不过是因为宗教有可以利用的好处罢了。

第三，道德 法律宗教既没有裁制社会的本领，我们且看"道德"可有这种本事。据易卜生看来，社会上所谓"道德"不过是许多陈腐的旧习惯。合于社会习惯的，便是道德；不合于社会习惯的，便是不道德。正如我们中国的老辈人看见少年男女实行自由结婚，便说是"不道德"。为什么呢？因为这事不合于"父母之命，媒妁之言"的社会习惯。但是这班老辈人自己讨许多小老婆，却以为是很平常的事，没有什么不道德。为什么呢？因为习惯如此。又如中国人死了父母，发出讣书，人人都说"泣血稽颡""苦块昏迷"。其实他们何尝泣血？又何尝"寝苦枕块"？这种自欺欺人的事，人人都以为是"道德"，人人都不以为羞耻。为什么呢？因为社会的习惯如此，所以不道德的也觉得道德了。

这种不道德的道德，在社会上，造出一种诈伪不自然的伪君子。面子上都是仁义道德，骨子里都是男盗女娼。易卜生最恨这种人。他有一本戏，叫做《社会的栋梁》（*Pillars of Society*）。戏中的主人名叫褒匿，是一个极坏的伪君子；他犯了一桩奸情，却让他兄弟受这恶名，还要诬赖他兄弟偷了钱跑脱了。不但如此，他还雇了一只烂脱底的船送他兄弟出海，指望把他兄弟和一船的人都沉死在海底，可以灭口。

这样一个大奸，面子上却做得十分道德，社会上都尊敬他，称他做"全市第一个公民""公民的模范""社会的栋梁"！他谋害他兄弟的那一天，本城的公民，聚了几千人，排起队来，打着旗，奏着军乐，上他的门来表示社会的敬意，高声喊道："褒匿万岁！社会的栋梁褒匿万岁！"

这就是道德！

四

其次，我们且看易卜生写个人与社会的关系。

易卜生的戏剧中，有一条极显而易见的学说，是说社会与个人互相损害；社会最爱专制，往往用强力摧折个人的个性，压制个人自由独立的精神；等到个人的个性都消灭了，等到自由独立的精神都完了，社会自身也没有生气了，也不会进步了。社会里有许多陈腐的习惯，老朽的思想，极不堪的迷信，个人生在社会中，不能不受这些势力的影响。有时有一两个独立的少年，不甘心受这种陈腐规矩的束缚，于是东冲西突想与社会作对。上文所说的褒匿，当少年时，也曾想和社会反抗。但是社会的权力很大，网罗很密；个人的能力有限，如何是社会的敌手？社会对个人道："你们顺我者生，逆我者死；顺我者有赏，逆我者有罚。"那些和社会反对的少年，一个一个的都受家庭的责备，遭朋友的怨恨，受社会的侮辱驱逐。再看那些奉承社会意旨的人，一个个的都升官发财，安富尊荣了。当此境地，不是顶天立地的好汉，决不能坚持到底。所以像褒匿那般人，做了几时的维新志士，不久也渐渐的受社会同化，仍旧回到旧社会去做"社会的栋梁"了。社会如同一个大火炉，什么金银铜铁锡，进了炉子，都要熔化。易卜生有一本戏叫做《雁》（*The Wild Duck*），写一个人捉到一只雁，把它养在楼上半阁里，每天给它一桶水，让它在水里打滚游戏。那雁本是一个海阔天空逍遥自得的飞鸟，如今在半阁里关久了，也会生活，也会长得胖胖的，后来竟完全忘记了它从前那种海阔天空、来去自由的乐处了！个人在社会里，就同这雁在人家半阁上一般，起初未必满意，久而久之，也就惯了，也渐渐的把黑暗世界当作安乐窝了。

社会对于那班服从社会命令，维持陈旧迷信，传播腐败思想的人，一个一个的都有重赏。有的发财了，有的升官了，有的享大名誉了。这些人有了钱，有了势，有了名誉，就像老虎长了翅膀，更可横行无忌了，更可借着"公益"的名义去骗人钱财，害人生命，做种种无法无天的行为。易卜生的《社会的栋梁》和《博克曼》（John Gabriel Borkman）两本戏的主人翁都是这种人物。他们钱赚得够了，然后掏出几个小钱来，开一个学堂，造一所孤儿院，立一个公共游戏场，"捐二十磅金去买面包给贫人吃"（用《社会的栋梁》二幕中语）。于是社会格外恭维他们，打着旗子，奏着军乐，上他们家来，大喊"社会的栋梁万岁"！

那些不懂事又不安本分的理想家，处处和社会的风俗习惯反对，是该受重罚的。执行这种重罚的机关，便是"舆论"，便是大多数的"公论"。世间有一种最通行的迷信，叫做"服从多数的迷信"。人都以为多数人的公论总是不错的。易卜生绝对的不承认这种迷信。他说"多数党总在错的一边，少数党总在不错的一边"。（《国民公敌》五幕）一切维新革命，都是少数人发起的，都是大多数人所极力反对的。大多数人总是守旧、麻木不仁的，只有极少数人，有时只有一个人，不满意于社会的现状，要想维新，要想革命。这种理想家是社会所最忌的。大多数人都骂他是"捣乱分子"，都恨他"扰乱治安"，都说他"大逆不道"；所以他们用大多数的专制威权去压制那"捣乱"的理想志士，不许他开口，不许他行动自由；把他关在监牢里，把他赶出境去，把他杀了，把他钉在十字架上活活的钉死，把他捆在柴草上活活的烧死。过了几十年、几百年，那少数人的主张渐渐的变成多数人的主张了，于是社会的多数人又把他们从前杀死钉死烧死的那些"捣乱分子"一个一个的重新推崇起来，替他们修墓，替他们作传，替他们立庙，替他们铸铜像。却不知道从前那种"新"思想，到了这时候，又早已成了"陈腐的"迷信！当他们替从前那些特立独行的人修墓铸铜像的时候，社会里早已发生了几个新派少数人，又要受他们杀死钉死烧死的刑罚了！所以说"多数党总是错的，少数党总是不错的"。

易卜生有一本戏叫做《国民公敌》，里面写的就是这个道理。这本戏的主人翁斯铎曼医生从前发现本地的水可以造成几处卫生浴池。本地的人听了他的话，觉得有利可图，便集了资本造了几处卫生浴池。后来四方人闻了这浴池之名，纷纷来这里避暑养病。来的人多了，本地的商业市面便渐渐发达兴旺。斯铎曼医生便做了浴池的官医。后来洗浴的人之中，忽然发生一种流行病症；经这位医生仔细考察，知道这病症是从浴池的水里来的，他便装了一瓶水寄与大学的化学师请他化验。化验出来，才知道浴池的水管安得太低了，上流的污秽，停积在浴池里，发生一种传染病的微生物，极有害于公众卫生。斯铎曼医生得了这种科学证据，便做了一篇切切实实的报告书，请浴池的董事会把浴池的水管重行改造，以免妨碍卫生。不料改造浴池须要花费许多钱，又要把浴池闭歇一两年；浴池一闭歇，本地的商务便要受许多损失。所以本地的人全体用死力反对斯铎曼医生的提议。他们宁可听那些来避暑养病的人受毒病死，却不情愿受这种金钱的损失。所以他们用大多数的专制威权压制这位说老实话的医生，不许他开口。他做了报告，本地的报馆都不肯登载。他要自己印刷，印刷局也不肯替他印。他要开会演说，全城的人都不把空屋借他做会场。后来好容易找到了一所会场，开了一个公民会议，会场上的人不但不听他的老实话，还把他赶下台去，由全体一致表决，宣告斯铎曼医生从此是国民的公敌。他逃出会场，把裤子都撕破了，还被众人赶到他家，用石头掷他，把窗户都打碎了。到了明天，本地政府革了他的官医，本地商民发了传单不许人请他看病，他的房东请他赶快搬出屋去；他的女儿在学堂教书，也被校长辞退了。这就是"特立独行"的好结果！这就是大多数惩罚少数"捣乱分子"的辣手段！

五

其次，我们且说易卜生的政治主义。易卜生的戏剧不大讨论政治问题，所以我们须要用他的《尺牍》（*Letters' ed.* by his Son, Sigurd Ibsen, English Trans. 1905）做参考的材料。

易卜生起初完全是一个主张无政府主义的人。当普法之战（一八七○至一八七一年）时，他的无政府主义最为激烈。一八七一年，他有信与一个朋友道：

> ……个人绝无做国民的需要。不但如此，国家简直是个人的大害。请看普鲁士的国力，不是牺牲了个人的个性去买来的吗？国民都成了酒馆里跑堂的了，自然个个是好兵了。再看犹太民族：岂不是最高贵的人类吗？无论受了何种野蛮的待遇，那犹太民族还能保存本来的面目。这都因为他们没有国家的原故。国家总得毁去。这种毁除国家的革命，我也情愿加入。毁去国家观念，单靠个人的情愿和精神上的团结做人类社会的基本，——若能做到这步田地，这可算得有价值的自由起点。那些国体的变迁，换来换去，都不过是弄把戏，——都不过是全无道理的胡闹。（《尺牍》第七九号）

易卜生的纯粹无政府主义，后来渐渐的改变了。他亲自看见巴黎"市民政府"（Commune）的完全失败（一八七一），便把他主张无政府主义的热心减了许多（《尺牍》第八一号）。到了一八八四，他写信给他的朋友说，他在本国若有机会，定要把国中无权的人民联合成一个大政党，主张极力推广选举权，提高妇女的地位，改良国家教育要使脱除一切中古陋习（《尺牍》第一七八号）。这就不是无政府的口气了。但是他自己到底不曾加入政党。他以为加入政党是很下流的事（《尺牍》第一五八号）。他最恨那班政客，他以为"那班政客所力争的，全是表面上的权利，全是胡闹。最要紧的是人心的大革命。"（《尺牍》第七七号）

易卜生从来不主张狭义的国家主义，从来不是狭义的爱国者。一八八八年，他写信给一个朋友说道：

知识思想略为发达的人，对于旧式的国家观念，总不满意。我们不能以为有了我们所属的政治团体便足够了。据我看来，国家观念不久就要消灭了，将来定有人种观念起来代他。即以我个人而论，我已经过这种变化。我起初觉得我是那威国人，后来变成斯堪丁纳维亚人（那威与瑞典总名斯堪丁纳维亚。），我现在已成了条顿人了。（《尺牍》第二○六号）

这是一八八八年的话。我想易卜生晚年临死的时候（一九○六），一定已进到世界主义的地步了。

六

我开篇便说过易卜生的人生观只是一个写实主义。易卜生把家庭社会的实在情形都写了出来，叫人看了动心，叫人看了觉得我们的家庭社会原来是如此黑暗腐败，叫人看了觉得家庭社会真正不得不维新革命：——这就是"易卜生主义"。表面上看去，像是破坏的，其实完全是建设的。譬如医生诊了病，开了一个脉案，把病状详细写出，这难道是消极的破坏的手续吗？但是易卜生虽开了许多脉案，却不肯轻易开药方。他知道人类社会是极复杂的组织，有种种绝不相同的境地，有种种绝不相同的情形。社会的病，种类纷繁，决不是什么"包医百病"的药方所能治得好的。因此他只好开了脉案，说出病情，让病人各人自己去寻医病的药方。

虽然如此，但是易卜生生平却也有一种完全积极的主张。他主张个人须要充分发达自己的天才性；须要充分发展自己的个性。他有一封信给他的朋友白兰戴说道：

> 我所最期望于你的是一种真益纯粹的为我主义。要使你有时觉得天下只有关于我的事最要紧，其余的都算不得什么。……你要想有益于社会，最好的法子莫如把你自己这块材料铸造成器。……有的时候我真觉得全世界都像海上撞沉了船，最要紧的还是救出自己。（《尺牍》第八四号）

最可笑的是有些人明知世界"陆沉"。却要跟着"陆沉"，跟着堕落，不肯"救出自己！"却不知道社会是个人组成的，多救出一个人便是多备下一个再造新社会的分子。所以孟轲说"穷则独善其身"，这便是易卜生所说"救出自己"的意思。这种"为我主义"，其实是最有价值的利人主义。所以易卜生说，"你要想有益于社会，最妙的法子莫如把你自己这块材料铸造成器。"《娜拉》戏里，写娜拉抛了丈夫儿女飘然而去，也只为要"救出自己"。那戏中说：

郝尔茂 ……你就是这样抛弃你的最神圣的责任吗？

娜拉 你以为我的最神圣的责任是什么？

郝 还等我说吗？可不是你对于你的丈夫和你的儿女的责任吗？

娜 我还有别的责任同这些一样的神圣。

郝 没有的。你且说，那些责任是什么。

娜 是我对于我自己的责任。

郝 最要紧的，你是一个妻子，又是一个母亲。

娜 这种话我现在不相信了。我相信第一我是一个人正同你一样。——无论如何，我务必努力做一个人。（三幕）

一八八二年，易卜生有信给朋友道：

这样生活，须使各人自己充分发展：——这是人类功业顶高的一层；这是我们大家都应该做的事。（《尺牍》第一六四号）

社会最大的罪恶莫过于摧折个人的个性，不使他自由发展。那本《雁》戏所写的只是一件摧残个人才性的惨剧。那戏写一个人少年时本极有高尚的志气，后来被一个恶人害得破家荡产，不能度日；那恶人又把他自己通奸有孕的下等女子配给他做妻子，从此家累日重一日，他的志气便日低一日。到了后来，他堕落深了，竟变成了一个懒人懦夫，天天受那下贱妇人和两个无赖的恭维，他洋洋得意的觉得这种生活很可以终身了。所以那本戏借一个雁做比喻：那雁在半阁上关得久了，他从前那种高飞远举的志气全消灭了。居然把人家的半阁做他的极乐国了！

发展个人的个性，须要有两个条件。第一，须使个人有自由意志。第二，须使个人担干系，负责任。《娜拉》戏中写郝尔茂的最大错处只在他把娜拉当作"玩意儿"看待，既不许她有自由意志，又不许她担负家庭的责任，所以娜拉竟没有发展她自己个性的机会。所以娜拉一旦觉悟时，恨极她的丈夫，决意弃家远去，也正为这个原故。易卜生又有一本戏，叫做《海上夫人》（*The Lady from the Sea*）里面写一个女子哀梨姐少年时嫁给人家做后母，她丈夫和前妻的两个女儿看她年纪轻，不让她管家务，只叫她过安闲日子。哀梨姐在家觉得做这种不自由的妻子，不负责任的后母，是极没趣的事。因此她天天想跟人到海外去过那海阔天空的生活。她丈夫越不许她自由，她偏越想自由。后来她丈夫知道留她不住，只得许她自由出去。她丈夫说道：

　　丈夫　……我现在立刻和你毁约，现在你可以有完全自由拣定你自己的路子。……现在你可以自己决定，你有完全的自由，你自己担干系。
　　哀梨姐　完全自由！还要自己担干系！还担干系咧！有这么一来，样样事都不同了。

　　哀梨姐有了自由又自己负责任了，忽然大变了，也不想那海上的生活了，决意不跟人走了（《海上夫人》第五幕）。这是为什么呢？因为世间只有奴隶的生活是不能自由选择的，是不用担干系的。个人若没有自由权，又不负责任，便和做奴隶一样，所以无论怎样好玩，无论怎样高兴，到底没有真正乐趣，到底不能发展个人的人格。所以哀梨姐说，有了完全自由，还要自己担干系，有这么一来，样样事都不同了。
　　家庭是如此，社会国家也是如此。自治的社会，共和的国家，只是要个人有自由选择之权，还要个人对于自己所行所为都负责任。若不如此，决不能造出自己独立的人格。社会国家没有自由独立的人格，如同酒里少了酒曲，面包里少了酵，人身上少了脑筋：那种社会国家决没有改良进步的希望。

所以易卜生的一生目的只是要社会极力容忍，极力鼓励斯铎曼医生一流的人物（斯铎曼事见上文四节）；要想社会上生出无数永不知足，永不满意，敢说老实话攻击社会腐败情形的"国民公敌"，要想社会上有许多人都能像斯铎曼医生那样宣言道："世上最强有力的人就是那个最孤立的人！"

社会国家是时刻变迁的，所以不能指定那一种方法是救世的良药：十年前用补药，十年后或者须用泻药了；十年前用凉药，十年后或者须用热药了。况且各地的社会国家都不相同，适用于日本的药，未必完全适用于中国；适用于德国的药，未必适用于美国。只有康有为那种"圣人"，还想用他们的"戊戌政策"来救戊午的中国；只有辜鸿铭那班怪物，还想用二千年前的"尊王大义"来施行于二十世纪的中国。易卜生是聪明人，他知道世上没有"包医百病"的仙方，也没有"施诸四海而皆准，推之百世而不悖"的真理。因此他对于社会的种种罪恶污秽，只开脉案，只说病状，却不肯下药。但他虽不肯下药，却到处告诉我们一个保卫社会健康的卫生良法。他仿佛说道："人的身体全靠血里面有无量数的白血轮时时刻刻与人身的病菌开战，把一切病菌扑灭干净，方才可使身体健全，精神充足。社会国家的健康也全靠社会中有许多永不知足，永不满意，时刻与罪恶分子龌龊分子宣战的白血轮，方才有改良进步的希望。我们若要保卫社会的健康,须要使社会里时时刻刻有斯铎曼医生一般的白血轮分子。但使社会常有这种白血轮精神,社会决没有不改良进步的道理。" 一八八三年,易卜生写信给朋友道:

> 十年之后,社会的多数人大概也会到了斯铎曼医生开公民大会时的见地了。但是这十年之中,斯铎曼自己也刻刻向前进;所以到了十年之后,他的见地仍旧比社会的多数人还高十年。即以我个人而论,我觉得时时刻刻总有进境。我从前每作一本戏时的主张,如今都已渐渐变成了很多数人的主张。但是等到他们赶到那里时,我久已不在那里了。我又到别处去了。我希望我总是向前去了。(《尺牍》第一七二号)

大宇宙中谈博爱

"博爱"就是爱一切人。这题目范围很大。在未讨论以前，让我们先看一个问题："我们的世界有多大？"

我的答复是"很大！"我从前念《千字文》的时候，一开头便已念到这样的辞句："天地玄黄，宇宙洪荒。"

宇宙是中国的字，和英文的Universe、World意思差不多，都是抽象名词。

宇是空间（Space），即东南西北；宙是时间（Time），即古今旦暮。

《淮南子》说宇是上下四方，宙是古往今来。

宇宙就是天地，宇宙就是Time-Space。

古人能得"Universe"的观念实在不易，相当合于今日的科学。

但古人所见的空间很小，时间很短，现在的观念已扩大了许多。考古学探讨千万年的事，地质学、古生物学、天文学等等不断的发现，更将时间空间的观念扩大。

现在的看法：空间是无穷的大，时间是无穷的长。

古人只见到八大行星，二十年前只见九大行星。现在所谓的银河，是古代所未能想象得到的。以前觉得太阳很远，现在说起来算不得什么，因为比太阳远千万倍的东西多得很。

科学就这样地答复了"宇宙究竟有多大？"这个问题。

现在谈第二点：博爱。

在这个大世界里谈博爱，真是个大问题。

广义的爱，是世界各大宗教的最终目的。墨子可谓中国历史上最了不起的人，可说是宗教创立者（Founder of Religion），他提出"兼爱"为他的理论中心。兼爱就是博爱，是爱无等差的爱。墨子理论和基督教教义有很多相合的地方，如"爱人如己""爱我们的仇敌"等。

佛教哲学本谓一切无常，我亦无常，"我"是"四大"（土、水、火、风）偶然结合而成的，是十分简单的东西，因此无所谓爱与恨——根本不值得爱，也不值得恨。但早期佛教亦有爱的意念在：我既无常，可牺牲以为人。

和尚爱众生，但是佛教不准自食其力，所以有人称之为"叫花"（乞丐）宗教。自己的饭亦须取之于人，何能博爱？

古时很多人为了"爱"，每次登坑（大便）的时候便想，想，大想一番，想到爱人。有些人则以身喂蚊，或以刀割肉，以自身所受的痛苦来显示他们对人的爱。这种爱的方法，只能做到牺牲自己，在现代的眼光看来，是可笑的。这种博爱给人的帮助十分有限，与现代的科学——工程、医学等所能给我们的"博爱"比起来，力量实在小得可怜。今日的科学增进了人类互助博爱的能力。就说最近意大利邮船 Apdrca Doria号遇难的事吧，短短的数小时内就救起千多人。近代交通、医学等的发达，减少了人类无数的痛苦。

我们要谈博爱，一定要换一观念。古时那种喂蚊割肉的博爱，等于开空头支票，毫无价值。现在的科学才能放大我们的眼光，促进我们的同情心，增加我们助人的能力。我们需要一种以科学为基础的博爱———一种实际的博爱。

孔子说："修己以敬，修己以安人，修己以安百姓。"修己就是把自己弄好。我们应当先把自己弄好，然后帮助别人；独善其身然后能兼善天下。同学们，现在我们读书的时候，不要空谈高唱博爱；但应先努力学习，充实自己，到我们有充分能力的时候才谈博爱，仍不算迟。

新思潮：一种新态度

> 研究问题
> 　输入学理
> 　　整理国故
> 　　　再造文明

一

近来报纸上发表过几篇解释"新思潮"的文章。我读了这几篇文章，觉得他们所举出的新思潮的性质，或太琐碎，或太笼统，不能算作新思潮运动的真确解释，也不能指出新思潮的将来趋势。即如包世杰先生的"新思潮是什么"一篇长文，列举新思潮的内容，何尝不详细？但是他究竟不曾使我们明白那种种新思潮的共同意义是什么。比较最简单的解释要算我的朋友陈独秀先生所举出的新青年两大罪案，——其实就是新思潮的两大罪案，——一是拥护德莫克拉西先生（民治主义），一是拥护赛因斯先生（科学）。陈先生说：

> 要拥护那德先生，便不得不反对孔教、礼法、贞节、旧伦理、旧政治。要拥护那赛先生，便不得不反对旧艺

术、旧宗教。要拥护德先生，又要拥护赛先生，便不得不反对国粹和旧文学。（新青年六卷一号，页一○）

这话虽然很简明，但是还嫌太笼统了一点。假使有人问："何以要拥护德先生和赛先生便不能不反对国粹和旧文学呢？"答案自然是："因为国粹和旧文学是同德、赛两位先生反对的。"又问："何以凡同德、赛两位先生反对的东西都该反对呢？"这个问题可就不是几句笼统简单的话所能回答的了。

据我个人的观察，新思潮的根本意义只是一种新态度。这种新态度可叫做"评判的态度"。

评判的态度，简单说来，只是凡事要重新分别一个好与不好。仔细说来，评判的态度含有几种特别的要求：

（1）对于习俗相传下来的制度风俗，要问："这种制度现在还有存在的价值吗？"

（2）对于古代遗传下来的圣贤教训，要问："这句话在今日还是不错吗？"

（3）对于社会上糊涂公认的行为与信仰，都要问："大家公认的，就不会错了吗？人家这样做，我也该这样做吗？难道没有别样做法比这个更好，更有理，更有益的吗？"

尼采说现今时代是一个"重新估定一切价值"（Trans-Valuation of all Values）的时代。"重新估定一切价值"八个字便是评判的态度的最好解释。从前的人说妇女的脚越小越美。

现在我们不但不认小脚为"美"，简直说这是"惨无人道"了。十年前，人家和店家都用鸦片烟敬客。现在鸦片烟变成犯禁品了。二十年前，康有为是洪水猛兽一般的维新党。现在康有为变成老古董了。康有为并不曾变换，估价的人变了，故他的价值也跟着变了。这叫做"重新估定一切价值"。

我以为现在所谓"新思潮"，无论怎样不一致，根本上同有这公共的一点：——评判的态度。孔教的讨论只是要重新估定孔教的价值。文学的评论只是要重新估定旧文学的价值。贞操的讨论只是要重新估定贞操的道德在现代社会的价值。旧戏的评论只是要重新估定旧戏在今日文学上的价值。礼教的讨论只是要重新估定古代的纲常礼教在今日还有什么价值。女子的问题只是要重新估定女子在社会上的价值。政府与无政府的讨论，财产私有与公有的讨论，也只是要重新估定政府与财产等等制度在今日社会的价值。……我也不必往下数了，这些例很够证明这种评判的态度是新思潮运动的共同精神。

二

这种评判的态度，在实际上表现时，有两种趋势。一方面是讨论社会上、政治上、宗教上、文学上种种问题。一方面是介绍西洋的新思想、新学术、新文学、新信仰。前者是"研究问题"，后者是"输入学理"。这两项是新思潮的手段。

我们随便翻开这两三年以来的新杂志与报纸，便可以看出这两种的趋势。在研究问题一方面，我们可以指出：（1）孔教问题；（2）文学改革问题；（3）国语统一问题；（4）女子解放问题；（5）贞操问题；（6）礼教问题；（7）教育改良问题；（8）婚姻问题；（9）父子问题；（10）戏剧改良问题；等等。在输入学理一方面，我们可以指出《新青年》的"易卜生号""马克思号"，《民铎》的"现代思潮号"，《新教育》的"杜威号"，《建设》的"全民政治"的学理，和北京《晨报国民公报》《每周评论》，上海《星期评论》《时事新报》《解放与改造》，广州《民风周刊》，等等杂志报纸所介绍的种种西洋新学说。

　　为什么要研究问题呢？因为我们的社会现在正当根本动摇的时候，有许多风俗制度，向来不发生问题的，现在因为不能适应时势的需要，不能使人满意，都渐渐的变成困难的问题，不能不彻底研究，不能不考问旧日的解决法是否错误；如果错了，错在什么地方；错误寻出了，可有什么更好的解决方法；有什么方法可以适应现时的要求。例如孔教的问题，向来不成什么问题；后来东方文化与西方文化接近，孔教的势力渐渐衰微，于是有一班信仰孔教的人妄想要用政府法令的势力来恢复孔教的尊严；却不知道这种高压的手段恰好挑起一种怀疑的反动。因此，民国四五年的时候，孔教会的活动最大，反对孔教的人也最多。孔教成为问题就在这个时候。现在大多数明白事理的人，已打破了孔教的迷梦，这个问题又渐渐的不成问题了，故安福部的议员通过孔教为修身大本的议案时，国内竟没有人睬他们了！

又如文学革命的问题。向来教育是少数"读书人"的特别权利，于大多数人是无关系的，文字的艰深不成问题。近来教育成为全国人的公共权利，人人知道普及教育是不可少的，故逐渐的有人知道文言在教育上实在不适用，于是文言白话就成为问题了。后来有人觉得单用白话做教科书是不中用的，因为世间决没有人情愿学一种除了教科书以外便没有用处的文字。这些人主张：古文不但不配做教育的工具，并且不配做文学的利器；若要提倡国语的教育，先须提倡国语的文学。文学革命的问题就是这样发生的。现在全国教育联合会已全体一致通过小学教科书改用国语的议案，况且用国语做文章的人也渐渐的多了，这个问题又渐渐的不成问题了。

为什么要输入学理呢？这个大概有几层解释。一来呢，有些人深信中国不但缺乏炮弹兵船电报铁路，还缺乏新思想与新学术，故他们尽量的输入西洋近世的学说。二来呢，有些人自己深信某种学说，要想他传播发展，故尽力提倡。三来呢，有些人自己不能做具体的研究工夫，觉得翻译现成的学说比较容易些，故乐得做这种稗贩事业。四来呢，研究具体的社会问题或政治问题，一方面做那破坏事业，一方面做对症下药的工夫，不但不容易，并且很遭犯忌讳，很容易惹祸，故不如做介绍学说的事业，借"学理研究"的美名，既可以避"过激派"的罪名，又还可以种下一点革命的种子。五来呢，研究问题的人势不能专就问题本身讨论，不能不从那问题的意义上着想；但是问题引申到意义上去，便不能不靠许多学理做参考比较的材料，故学理的输入往往可以帮助问题的研究。

这五种动机虽然不同，但是多少总含有一种"评判的态度"，总表示对于旧有学术思想的一种不满意，和对于西方的精神文明的一种新觉悟。

但是这两三年新思潮运动的历史应该给我们一种很有益的教训。什么教训呢？就是：这两三年来新思潮运动的最大成绩差不多全是研究问题的结果。新文学的运动便是一个最明白的例。这个道理很容易解释。凡社会上成为问题的问题，一定是与许多人有密切关系的。这许多人虽然不能提出什么新解决，但是他们平时对于这个问题自然不能不注意。若有人能把这个问题的各方面都细细分析出来，加上评判的研究，指出不满意的所在，提出新鲜的救济方法，自然容易引起许多人的注意。起初自然有许多人反对。但是反对便是注意的证据，便是兴趣的表示。试看近日报纸上登的马克思的赢余价值论，可有反对的吗？可有讨论的吗？没有人讨论，没有人反对，便是不能引起人注意的证据。研究问题的文章所以能发生效果，正为所研究的问题一定是社会人生最切要的问题，最能使人注意，也最能使人觉悟。悬空介绍某种专家学说，如《赢余价值论》之类，除了少数专门学者之外，决不会发生什么影响。但是我们可以在研究问题里面做点输入学理的事业，或用学理来解释问题的意义，或从学理上寻求解决问题的方法。用这种方法来输入学理，能使人于不知不觉之中感受学理的影响。不但如此，研究问题最能使读者渐渐的养成一种批评的态度，研究的兴趣，独立思想的习惯。十部"纯粹理性的评判"，不如一点评判的态度；十篇《赢余价值论》，不如一点研究的兴趣；十种"全民政治论"，不如一点独立思想的习惯。

　　总起来说，研究问题所以能于短时期中发生很大的效力，正因为研究问题有这几种好处：（1）研究社会人生切要的问题最容易引起大家的注意；（2）因为问题关切人生，故最容易引起反对，但反对是该欢迎的，因为反对便是兴趣的表示，况且反对的讨论不但给我们许多不要钱的广告，还可使我们得讨论的益处，使真理格外分明；（3）因为问题是逼人的活问题，故容易使人觉悟，容易得人信从；（4）因为从研究问题里面输入的学理，最容易消除平常人对于学理的抗拒力，最容易使人于不知不觉之中受学理的影响；（5）因为研究问题可以不知不觉的养成一班研究的、评判的、独立思想的革新人才。

　　这是这几年新思潮运动的大教训！我希望新思潮的领袖人物以后能了解这个教训，能把全副精力贯注到研究问题上去；能把一切学理不看作天经地义，但看作研究问题的参考材料；能把一切学理应用到我们自己的种种切要问题上去；能在研究问题上面做输入学理的工夫；能用研究问题的工夫来提倡研究问题的态度，来养成研究问题的人才。

这是我对于新思潮运动的解释。这也是我对于新思潮将来的趋向的希望。

三

以上说新思潮的"评判的精神"在实际上的两种表观。现在要问："新思潮的运动对于中国旧有的学术思想，持什么态度呢？"

我的答案是："也是评判的态度。"

分开来说，我们对于旧有的学术思想有三种态度。第一，反对盲从；第二，反对调和；第三，主张整理国故。

盲从是评判的反面，我们既主张"重新估定一切价值"，自然要反对盲从。这是不消说的了。

为什么要反对调和呢？因为评判的态度只认得一个是与不是，一个好与不好，一个适与不适，——不认得什么古今中外的调和。调和是社会的一种天然趋势。人类社会有一种守旧的惰性，少数人只管趋向极端的革新，大多数人至多只能跟你走半程路。这就是调和。调和是人类懒病的天然趋势，用不着我们来提倡。我们走了一百里路，大多数人也许勉强走三四十里。我们若先讲调和，只走五十里，他们就一步都不走了。所以革新家的责任只是认定"是"的一个方向走去，不要回头讲调和。社会上自然有无数懒人懦夫出来调和。

我们对于旧有的学术思想，积极的只有一个主张，——就是"整理国故"。整理就是从乱七八糟里面寻出一个条理脉络来，从无头无脑里面寻出一个前因后果来；从胡说谬解里面寻出一个真意义来；从武断迷信里面寻出一个真价值来。为什么要整理呢？因为古代的学术思想向来没有条理，没有头绪，没有系统，故第一步是条理系统的整理。因为前人研究古书，很少有历史进化的眼光的，故从来不讲究一种学术的渊源，一种思想的前因后果，所以第二步是要寻出每种学术思想怎样发生，发生之后有什么影响效果。因为前人读古书，除极少数学者以外，大都是以讹传讹的谬说，——如太极图，爻辰，先天图，卦气……之类，——故第三步是要用科学的方法，作精确的考证，把古人的意义弄得明白清楚。因为前人对于古代的学术思想，有种种武断的成见，有种种可笑的迷信，——如骂杨朱墨翟为禽兽，却尊孔丘为德配天地、道冠古今！——故第四步是综合前三步的研究，各家都还他一个本来真面目，各家都还他一个真价值。

这叫做"整理国故"。现在有许多人自己不懂得国粹是什么东西，却偏要高谈"保存国粹"。林琴南先生做文章论古文之不当废，他说，"吾知其理而不能言其所以然"！现在许多国粹党，有几个不是这样糊涂懵懂的？这种人如何配谈国粹？

若要知道什么是国粹，什么是国渣，先须要用评判的态度，科学的精神，去做一番整理国故的工夫。

四

新思潮的精神是一种评判的态度。

新思潮的手段是研究问题与输入学理。

新思潮将来趋势，依我个人的私见看来，应该是注重研究人生社会的切要问题，应该于研究问题之中做介绍学理的事业。

新思潮对于旧文化的态度，在消极一方面是反对盲从，是反对调和，在积极一方面，是用科学的方法来做整理的工夫。

新思潮唯一目的是什么呢？是再造文明。

文明不是笼统造成的，是一点一滴的造成的进化，不是一晚上笼统进化的，是一点一滴的进化的。现今的人爱谈"解放与改造"，须知解放不是笼统解放，改造也不是笼统改造，解放是这个那个制度的解放，这种那种思想的解放，这个那个人的解放，是一点一滴的解放。改造是这个那个制度的改造，这种那种思想的改造，这个那个人的改造，是一点一滴的改造。

再造文明的下手工夫，是这个那个问题的研究。再造文明的进行，是这个那个问题的解决。

（原题《新思潮的意义》）

近代文明：求人生幸福

今日最没有根据而又最有毒害的妖言是讥贬西洋文明为唯物的（Materialistic），而尊崇东方文明为精神的（Spiritual）。这本是很老的见解，在今日却有新兴的气象。从前东方民族受了西洋民族的压迫，往往用这种见解来解嘲，来安慰自己。近几年来，欧洲大战的影响使一部分的西洋人对于近世科学的文化起一种厌倦的反感，所以我们时时听见西洋学者有崇拜东方的精神文明的议论。这种议论，本来只是一时的病态的心理，却正投合东方民族的夸大狂；东方的旧势力就因此增加了不少的气焰。

我们不愿"开倒车"的少年人对于这个问题不能没有一种彻底的见解，不能没有一种鲜明的表示。

现在高谈"精神文明""物质文明"的人，往往没有共同的标准做讨论的基础，故只能作文字上或表面上的争论，而不能有根本的了解。我想提出几个基本观念来做讨论的标准。

第一，文明（Civilization）是一个民族应付他的环境的总成绩。

第二，文化（Culture）是一种文明所形成的生活的方式。

第三，凡一种文明的造成，必有两个因子：一是物质的（Material），包括种种自然界的势力与质料；一是精神的（Spiritual），包括一个民族的聪明才智、感情和理想。凡文明都是人的心思智力运用自然界的质与力的作品；没有一种文明单是精神的，也没有一种文明单是物质的。

我想这三个观念是不须详细说明的，是研究这个问题的人都可以承认的。一只瓦盆和一只铁铸的大蒸汽炉，一只舢板船和一只大汽船，一部单轮小车和一辆电力街车，都是人的智慧利用自然界的质力制造出来的文明，同有物质的基础，同有人类的心思才智。这里面只有个精粗巧拙的程度上的差异，却没有根本上的不同。蒸汽铁炉固然不必笑瓦盆的幼稚，单轮小车上的人也更不配自夸他的精神的文明，而轻视电车上人的物质的文明。

因为一切文明都少不了物质的表观，所以"物质的文明"（Material Civilization）一个名词不应该有什么讥贬的涵义。我们说一部摩托车是一种物质的文明，不过单指他的物质的形体；其实一部摩托车所代表的人类的心思智慧决不亚于一首诗所代表的心思智慧。所以"物质的文明"不是和"精神的文明"反对的一个贬词，我们可以不讨论。

我们现在要讨论的是：①什么叫做"唯物的文明"（Materialistic Civilization）；②西洋现代文明是不是唯物的文明。

崇拜所谓东方精神文明的人说，西洋近代文明偏重物质上和肉体上的享受，而略视心灵上与精神上的要求，所以是唯物的文明。

我们先要指出这种议论含有灵肉冲突的成见，我们认为错误的成见。我们深信，精神的文明必须建筑在物质的基础之上。提高人类物质上的享受，增加人类物质上的便利与安逸，这都是朝着解放人类的能力的方向走，使人们不至于把精力心思全抛在仅仅生存之上，使他们可以有余力去满足他们的精神上的要求。

东方的哲人曾说：衣食足而后知荣辱，仓廪实而后知礼节。这不是什么舶来的"经济史观"；这是平恕的常识。人世的大悲剧是无数的人们终身做血汗的生活，而不能得着最低限度的人生幸福，不能避免冻与饿。人世的更大悲剧是人类的先知先觉者眼看无数人们的冻饿，不能设法增进他们的幸福，却把"乐天""安命""知足""安贫"种种催眠药给他们吃，叫他们自己欺骗自己，安慰自己。西方古代有一则寓言说，狐狸想吃葡萄，葡萄太高了，他吃不着，只好说，"我本不爱吃这酸葡萄！"狐狸吃不着甜葡萄，只好说葡萄是酸的；人们享不着物质上的快乐，只好说物质上的享受是不足羡慕的，而贫贱是可以骄人的。这样自欺自慰成了懒惰的风气，又不足为奇了。于是有狂病的人又进一步，索性回过头去，戕贼身体，断臂，绝食，焚身，以求那幻想的精神的安慰。从自欺自慰以至于自残自杀，人生观变成了人死观，都是从一条路上来的：这条路就是轻蔑人类的基本的欲望。朝这条路上走，逆天而拂性，必至于养成懒惰的社会，多数人不肯努力以求人生基本欲望的满足，也就不肯进一步以求心灵上与精神上的发展了。

西洋近代文明的特色便是充分承认这个物质的享受的重要。西洋近代文明，依我的鄙见看来，是建筑在三个基本观念之上：

第一，人生的目的是求幸福。

第二，所以贫穷是一桩罪恶。

第三，所以衰病是一桩罪恶。

借用一句东方古话，这就是一种"利用厚生"的文明。因为贫穷是一桩罪恶，所以要开发富源，奖励生产，改良制造，扩张商业。因为衰病是一桩罪恶，所以要研究医药，提倡卫生，讲求体育，防止传染的疾病，改善人种的遗传。因为人生的目的是求幸福，所以要经营安适的起居，便利的交通，洁净的城市，优美的艺术，安全的社会，清明的政治。纵观西洋近代的一切工艺、科学、法制，固然其中也不少杀人的利器与侵略掠夺的制度，我们终不能不承认那利用厚生的基本精神。

这个利用厚生的文明，当真忽略了人类心灵上与精神上的要求吗？当真是一种唯物的文明吗？

我们可以大胆地宣言：西洋近代文明绝不轻视人类的精神

上的要求。我们还可以大胆地进一步说：西洋近代文明能够满足人类心灵上的要求的程度，远非东洋旧文明所能梦见。在这一方面看来，西洋近代文明绝非唯物的，乃是理想主义的（Idealistic），乃是精神的（Spiritual）。

我们先从理智的方面说起。

西洋近代文明的精神方面的第一特色是科学。科学的根本精神在于求真理。人在世间，受环境的逼迫，受习惯的支配，受迷信与成见的拘束。只有真理可以使你自由，使你强有力，使你聪明圣智；只有真理可以使你打破你的环境里的一切束缚，使你戡天，使你缩地，使你天不怕、地不怕，堂堂地做一个人。

求知是人类天生的一种精神上的最大要求。东方的旧文明对于这个要求，不但不想满足他，并且常想裁制他、断绝他。所以东方古圣人劝人要"无知"，要"绝圣弃智"，要"断思惟"，要"不识不知，顺帝之则"。这是畏难，这是懒惰。这种文明，还能自夸可以满足心灵上的要求吗？

东方的懒惰圣人说，"吾生也有涯，而知也无涯，以有涯逐无涯，殆已"。所以他们要人静坐澄心，不思不虑，而物来顺应。这是自欺欺人的诳语，这是人类的夸大狂。真理是深藏在事物之中的，你不去寻求探讨，他决不会露面。科学的文明教人训练我们的官能智慧，一点一滴地去寻求真理，一丝一毫不放过，一铢一两地积起来。这是求真理的唯一法门。自然

（Nature）是一个最狡猾的妖魔，只有敲打逼拶可以逼它吐露真情。不思不虑的懒人只好永永作愚昧的人，永永走不进真理之门。

东方的懒人又说："真理是无穷尽的，人的求知的欲望如何能满足呢？"诚然，真理是发现不完的。但科学决不因此而退缩。科学家明知真理无穷，知识无穷，但他们仍然有他们的满足：进一寸有一寸的愉快，进一尺有一尺的满足。二千多年前，一个希腊哲人思索一个难题，想不出道理来；有一天，他跳进浴盆去洗澡，水涨起来，他忽然明白了，他高兴极了，赤裸裸地跑出门去，在街上乱嚷道，"我寻着了！我寻着了！"（Eureka！ Eureka！）这是科学家的满足。Newton、Pasteur以至于Edison时时有这样的愉快。一点一滴都是进步，一步一步都可以踌躇满志。这种心灵上的快乐是东方的懒圣人所梦想不到的。

这里正是东西文化的一个根本不同之点。一边是自暴自弃的不思不虑，一边是继续不断的寻求真理。

朋友们，究竟是那一种文化能满足你们的心灵上的要求呢？

其次，我们且看看人类的情感与想象力上的要求。

文艺、美术，我们可以不谈，因为东方的人，凡是能睁开眼睛看世界的，至少还都能承认西洋人并不曾轻蔑了这两个重要的方面。

我们来谈谈道德与宗教罢。

　　近世文明在表面上还不曾和旧宗教脱离关系，所以近世文化还不曾明白建立它的新宗教新道德。但我们研究历史的人不能不指出近世文明自有它的新宗教与新道德。科学的发达提高了人类的知识，使人们求知的方法更精密了，评判的能力也更进步了，所以旧宗教的迷信部分渐渐被淘汰到最低限度，渐渐地连那最低限度的信仰——上帝的存在与灵魂的不灭——也发生疑问了。所以这个新宗教的第一特色是它的理智化。近世文明仗着科学的武器，开辟了许多新世界，发现了无数新真理，征服了自然界的无数势力，叫电气赶车，叫"以太"送信，真个作出种种动地掀天的大事业来。人类的能力的发展使他渐渐增加对于自己的信仰心，渐渐把向来信天安命的心理变成信任人类自己的心理。所以这个新宗教的第二特色是它的人化。智识的发达不但抬高了人的能力，并且扩大了他的眼界，使他胸襟阔大，想象力高远，同情心浓挚。同时，物质享受的增加使人有余力可以顾到别人的需要与痛苦。扩大了的同情心加上扩大了的能力，遂产生了一个空前的社会化的新道德，所以这个新宗教的第三特色就是它的社会化的道德。

　　古代的人因为想求得感情上的安慰，不惜牺牲理智上的要求，专靠信心（Faith），不问证据，于是信鬼，信神，信上帝，信天堂，信净土，信地狱。近世科学便不能这样专靠信心了。科学并不菲薄感情上的安慰；科学只要求一切信仰须要禁得起理智的评判，须要有充分的证据。凡没有充分证据的，只可存疑，不足信仰。赫胥黎（Huxley）说的最好：

> 如果我对于解剖学上或生理学上的一个小小困难，必须要严格的不信任一切没有充分证据的东西，方才可望有成绩，那么，我对于人生的奇秘的解决，难道就可以不用这样严格的条件吗？

这正是十分尊重我们的精神上的要求。我们买一亩田、卖三间屋，尚且要一张契据，关于人生的最高希望的根据，岂可没有证据就胡乱信仰吗？

这种"拿证据来"的态度可以称为近世宗教的"理智化"。

从前人类受自然的支配，不能探讨自然界的秘密，没有能力抵抗自然的残酷，所以对于自然常怀着畏惧之心。拜物、拜畜生、怕鬼、敬神，"小心翼翼，昭事上帝"，都是因为人类不信任自己的能力，不能不倚靠一种超自然的势力。现代的人便不同了。人的智力居然征服了自然界的无数质力，上可以飞行无碍，下可以潜行海底，远可以窥算星辰，近可以观察极微。这个两只手一个大脑的动物——人——已成了世界的主人翁，他不能不尊重自己了。一个少年的革命诗人曾这样的歌唱：

我独自奋斗，胜败我独自承当，

我用不着谁来放我自由，

我用不着什么耶稣基督

妄想他能替我赎罪替我死。

I fight alone and win or sink,

I need no one to make me free,

I want no Jesus Christ to think

That he could ever die for me.

　　这是现代人化的宗教。信任天不如信任人，靠上帝不如靠
自己。我们现在不妄想什么天堂天国了，我们要在这个世界上
建造"人的乐国"。我们不妄想做不死的神仙了，我们要在这
个世界上做个活泼健全的人。我们不妄想什么四禅定六神通
了，我们要在这个世界上做个有聪明智慧可以勘天缩地的人。
我们也许不轻易信仰上帝的万能了，我们却信仰科学的方法是
万能的。人的将来是不可限量的。我们也许不信灵魂的不灭
了，我们却信人格是神圣的，人权是神圣的。

　　这是近世宗教的"人化"。

　　但最重要的要算近世道德宗教的"社会化"。

　　古代的宗教大抵注重个人的拯救；古代的道德也大抵注重
个人的修养。虽然也有自命普度众生的宗教，虽然也有自命兼

济天下的道德，然而终苦于无法下手，无力实行，只好仍旧回到个人的身心上用工夫，做那向内的修养。越向内做工夫，越看不见外面的现实世界；越在那不可捉摸的心性上玩把戏，越没有能力应付外面的实际问题。即如中国八百年的理学工夫居然看不见二万万妇女缠足的惨无人道！明心见性，何补于人道的苦痛困穷！坐禅主敬，不过造成许多"四体不勤，五谷不分"的废物！

近世文明不从宗教下手，而结果自成一个新宗教；不从道德入门，而结果自成一派新道德。十五、十六世纪的欧洲国家简直都是几个海盗的国家，哥仑布（Columbus）、马汲伦（Magellan）、都芮克（Drake）一班探险家都只是一些大海盗。他们的目的只是寻求黄金、白银、香料、象牙、黑奴。然而这班海盗和海盗带来的商人开辟了无数新地，开拓了人的眼界，抬高了人的想象力，同时又增加了欧洲的富力。工业革命接着起来，生产的方法根本改变了，生产的能力更发达了。二三百年间，物质上的享受逐渐增加，人类的同情心也逐渐扩大。这种扩大的同情心便是新宗教、新道德的基础。自己要争自由，同时便想到别人的自由，所以不但自由须以不侵犯他人的自由为界限，并且还进一步要要求绝大多数人的自由。自己要享受幸福，同时便想到人的幸福，所以乐利主义（Utilitarianism）的哲学家便提出"最大多数的最大幸福"的标准来做人类社会的目的。这都是"社会化"的趋势。

十八世纪的新宗教信条是自由、平等、博爱。十九世纪中叶以后的新宗教信条是社会主义。这是西洋近代的精神文明，这是东方民族不曾有过的精神文明。

固然东方也曾有主张博爱的宗教，也曾有公田均产的思想。但这些不过是纸上的文章，不曾实地变成社会生活的重要部分，不曾变成范围人生的势力，不曾在东方文化上发生多大的影响。在西方便不然了。"自由、平等、博爱"成了十八世纪的革命口号。美国的革命，法国的革命，一八四八年全欧洲的革命运动，一八六二年的南北美战争，都是在这三大主义的旗帜之下的大革命。美国的宪法，法国的宪法，以至于南美洲诸国的宪法，都是受了这三大主义的绝大影响的。旧阶级的打倒，专制政体的推翻，法律之下人人平等的观念的普遍，"信仰、思想、言论、出版"几大自由的保障的实行，普及教育的实施，妇女的解放，女权的运动，妇女参政的实现……都是这个新宗教新道德的实际的表现。这不仅仅是三五个哲学家书本子里的空谈；这都是西洋近代社会政治制度的重要部分，这都已成了范围人生，影响实际生活的绝大势力。

十九世纪以来，个人主义的趋势的流弊渐渐暴白于世了，资本主义之下的苦痛也渐渐明瞭了。远识的人知道自由竞争的经济制度不能达到真正"自由、平等、博爱"的目的。向资本家手里要求公道的待遇，等于"与虎谋皮"。救济的方法只有两条大路：一是国家利用其权力，实行裁制资本家，保障被压迫的阶级；一是被压迫的阶级团结起来，直接抵抗资本阶级的压迫与掠夺。于是各种社会主义的理论与运动不断地发生。西洋近代文明本建筑在个人求幸福的基础之上，所以向来承认"财产"为神圣的人权之一。但十九世纪中叶以后，这个观念根本动摇了；有的人竟说"财产是贼赃"，有的人竟说"财产是掠夺"。现在私有财产制虽然还存在，然而国家可以征收极重的所得税和遗产税，财产久已不许完全私有了。劳动是向来受贱视的；但资本集中的制度使劳工有大组织的可能，社会主义宣传与阶级的自觉又使劳工觉悟团结的必要，于是几十年之中有组织的劳动阶级遂成了社会上最有势力的分子。十年以来，工党领袖可以执掌世界强国的政权，同盟总罢工可以屈伏最有势力的政府，俄国的劳农阶级竟做了全国的专政阶级。这个社会主义的大运动现在还正在进行的时期。但他的成绩已很可观了。各国的"社会立法"（Social Legislation）的发达，工厂的视察，工厂卫生的改良，儿童工作与妇女工作的救济，红利分配制度的推行，缩短工作时间的实行，工人的保险，合作制之推行，最低工资（Minimum Wage）的运动，失业的救济，级进制的（Progressive）所得税与遗产税的实行……这都是这个大运动已经做到的成绩。这也不仅仅是纸上的文章，这也都已成了近代文明的重要部分。

这是"社会化"的新宗教与新道德。

东方的旧脑筋也许要说："这是争权夺利，算不得宗教与道德"，这里又正是东西文化的一个根本不同之点。一边是安分，安命，安贫，乐天，不争，认吃亏；一边是不安分，不安贫，不肯吃亏，努力奋斗，继续改善现成的境地。东方人见人富贵，说他是"前世修来的"；自己贫，也说是"前世不曾修"，说是"命该如此"。西方人便不然，他说"贫富的不平等，痛苦的待遇，都是制度的不良的结果，制度是可以改良的"。他们不是争权夺利，他们是争自由，争平等，争公道；他们争的不仅仅是个人的私利，他们奋斗的结果是人类最大多数人的福利。最大多数人的最大幸福，不是袖手念佛号可以得来的，是必须奋斗力争的。

朋友们，究竟是那一种文化能满足你们的心灵上的要求呢？

我们现在可综合评判西洋近代的文明了。这一系的文明建筑在"求人生幸福"的基础之上，的确替人类增进了不少的物质上的享受；然而他也确然很能满足人类的精神上的要求。他在理智的方面，用精密的方法，继续不断地寻求真理，探索自然界无穷的秘密。他在宗教道德的方面，推翻了迷信的宗教，建立合理的信仰；打倒了神权，建立人化的宗教；抛弃了那不可知的天堂净土，努力建设"人的乐国""人世的天堂"；丢开了那自称的个人灵魂的超拔，尽量用人的新想象力和新智力去推行那充分社会化了的新宗教与新道德，努力谋人类最大多数的最大幸福。

东方的文明的最大特色是知足。西洋的近代文明的最大特色是不知足。

知足的东方人自安于简陋的生活，故不求物质享受的提高；自安于愚昧，自安于"不识不知"，故不注意真理的发现与技术器械的发明；自安于现成的环境与命运，故不想征服自然，只求乐天安命，不想改革制度，只图安分守己，不想革命，只做顺民。

这样受物质环境的拘束与支配，不能跳出来，不能运用人的心思智力来改造环境改良现状的文明，是懒惰不长进的民族的文明，是真正唯物的文明。这种文明只可以遏抑而决不能满足人类精神上的要求。

西方人大不然。他们说"不知足是神圣的"（Divine Discontent）。物质上的不知足产生了今日的钢铁世界、汽机世界、电力世界。理智上的不知足产生了今日的科学世界。社会政治制度上的不知足产生了今日的民权世界，自由政体，男女平权的社会，劳工神圣的喊声，社会主义的运动。神圣的不知足是一切革新、一切进化的动力。

这样充分运用人的聪明智慧来寻求真理以解放人的心灵，来制服天行以供人用，来改造物质的环境，来改革社会政治的制度，来谋人类最大多数的最大幸福，——这样的文明应该能满足人类精神上的要求；这样的文明，是精神的文明，是真正理想主义的（Idealistic）文明，决不是唯物的文明。

　　固然，真理是无穷的，物质上的享受是无穷的，新器械的发明是无穷的，社会制度的改善是无穷的。但格一物有一物的愉快，革新一器有一器的满足，改良一种制度有一种制度的满意。今日不能成功的，明日明年可以成功；前人失败的，后人可以继续助成。尽一分力便有一分的满意；无穷的进境上，步步都可以给努力的人充分的愉快，所以大诗人邓内孙（Tennyson）借古英雄（Ulysses）的口气歌唱道：

　　　　然而人的阅历就像一座穹门，

　　　　从那里露出那不曾走过的世界，

　　　　越走越远，永远望不到他的尽头。

　　　　半路上不干了，多么沉闷呵！

　　　　明晃晃的快刀为什么甘心上锈！

　　　　难道留得一口气就算得生活了？

　　　　……

　　　　朋友们，来罢！

　　　　去寻一个更新的世界是不会太晚的。

　　　　……

　　　　用掉的精力固然不回来了，剩下的还不少呢。

　　　　现在虽然不是从前那样掀天动地的身手了。

　　　　然而我们毕竟还是我们，——

光阴与命运颓唐了几分壮志!

终止不住那不老的雄心,

去努力,去探寻,去发见,

永不退让,不屈伏。

（原题《我们对于西洋近代文明的态度》）

答某君书

　　……我细读来书，终觉得你不免作茧自缚。你自己去寻出一个本不成问题的问题："人生有何意义？"其实这个问题是容易解答的。人生的意义全是各人自己寻出来、造出来的：高尚、卑劣、清贵、污浊、有用、无用……全靠自己的作为。生命本身不过是一件生物学的事实，有什么意义可说？一个人与一只猫、一只狗，有什么分别？人生的意义不在于何以有生，而在于自己怎样生活。你若情愿把这六尺之躯葬送在白昼作梦之上，那就是你这一生的意义。你若发愤振作起来，决心去寻求生命的意义，去创造自己的生命的意义，那么，你活一日便有一日的意义，作一事便添一事的意义，生命无穷，生命的意义也无穷了。

　　总之，生命本没有意义，你要能给他什么意义，他就有什么意义。与其终日冥想人生有何意义，不如试用此生作点有意义的事……

第二辑

问题种种

我们要深信：今日的失败，都由于过去的不努力。

我们要深信：今日的努力，必定有将来的大收成。

救出你自己

　　当五月七日北京学生包围章士钊宅，警察拘捕学生的事件发生以后，北京各学校的学生团体即有罢课的提议。有些学校的学生因为北大学生会不曾参加"五七"的事，竟在北大第一院前辱骂北大学生不爱国。北大学生也有很愤激的，有些人竟贴出布告攻击北大代理校长蒋梦麟媚章媚外。然而几日之内，北大学生会举行总投票表决罢课问题，共投一千一百多票，反对罢课者八百余票，这件事真使一班留心教育问题的人心里欢喜。可喜的不在罢课案的被否决，而在：一、投票之多；二、手续的有秩序；三、学生态度的镇静。我的朋友高梦旦在上海读了这段新闻，写了一封长信给我，讨论此事，说，这样做去，便是在求学的范围以内做救国的事业，可算是在近年学生运动史上开一个新纪元。——只可惜我还没有回高先生的信，上海"五卅"的事件已发生了，前二十天的秩序与镇静都无法维持了。于是六月三日以后，全国学校遂都罢课了。

　　这也是很自然的。在这个时候，国事糟到这步田地，外间的刺激这么强：上海的事件未了，汉口的事件又来了，接着广州、南京的事件又来了；在这个时候，许多中年以上的人尚且忍耐不住，许多六十老翁尚且要出来慷慨激昂地主张宣战，何况这无数的少年男女学生呢？

我们观察这七年来的"学潮"，不能不算民国八年的五四事件与今年的"五卅"事件为最有价值。这两次都不是有什么作用，事前预备好了然后发动的；这两次都只是一般青年学生的爱国血诚，遇着国家的大耻辱，自然爆发；纯然是烂漫的天真，不顾利害地干将去，这种"无所为而为"的表示是真实的，可敬爱的。许多学生都是不愿意牺牲求学的时间的；只因为临时发生的问题太大了，刺激太强烈了，爱国的感情一时迸发，所以什么都顾不得了：功课也不顾了，秩序也不顾了，辛苦也不顾了。所以北大学生总投票表决不罢课之后，不到二十天，也就不能不罢课了。二十日前不罢课的表决可以表示学生不愿意牺牲功课的诚意；二十日后毫无勉强地罢课参加救国运动，可以证明此次学生运动的牺牲的精神。这并非前后矛盾：有了前回的不愿牺牲，方才更显出后来的牺牲之难能而可贵。岂但北大一校如此？国中无数学校都有这样的情形。

但群众的运动总是不能持久的。这并非中国人的"虎头蛇尾""五分钟的热度"。这是世界人类的通病。所谓"民气"，所谓"群众运动"，都只是一时的大问题刺激起来的一种感情上的反应。感情的冲动是没有持久性的；无组织又无领袖的群众行动是最容易松散的。我们不看见北京大街的墙上大书着"打倒英日""不要五分钟的热度"吗？其实写那些大字的人，写成之后，自己看着很满意，他的"热度"早已消除大半了；他回到家里，坐也坐得下了，睡也睡得着了。所谓"民气"，无论在中国在欧美，都是这样：突然而来，倏然而去。几天一次的公民大会，几天一次的示威游行，虽然可以勉强多维持一会儿，然而那回天安门打架之后，国民大会也就不容易召集了。

我们要知道，凡关于外交的问题，民气可以督促政府，政府可以利用民气：民气与政府相为声援方才可以收效。没有一个像样的政府，虽有民气，终不能单独成功。因为外国政府决不能直接和我们的群众办交涉；民众运动的影响（无论是一时的示威或是较有组织的经济抵制）终是间接的。一个健全的政府可以利用民气作后盾，在外交上可以多得胜利，至少也可以少吃点亏。若没有一个能运用民气的政府，我们可以断定民众运动的牺牲的大部分是白白地糟蹋了的。

倘使外交部于六月二十四日同时送出沪案及修改条约两照会之后即行负责交涉，那时民气最盛，海员罢工的声势正大。沪案的交涉至少可以得一个比较满人意的结果。但这个政府太不像样了：外交部不敢自当交涉之冲，却要三个委员来代肩末梢；三个委员都是很聪明的人，也就乐得三揎三让，延搁下去。他们不但不能用民气，反惧怕民气了！况且某方面的官僚想藉这风潮延长现政府的寿命；某方面的政客也想藉这问题延缓东北势力的侵逼。他们不运用民气来对付外人，只会利用民气来便利他们自己的志气！于是一误，再误，至于今日，沪案及其他关联之各案丝毫不曾解决，而民气却早已成了强弩之末了！

上海的罢工本是对英日的，现在却是对邮政当局、商务印书馆、中华书局了。北京的学生运动一变而为对付杨荫榆，又变而为对付章士钊了。广州对英的事件全未了结，而广州城却早已成为共产与反共产的血战场了。三个月的"爱国运动"的变相竟致如此！

这时候有一件差强人意的事，就是全国学生总会议决秋季开学后各地学生应一律到校上课，上课后应努力于巩固学生会的组织，为民众运动的中心。北京学联会也决议北京各校同学于开学前务必到校，一面上课，一面仍继续进行。

这是很可喜的消息。全国学生总会的通告里并且有"五卅运动并非短时间所可解决"的话。我们要为全国学生下一转语：救国事业更非短时间所能解决；帝国主义不是赤手空拳打得倒的；"英日强盗"也不是几千万人的喊声咒得死的。救国是一件顶大的事业：排队游街，高喊着"打倒英日强盗"，算不得救国事业；甚至于砍下手指写血书，甚至于蹈海投江，杀身殉国，都算不得救国的事业。救国的事业须要有各色各样的人才；真正的救国的预备在于把自己造成一个有用的人才。

易卜生说的好：

真正的个人主义在于把你自己这块材料铸造成个东西。

他又说：

有时候我觉得这个世界就好像大海上翻了船，最要紧的是救出我自己。

在这个高唱国家主义的时期，我们要很诚恳的指出：易卜生说的"真正的个人主义"正是到国家主义的唯一大路。救国须从救出你自己下手！

学校固然不是造人才的唯一地方，但在学生时代的青年却应该充分地利用学校的环境与设备来把自己铸造成个东西。我们须要明白了解：

救国千万事，
何一不当为？
而吾性所适，
仅有一二宜。

认清了你"性之所近，而力之所能勉"的方向，努力求发展，这便是你对国家应尽的责任，这便是你的救国事业的预备工夫。国家的纷扰，外间的刺激，只应该增加你求学灼热心与兴趣，而不应该引诱你跟着大家去呐喊，呐喊救不了国家。即使呐喊也算是救国运动的一部分，你也不可忘记你的事业有比呐喊重要十倍百倍的。你的事业是要把你自己造成一个有眼光有能力的人才。

你忍不住吗？你受不住外面的刺激吗？你的同学都出去呐喊了，你受不了他们的引诱与讥笑吗？你独坐在图书馆里觉得难为情吗？你心里不安吗？——这也是人情之常，我们不怪你；我们都有忍不住的时候。但我们可以告诉你一两个故事，也许可以给你一点鼓舞：

德国大文豪哥德（Goethe）在他的年谱里（英译本页一八九）曾说，他每遇着国家政治上有大纷扰的时候，他便用心去研究一种绝不关系时局的学问，使他的心思不致受外界的扰乱。所以拿破仑的兵威逼迫德国最厉害的时期里，哥德天天用功研究中国的文物。又当利俾瑟之战的那一天哥德正关着门，做他的名著Essex的"尾声"。

德国大哲学家费希特（Fichte）是近代国家主义的一个创始者。然而他当普鲁士被拿破仑践破之后的第二年（一八〇七）回到柏林，便着手计划一个新的大学——即今日之柏林大学。那时候，柏林还在敌国驻兵的掌握里。费希特在柏林继续讲学，在很危险的环境里发表他的《告德意志民族》（Reden an die deutsche nation）。往往在他讲学的堂上听得见敌人驻兵操演回来的笛声。他这一套讲演——《告德意志民族》——忠告德国人不要灰心丧志，不要惊慌失措；他说，德意志民族是不会亡国的；这个民族有一种天赋的使命，就是要在世间建立一个精神的文明，——德意志的文明，他说：这个民族的国家是不会亡的。

后来费希特计划的柏林大学变成了世界的一个最有名的学府，他那部《告德意志民族》不但变成了德意志帝国建国的一个动力，并且成了十九世纪全世界的国家主义的一种经典。

上边的两段故事是我愿意介绍给全国的青年男女学生的。我们不期望人人都做哥德与费希特。我们只希望大家知道：在一个扰攘纷乱的时期里跟着人家乱跑乱喊，不能就算是尽了爱国的责任，此外还有更难更可贵的任务：在纷乱的喊声里，能立定脚跟，打定主意，救出你自己，努力把你这块材料铸成个有用的东西！

（原题《爱国运动与求学》）

防身的锦囊

这一两个星期里，各地的大学都有毕业的班次，都有很多的毕业生离开学校去开始他们的成人事业。学生的生活是一种享有特殊优待的生活，不妨幼稚一点，不妨吵吵闹闹，社会都能纵容他们，不肯严格的要他们负行为的责任。现在他们要撑起自己的肩膀来挑他们自己的担子了。在这个困难最紧急的年头，他们的担子真不轻！我们祝他们的成功，同时也不忍不依据我们自己的经验，赠与他们几句送行的赠言，——虽未必是救命毫毛，也许作个防身的锦囊罢！

你们毕业之后，可走的路不出这几条，绝少数的人还可以在国内或国外的研究院继续作学术研究；少数的人可以寻着相当的职业；此外还有做官、办党、革命三条路；此外就是在家享福或者失业闲居了。第一条继续求学之路，我们可以不讨论。走其余几条路的人，都不能没有堕落的危险。堕落的方式很多，总括起来，约有这两大类：

第一是容易抛弃学生时代的求知识的欲望。你们到了实际社会里，往往所用非所学，往往所学全无用处，往往可以完全用不着学问，而一样可以胡乱混饭吃，混官做。在这种环境里，即使向来抱有求知识学问的决心的人，也不免心灰意懒，把求知的欲望渐渐冷淡下去。况且学问是要有相当的设备的：书籍，试验室，师友的切磋指导，闲暇的工夫，都不是一个平常要糊口养家的人所能容易办到的。没有做学问的环境，又谁能怪我们抛弃学问呢？

第二是容易抛弃学生时代的理想的人生的追求。少年人初次与冷酷的社会接触，容易感觉理想与事实相去太远，容易发生悲观和失望。多年怀抱的人生理想，改造的热诚，奋斗的勇气，到此时候，好像全不是那么一回事，渺小的个人在那强烈的社会炉火里，往往经不起长时期的烤炼就熔化了，一点高尚的理想不久就幻灭了。抱着改造社会的梦想而来，往往是弃甲曳兵而走，或者做了恶势力的俘虏。你在那俘房牢狱里，回想那少年气壮时代的种种理想主义，好像都成了自误误人的迷梦！从此以后，你就甘心放弃理想的人生的追求，甘心做现成社会的顺民了。

要防御这两方面的堕落，一面要保持我们求知识的欲望，一面要保持我们对于理想人生的追求。有什么好法子呢？依我个人的观察和经验，有三种防身的药方是值得一试的。

第一个方子只有一句话："总得时时寻一两个值得研究的问题！"问题是知识学问的老祖宗；古往今来一切知识的产生与积聚，都是因为要解答问题，——要解答实用上的困难或理论上的疑难。所谓"为知识而求知识"，其实也只是一种好奇心追求某种问题的解答，不过因为那种问题的性质不必是直接应用的，人们就觉得这是"无所为"的求知识了。我们出学校之后，离开了做学问的环境，如果没有一个两个值得解答的疑难问题在脑子里盘旋，就很难继续保持追求学问的热心。可是，如果你有了一个真有趣的问题天天逗你去想他，天天引诱你去解决他，天天对你挑衅笑你无可奈何他，——这时候，你就会同恋爱一个女子发了疯一样，坐也坐不下，睡也睡不安，没工夫也得偷出工夫去陪她，没钱也得搏衣节食去巴结她。没有书，你自会变卖家私去买书；没有仪器，你自会典押衣服去置办仪器，没有师友，你自会不远千里去寻师访友。你只要能时时有疑难问题来逼你用脑子，你自然会保持发展你对学问的兴趣，即使在最贫乏的智识环境中，你也会慢慢的聚起一个小图书馆来，或者设置起一所小试验室来。所以我说：第一要寻问题。脑子里没有问题之日，就是你的智识生活寿终正寝之时！古人说："待文王而兴者，凡民也。若夫豪杰之士，虽无文王犹兴。"试想伽利略（Galileo）和牛顿（Newton）有多少藏书？有多少仪器？他们不过是有问题而已。有了问题而后，他们自会造出仪器来解答他们的问题。没有问题的人们，关在图书馆里也不会用书，锁在试验室里也不会有什么发现。

第二个方子也只有一句话："总得多发展一点非职业的兴趣。"离开学校之后，大家总得寻个吃饭的职业。可是你寻得的职业未必就是你所学的，或者未必是你所心喜的，或者是你所学而实在和你的性情不相近的。在这种状况之下，工作就往往成了苦工，就不感觉兴趣了。为糊口而作那种非"性之所近而力之所能勉"的工作，就很难保持求知的兴趣和生活的理想主义。最好的救济方法只有多多发展职业以外的正当兴趣与活动。一个人应该有他的职业，又应该有他的非职业的玩意儿，可以叫做业余活动。凡一个人用他的闲暇来做的事业，都是他的业余活动。往往他的业余活动比他的职业还更重要，因为一个人的前程往往全靠他怎样用他的闲暇时间。他用他的闲暇来打麻将，他就成个赌徒；你用你的闲暇来做社会服务，你也许成个社会改革者；或者你用你的闲暇去研究历史，你也许成个史学家。你的闲暇往往定你的终身。英国十九世纪的两个哲人，弥儿（J. S. Mill）终身做东印度公司的秘书，然而他的业余工作使他在哲学上、经济学上、政治思想史上都占一个很高的位置，斯宾塞（Herbert Spencer）是一个测量工程师，然而他的业余工作使他成为前世纪晚期世界思想界的一个重镇。古来成大学问的人，几乎没有一个不是善用他的闲暇时间的。特别在这个组织不健全的中国社会，职业不容易适合我们性情，我们要想生活不苦痛或不堕落，只有多方发展业余的兴趣，使我们的精神有所寄托，使我们的剩余精力有所施展。有了这种心爱的玩意儿；你就做六个钟头的抹桌子工夫也不会感觉烦闷了，因为你知道，抹了六点钟的桌子之后，你可以回家去做你的化学研究，或画完你的大幅山水，或写你的小说戏曲，或继续你的历史考据，或做你的社会改革事业。你有了这种称心如意的活动，生活就不枯寂了，精神也就不会烦闷了。

第三个方子也只有一句话："你总得有一点信心。"我们生在这个不幸的时代，眼中所见，耳中所闻，无非是叫我们悲观失望的。特别是在这个年头毕业的你们，眼见自己的国家民族沉沦到这步田地，眼看世界只是强权的世界，望极天边好像看不见一线的光明，——在这个年头不发狂自杀，已算是万幸了，怎么还能够希望保持一点内心的镇定和理想的信任呢？我要对你们说：这时候正是我们要培养我们的信心的时候！只要我们有信心，我们还有救。古人说："信心（Faith）可以移山。"又说："只要工夫深，生铁磨成绣花针。"你不信吗？当拿破仑的军队征服普鲁士占据柏林的时候，有一位穷教授叫做费希特（Fichte）的，天天在讲堂上劝他的国人要有信心，要信仰他们的民族是有世界的特殊使命的，是必定要复兴的。费希特死的时候（一八一四），谁也不能预料德意志统一帝国何时可以实现。然而不满五十年，新的统一的德意志帝国居然实现了。

一个国家的强弱盛衰，都不是偶然的，都不能逃出因果的铁律的。我们今日所受的苦痛和耻辱，都只是过去种种恶因种下的恶果。我们要收将来的善果，必须努力种现在的新因。一粒一粒的种，必有满仓满屋的收，这是我们今日应该有的信心。

我们要深信：今日的失败，都由于过去的不努力。

我们要深信：今日的努力，必定有将来的大收成。

佛典里有一句话："福不唐捐。"唐捐就是白白的丢了。我们也应该说："功不唐捐！"没有一点努力是会白白的丢了的。在我们看不见想不到的时候，在我们看不见想不到的方向，你瞧！你下的种子早已生根发叶开花结果了！

你不信吗？法国被普鲁士打败之后，割了两省地，赔了五十万万法郎的赔款。这时候有一位刻苦的科学家巴斯德（Pasteur）终日埋头在他的试验室里做他的化学试验和微菌学研究。他是一个最爱国的人，然而他深信只有科学可以救国。他用一生的精力证明了三个科学问题：（一）每一种发酵作用都是由于一种微菌的发展；（二）每一种传染病都是由于一种微菌在生物体中的发展；（三）传染病的微菌，在特殊的培养之下，可以减轻毒力，使它从病菌变成防病的药苗。——这三个问题，在表面上似乎都和救国大事业没有多大的关系。然而从第一个问题的证明，巴斯德定出做醋酿酒的新法，使全国的酒醋业每年减除极大的损失。从第二个问题的证明，巴斯德教全国的蚕丝业怎样选种防病，教全国的畜牧农家怎样防止牛羊瘟疫，又教全世界的医学界怎样注重消毒以减除外科手术的死亡率。从第三个问题的证明，巴斯德发明了牲畜的脾热瘟的治疗药苗，每年替法国农家减除了二千万法郎的大损失；又发明了疯狗咬毒的治疗法，救济了无数的生命。所以英国的科学家赫胥黎在皇家学会里称颂巴斯德的功绩道："法国给了德国五十万万法郎的赔款，巴斯德先生一个人研究科学的成绩足够还清这一笔赔款了。"

巴斯德对于科学有绝大的信心，所以他在国家蒙奇辱大难的时候，终不肯抛弃他的显微镜与试验室。他绝不想他的显微镜底下能偿还五十万万法郎的赔款，然而在他看不见想不到的时候，他已收获了科学救国的奇迹了。

朋友们，在你最悲观最失望的时候，那正是你必须鼓起坚强的信心的时候。你要深信：天下没有白费的努力。成功不必在我，而功力必不唐捐。

（原题《赠与今年的大学毕业生》）

一个防身药方的三味药

毕业班的诸位同学，现在都得离开学校去开始你们自己的事业了，今天的典礼，我们叫做"毕业"，叫做"卒业"，在英文里叫做"始业"（Commencement），你们的学校生活现在有一个结束，现在你们开始进入一段新的生活，开始撑起自己的肩膀来挑自己的担子，所以叫做"始业"。

我今天承毕业班同学的好意，承阎校长的好意，要我来说几句话，我进大学是在五十年前（一九一〇），我毕业是在四十六年前（一九一四），够得上做你们的老大哥了，今天我用老大哥的资格，应该送你们一点小礼物，我要送你们的小礼物只是一个防身的药方，给你们离开校门，进入大世界，作随时防身救急之用的一个药方。

这个防身药方只有三味药：

第一味药叫做"问题丹"。

第二味药叫做"兴趣散"。

第三味药叫做"信心汤"。

第一味药，"问题丹"，就是说：每个人离开学校，总得带一两个麻烦而有趣味的问题在身边做伴，这是你们入世的第一要紧的救命宝丹。

问题是一切知识学问的来源，活的学问、活的知识，都是为了解答实际上的困难，或理论上的困难而得来的。年轻入世的时候，总得有一个两个不大容易解决的问题在脑子里，时时向你挑战，时时笑你不能对付他，不能奈何他，时时引诱你去想他。

只要你有问题跟着你，你就不会懒惰了，你就会继续有知识上的长进了。

学堂里的书，你带不走；仪器，你带不走；先生，他们不能跟你去，但是问题可以跟你走到天边！有了问题，没有书，你自会省吃省穿去买书；没有仪器，你自会卖田卖地去买仪器！没有好先生，你自会去找好师友；没有资料，你自会上天下地去找资料。

各位青年朋友，你今天离开学校，夹袋里准备了几个问题跟着你走？

第二味药，叫做"兴趣散"，这就是说，每个人进入社会，总得多发展一点专门职业以外的兴趣——"业余"的兴趣。

你们多数是学工程的，当然不愁找不到吃饭的职业，但四年前你们选择的专门职业，真是你们自己的自由志愿吗？你们现在还感觉你们手里的文凭真可以代表你们每个人终身的志愿，终身的兴趣吗？——换句话说，你们今天不懊悔吗？明年今天还不会懊悔吗？

你们在这四年里，没有发现什么新的、业余的兴趣吗？在这四年里，没有发现自己在本行以外的才能吗？

总而言之，一个人应该有他的职业，又应该有他的非职业的玩意儿。不是为吃饭而是心里喜欢做的，用闲暇时间做的，——这种非职业的玩意儿，可以使他的生活更有趣，更快乐，更有意思，有时候，一个人的业余活动也许比他的职业还更重要。

英国十九世纪的两个哲学家，一个是弥尔，他的职业是东印度公司的秘书，他的业余工作使他在哲学上、经济学上、政治思想史上，都有很大的贡献。一个是斯宾塞，他是一个测量工程师，他的业余工作使他成为一个很有势力的思想家。

英国的大政治家丘吉尔，政治是他的终身职业，但他的业余兴趣很多，他在文学、历史两方面，都有大成就；他用余力作油画，成绩也很好。

今天到自由中国的贵宾，美国大总统艾森豪先生，他的终身职业是军事。人都知道他最爱打高尔夫球，但我们知道他的油画也很有功夫。

各位青年朋友，你们的专门职业是不用愁的了，你们的业余兴趣是什么？你们能做的，爱做的业余活动是什么？

第三味药，我叫他做"信心汤"，这就是说：你总得有一点信心。

我们生存在这个年头，看见的、听见的，往往都是可以叫我们悲观、失望的——有时候竟可以叫我们伤心，叫我们发疯。

这个时代，正是我们要培养我们的信心的时候，没有信心，我们真要发狂自杀了。

我们的信心只有一句话："努力不会白费"，没有一点努力是没有结果的。

对你们学工程的青年人，我还用多举例来说明这种信心吗？工程师的人生哲学当然建筑在"努力不白费"的定律的基石之上。

我只举这短短几十年里大家都知道的两个例子：

一个是亨利·福特（Henry Ford），这个人没有受过大学教育，他小时半工半读，只读了几年书，十六岁就在一小机器店里作工，每周工钱两块半美金，晚上还得去帮别家做夜工。

五十七年前（一九〇三）他三十九岁，他创立Ford Motor Co.（福特汽车公司），原定资本10万元，只招得2.8万元。

五年之后（一九〇八），他造成了他的最出名的Model T汽车，用全力制造这一种车子。

一九一三年——我已在大学三年级了，福特先生创立他的第一副"装配线"（Assembly line）。

一九一四年，——四十六年前，——他就能够完全用"装配线"的原理来制造他的汽车了。同时（一九一四）他宣布他的汽车工人每天只工作八点钟，比别处工人少一点钟——而每天最低工钱五元美金，比别人多一倍。

他的汽车开始是950元一部，他逐年减低卖价，从950元直减到360元——第一次世界大战之后，减到290元一部。

他的公司，在创办时（一九〇三）只有2.8万元的资本，——到二十三年之后（一九二六）已值得10亿美金了！已成了全世界最大的汽车公司了。一九一五年，他造了100万部汽车，一九二八年，他造了1500万部车。

他的"装配线"的原则在二十年里造成了全世界的"工业新革命"。

福特的汽车在五十年中征服全世界的历史还不能叫我们发生"努力不白费"的信心吗？

第二个例子是航空工程与航空工业的历史。

也是五十七年前——一九〇八年十二月十七日，正是我十二整岁的生日，——那一天，在北加罗林那州的海边Kitty Hawk（基帝·霍克）沙滩上，两个修理脚踏车的匠人，兄弟两人，用他们自己制造的一只飞机，在沙滩上试起飞，弟弟叫Dwille Wright，他飞起了十二秒钟。哥哥叫Wilbur Wright，他飞起了五十九秒钟。

那是人类制造飞机飞在空中的第一次成功，——现在那一天（十二月十七日）是全美国庆祝的"航空日"——但当时并没有人注意到那两个弟兄的试验，但这两个没有受过大学教育的脚踏车修理匠人，他们并不失望，他们继续试飞，继续改良他们的飞机，一直到四年半之后（一九○八年五月）才有重要的报纸来报道那两个人的试飞，那时候，他们已能在空中飞三十八分钟了！

这四十年中，航空工程的大发展，航空工业的大发展，这是你们学工程的人都知道的，航空工业在最近三十年里已成了世界最大工业的一种。

我第一次看见飞机是在一九一二年。我第一次坐飞机是在一九三○年（三十年前）。我第一次飞过太平洋是在二十三年前（一九三七），第一次飞过大西洋是在十五年前（一九四五年）；当我第一次飞渡太平洋的时候，从香港到旧金山总共费了七天！去年我第一次坐Jet机，从旧金山到纽约，五个半钟点飞了三千英里！下月初，我又得飞过太平洋，当天中午起飞，当天晚上就到美国西岸了！

五十七年前，Kitty Hawk沙滩上两个脚踏车修理匠人自造的一个飞机居然在空中飞起了十二秒钟，那十二秒钟的飞行就给人类打开了一个新的时代，——打开了人类的航空时代。

这不够叫我们深信"努力不会白费"的人生观吗？

古人说："信心可以移山（Faith moves mountains）。"又说："功不唐捐（唐是空的意思）。"又说："只要工夫深，生铁磨成绣花针。"

青年的朋友，你们有这种信心没有？

不要抛弃学问

　　诸位毕业同学：你们现在要离开母校了，我没有什么礼物送给你们，只好送你们一句话罢。

　　这一句话是："不要抛弃学问。"以前的功课也许有一大部分是为了这张毕业文凭，不得已而做的，从今以后，你们可以依自己的心愿去自由研究了。趁现在年富力强的时候，努力做一种专门学问。少年是一去不复返的，等到精力衰减时，要做学问也来不及了。即为吃饭计，学问决不会辜负人的。吃饭而不求学问，三年五年之后，你们都要被后来少年淘汰掉的。到那时再想做点学问来补救，恐怕已太晚了。

　　有人说："出去做事之后，生活问题急需解决，哪有工夫去读书？即使要做学问，既没有图书馆，又没有实验室，哪能做学问？"

　　我要对你们说：凡是要等到有了图书馆方才读书的，有了图书馆也不肯读书。凡是要等到有了试验室方才做研究的，有了试验室也不肯做研究。你有了决心要研究一个问题，自然会撙衣节食去买书，自然会想出法子来设置仪器。

　　至于时间，更不成问题。达尔文一生多病，不能多做工，每天只能做一点钟的工作。你们看他的成绩！每天花一点钟看十页有用的书，每年可看三千六百多页书，二十年可读十一万页书。

诸位，十一万页书可以使你成一个学者了。可是，每天看三种小报也得费你一点钟的工夫；四圈麻将也得费你一点半钟的光阴。看小报呢？还是打麻将呢？还是努力做一个学者呢？全靠你们自己的选择！

易卜生说："你的最大责任是把你这块材料铸造成器。"

学问便是铸器的工具。抛弃了学问便是毁了你们自己。再会了！你们的母校眼睁睁地要看你们十年之后成什么器。

（原题《中国公学十八年级毕业赠言》）

贞操与爱情

先生对于这个问题共分五层。第一层的大意是说：

> 夫妇关系，爱情虽是极重要的分子，却不是唯一的条件。……贞操虽是对待的要求，却并不是以爱情有无为标准，也不能仅看作当事者两个人的自由态度。……因为爱情是盲目而极易变化的。这中间须有一种强迫的制裁力。……爱情之外，尚当有一种道德的制裁。简单说来，就是两方应当尊崇对手的人格。……爱情必须经过道德的洗炼，使感情的爱变为人格的爱，方能算的真爱。……夫妇关系一旦成立以后，非一方破弃道德的制裁，或是生活上有不得已的缘故，这关系断断不能因一时感情的好恶随便可以动摇。贞操即是道德的制裁人格的义务中应当强迫遵守之一。破弃贞操是道德上一种极大罪恶，并且还毁损对手的人格，绝不可以轻恕的。

这一层的大旨，我是赞成的。我所讲的爱情，并不是先生所说盲目的又极易变化的感情的爱。人格的爱虽不是人人都懂得的（这话先生也曾说过），但平常人所谓爱情，也未必全是肉欲的爱；这里面大概总含有一些"超于情欲的分子"，如共同生活的感情，名分的观念，儿女的牵系，等等。但是这种种分子，总还要把异性的恋爱做一个中心点。夫妇的关系所以和别的关系（如兄弟姊妹朋友）不同，正为有这一点异性的恋爱在内。若没有一种真挚专一的异性的恋爱，那么共同生活便成了不可终日的痛苦，名分观念便成了虚伪的招牌，儿女的牵系便也和猪狗的母子关系没有大分别了。我们现在且不要悬空高谈理想的夫妇关系，且仔细观察最大多数人的实际夫妇关系究竟是什么样子。我以为我们若从事实上的观察做根据，一定可以得到这个断语：夫妇之间的正当关系应该以异性的恋爱为主要元素；异性的恋爱专注在一个目的，情愿自己制裁性欲的自由，情愿永久和他所专注的目的共同生活，这便是正当的夫妇关系。人格的爱，不是别的，就是这种正当的异性恋爱加上一种自觉心。

我和先生不同的论点，在于先生把"道德的制裁"和"感情的爱"分为两件事，所以说"爱情之外，尚当有一种道德的制裁"。我却把"道德的制裁"看做即是那正当的，真挚专一的异性恋爱。若在"爱情之外"别寻夫妇间的"道德"，别寻"人格的义务"，我觉得是不可能的了。所以我赞成先生说的"夫妇关系一旦成立以后，非一方破弃道德的制裁（即是我所谓'真一的异性恋爱'），或是生活上有不得已的缘故（如寡妇不能生活，或鳏夫不能抚养幼小儿女），这关系断断不能因一时感情的好恶随便可以动摇"。我虽赞成这个结论，却不赞成先生说的"贞操并不是以爱情有无为标准"。因为我所说的"贞操"即是异性恋爱的真挚专一。没有爱情的夫妇关系，都不是正当的夫妇关系，只可说是异性的强迫同居！既不是正当的夫妇，更有什么贞操可说？

先生所说的"尊重人格"，固然是我所极赞成的。但是夫妇之间的"人格问题"，依我看来只不过是真一的异性恋爱加上一种自觉心。中国古代所说"夫妇相敬如宾"的敬字便含有尊重人格的意味。人格的爱情，自然应该格外尊重贞操。但是人格的观念，根本上研究起来，实在是超于平常人心里的"贞操"观念的范围以外。平常人所谓"贞操"，大概指周作人先生所说的"信实"，我所说的"真一"，和先生所说的"一夫一妇"。但是人格的观念有时不限此。先生屡用易卜生的"娜拉"为例。即以此戏看来，郝尔茂对于娜拉并不曾违背"贞操"的道德。娜拉弃家出门，并不是为了贞操问题，乃是为了人格问题，这就可见人格问题是超于贞操问题了。

先生又极力攻击自由恋爱和容易的离婚。其实高尚的自由恋爱，并不是现在那班轻薄少年所谓自由恋爱，只是根据于"尊重人格"一个观念；我在美洲也曾见过这种自由恋爱的男女，觉得他们真能尊重彼此的人格。这一层周作人先生已说过了，我且不多说。至于容易的离婚，先生也不免有点误解。

我从前在《美国的妇人》一篇里曾有一节论美国多离婚案之故道：

> ……自由结婚的根本观念就是要夫妇相敬相爱，先有精神上的契合，然后可以有形体上的结婚。不料结婚之后，方才发现从前的错误，方才知道他们两人决不能有精神上的爱情；既不能有精神上的爱情，若还依旧同居，不但违背自由结婚的原理，并且必至于坠落各人的人格。所以离婚案之多，未必全由于风俗的败坏，也未必不由于个人人格的尊贵。

所以离婚的容易，并不是一定就可以表示不尊重人格。这又可见人格的问题超于平常的贞操观念以外了。

先生第二层的意思，已有周作人先生的答书了，我本可以不加入讨论，但是我觉得这一段里面有一个重要观念，是哲学上的一个根本问题，故不得不提出讨论。先生不赞成与谢野夫人把贞操看做一种趣味、信仰、洁癖，不当他是道德。先生是个研究哲学的人，大概知道"道德"本可当做一种信仰，一种趣味，一种洁癖。中国的孔丘也曾两次说"吾未见好德如好色者也"。他又说"知之者不如好之者，好之者不如乐之者"。这种议论很有道理，远胜于康德那种"绝对命令"的道德论。道德教育的最高目的是要人人都能自然行善去恶，"如恶恶臭，如好好色"一般。西洋哲学史上也有许多人把道德观念当做一种美感的。要是人人都能把道德当做一种趣味，一种美感，岂不很好吗？

先生第三层的大意是说我不应该"把外部的制裁一概抹杀"。先生所指的乃是法律上消极的制裁，如有夫有妇奸罪等等。这都是刑事法律的问题，自然不在我所抹杀的"外部干涉"之内，我不消申明了。

先生第四层论续娶和离婚的限制，我也可以不辩。

先生第五层论共妻和自由恋爱。我的原文里并没有提到这两个问题，《新青年》的同人也不会有提倡这两种问题，本可以不辩。况且周作人先生已有答书提起这一层，我在上文也略提到自由恋爱。我觉得先生对于这两个问题，未免有点"笼统"的攻击，不曾仔细分析主张这种制度的人心理和品格。因此我且把先生反对这种人的理由略加讨论。

一、先生说："夫妇的平等关系，是人格的平等，待遇的平等，不是男女做同样的事才算平等。"这话固然不错。男女不能做完全同样的事，这是人所共知的。但是有许多事是男女都能做的。古来相传的家庭制度，把许多极繁琐的事看做妇人的天职，有钱的人家固然可以雇人代做，但是中人以下的人家，这是做不到的，因此往往有可造就的女子人才竟被家庭事务埋没了，不能有机会发展她的个性的才能。欧美提倡废家庭制度的人，大多数是自食其力的美术家和文人。这一派人所以反对家庭，正因为家庭的负担有碍于他们才性的自由发展。还有那避孕的行为，也是为此。先生说他们的流弊可以"把一切文明事业尽行推翻"，未免太过了。

二、先生说"妇女解放是解放人格，不是解放性欲"。学者的提倡共妻制度（如柏拉图所说），难道是解放性欲吗？还有那种有意识的自由恋爱，据我所见，都是尊重性欲的制裁的。无制裁的性欲，不配称恋爱，更不配称自由恋爱。

三、先生论儿童归公家教养一段，理由很不充足。这种主张从柏拉图以来，大概有三种理由：甲、公家教养儿童，可用专门好手，功效可以胜过平常私家的教养，因为有无量数的父母都是不配教养子女的；乙、儿女乃是社会的分子，并不是你我的私产，所以教养儿童并不全是先生所说"自己应尽的义务"；丙、依分工互助的道理，有些愿意教养儿童的人便去替公家教养儿童，有些不愿意或不配教养儿童的人便去做旁的事业。先生说："既说平等，为什么又要一种人来替你尽那不愿意教养儿童的义务呢？"他们并不说人人能力、才性都平等（这种平等说是绝对不能成立的），他们也不要勉强别人做不愿意的事；他们只要各人分工互助，各人做自己愿意做的事。

四、先生又说共妻主义的大罪恶在于"拿极少数人的偏见来破坏人类精神生活上万不可缺的家庭制度"。这话固然有理，但是我们革新家不应该一笔抹杀"极少数人的偏见"，我们应该承认这些极少数人有自由实验他所主张的权利。

五、先生说"共妻主义实际上是把妇女当做机械牛马"。这话未免冤枉共妻主义的人了。我手头没有近代主张共妻的书，我且引柏拉图的《共和国》中论公妻的一节为证（*Republic*，458—459）：

　　假定你做了（这个理想国的）立法官，既然选出了那些最好的男子，就该选出一些最好的女子，要拣那些最配得上这些男子的，使他们男女同居公共的房子，同在一块儿用餐。他们都不许有自己的东西；他们同作健身的运动，同在一处养育长大。他们自然会被一种天性的必要（necessity）牵引起来互相结合。我用"必要"一个字，不太强吗？

　　（答）不太强。你所谓"必要"自然不是几何学上的必要；这种必要只有有情的男女才知道的。

　　这种必要对于一般人类的效能比几何学上的必要还大的多哪。

　　是的。但是这种事的进行须要有秩序。在这个乐国里面，淫乱是该禁止的。

　　（答）应该如此。

　　你的主张是要使配偶成为最高洁神圣的，要使这种最有益的配偶成为最高洁神圣的吗？

　　（答）正是。

这就可见古代的共妻论已不会把妇女当做机械牛马一样看待。近世个性发展，女权伸张，远胜古代，要是共妻主义把妇女看作机械牛马，还能自成一说吗？至于先生把自由恋爱解作"两方同意性欲关系即随便可以结合，不受何等制限"，这也不很公平。世间固然有一种"放纵的异性生活"装上自由恋爱的美名，但是有主义的自由恋爱也不能一笔抹杀。古今正式主张自由恋爱的人，大概总有一种个性的人生观，决不是主张性欲自由的。最著名的先例是William Godwin和 Mary Wollstonecraft的关系。Godwin最有名的著作Political Justice是主张自由恋爱最早的一部书。他后来遇见那位女界的怪杰Mary Wollstonecraft，居然实行他们理想中的恋爱生活。Godwin书中曾说自由恋爱未必就有"乱淫"的危险，因为人类的通性总会趋向一个伴侣，不爱杂交；再加上朋友的交情，自然会把粗鄙的情欲变高尚了；即使让一步，承认自由恋爱容易解散，这也未必一定是最坏的事。论者只该问这一桩离散是有理无理，不该问离散是难是易。最近北京有一家夫妇不和睦，丈夫对他妻子常用野蛮无理的行为，后来他妻子跑回母家去了，不料母家的人说她是弃妇，瞧不起她，她受不过这种嘲笑，只好含羞忍辱回她夫家去受她丈夫的虐待！这种婚姻可算得不容易离散了，难道比容易解散的自由恋爱更好吗？自由恋爱的离散未必全由于性欲的厌倦，也许是因为人格上有不能再同居的理由。

他们既然是人格的结合，一有主张的自由恋爱应该是人格的结合！——如今觉得继续同居有妨碍于彼此的人格，自然可以由两方自由解散了。

以上答先生的第五层，完全是学理的讨论；因为先生提到共妻和自由恋爱两种主张，故我也略说几句。我要正式声明，我并不是主张这两种制度的；不过我是一个研究思想史的人，所以对于无论那一种学说，总想寻出他的根据理由，我决不肯"笼统"排斥他。

（原题《论贞操问题——答蓝志先》）

爱情与痛苦

《每周评论》第25号里，我的朋友陈独秀引我的话："爱情的代价是痛苦，爱情的方法是要忍得住痛苦。"他又加上一句评语道："我看不但爱情如此，爱国爱公理也都如此。"这几句话出版后的第三日，他就被北京军警捉去了，现在已有半个多月，他还在警察厅里。我们对他要说的话是："爱国爱公理的报酬是痛苦，爱国爱公理的条件是要忍得住痛苦。"

不要怕社会报复

　　前接先生三月二十一日手书，当时匆匆未及即时作答，现闻成都报纸因先生的女儿辟疆女士的事竟攻击先生，我觉得我此时不能不写几句话来劝慰先生。春间辟疆因留学的事来见我，我觉得她少年有志，冒险远来，胆识都不愧为名父之女，故很敬重她。她临行时，我给她几封介绍信，都很带有期望她的意思。后来忽然听见她和潘力山君结婚之事，我心里着实失望。我所以失望，倒并不是因为他们的恋爱关系，——那另是一个问题，——我最失望的是辟疆一腔志气不曾做到分毫，便自己甘心做一个人的妻子；将来家庭的担负，儿女的牵挂，都可以葬送她的前途。后来任叔永回国，告诉我她过卜克利见辟疆时的情形，果然辟疆躬自操作持家，努力作主妇了……

　　先生对于此事，不知感想如何？我怕外间纷纷的议论定已使先生心里不快。先生二十年来与恶社会宣战，恶社会现在借刀报复，自是意中之事。但此乃我们必不可免的牺牲，——我们若怕社会的报复，决不来干这种与社会宣战的事了。乡间有人出来提倡毁寺观庙宇，改为学堂；过了几年，那人得暴病死了，乡下人都拍手称快，大家造出谣言，说那人是被菩萨捉去地狱里受罪去了！这是很平常的事。我们不能预料我们的儿女的将来，正如我们不能预料我们的房子不被"天火"烧，我们的"灵魂"不被菩萨"捉去地狱里受罪"。

况且我们既主张使儿女自由自动，我们便不能妄想一生过老太爷的太平日子。自由不是容易得来的。自由有时可以发生流弊，但我们决不因为自由有流弊便不主张自由。"因噎废食"一句套语，此时真用得着了。自由的流弊有时或发现于我们自己的家里，但我们不可因此便失望，不可因此便对于自由起怀疑的心。我们还要因此更希望人类能从这种流弊里学得自由的真意义，从此得着更纯粹的自由。

从前英国的高德温（Godwin）主张无政府主义，主张自由恋爱，后来他的女儿爱了诗人雪莱（Sbelley），跟他跑了。社会的守旧党遂借此攻击他老人家，但高德温的价值并不因此减损。当时那班借刀报复的人，现在谁也不提起了！

我是很敬重先生的奋斗精神的。年来所以不曾通一信寄一字者，正因为我们本是神交，不必拘泥形迹。此次我因此事第一次寄书给先生，固是我从前不曾预料到的，但此时我若再不寄此信，我就真对不起先生了。

（原题《寄吴又陵先生书》）

行为道德种种

杜威论人生的行为道德，也极力反对从前哲学家所固执的种种无谓的区别。

（1）主内和主外的区别。主内的偏重行为的动机，偏重人的品性。主外的偏重行为的效果，偏重人的动作。其实这都是一偏之见。动机也不是完全在内的，因为动机都是针对一种外面的境地起来的。品性也不是完全在内的，因为品性往往都是行为的结果，行为成了习惯，便是品行。主外的也不对。行为的结果也不是完全在外的，因为有意识的行为都有一种目的，目的就是先已见到的效果，若没有存心，行为的善恶都不成道德的问题，譬如我无心中掉了十块钱，有人拾去，救了他一命。结果虽好，算不得是道德。至于行为、动作有外有内，更显而易见了。杜威论道德，不认古人所定的这些区别。他说，平常的行为，本没有道德和不道德的区别。遇着疑难的境地，可以这样做，也可以那样做；但是这样做便有这等效果，那样做又有那种结果，究竟还是这样做呢？还该那样做呢？到了这个选择去取的时候，方才有一个道德的境地，方才有道德和不道德的问题。这种行为，自始至终只是一件贯串的活动，没有什么内外的区别。最初估量抉择的时候，虽是有些迟疑。究竟疑虑也是活动，决定之后，去彼取此，决心做去，那更是很明显的活动了。这种行为，和平常的行为并无根本的区别。这里面主持的思想，即是平常猜谜演算术的思想，并没有一个特别的良知。这里面所用的参考资料和应用工具，也即是经验和观念之类，并无特别神秘的性质。总而言之，杜威论道德，根本上不承认主内和主外的分别，知也是外，行也是内，动机也是活动，疑虑也是活动，做出来的结果也是活动。若把行为的一部分认作"内"，一部分认作"外"，那就是把一件整个的活动分作两截，那就是养成知行不一致的习惯，必致于向活动之外另寻道德的教育。活动之外的道德教育，如我们中国的读经修身之类，决不能有良好的效果的。

（2）责任心和兴趣的分别。西洋论道德的，还有一个很严的区别，就是责任心和兴趣的区别。偏重责任心的人，说，你"应该"如此做。不管你是否愿意，你总得如此做。中国的董仲舒和德国的康德都是这一类。还有一班人偏重兴趣一方面，说：我高兴这样做，我爱这样做。孔子说的"知之者不如好之者，好之者不如乐之者"，便是这个意思。有许多哲学家把"兴趣"看错了，以为兴趣即是自私自利的表示，若跟着"兴趣"做去，必致于偏向自私自利的行为。这派哲学家因此便把兴趣和责任心看作两件绝对相反的东西。所以学校中的道德教育只是要学生脑子里记得许多"应该"做的事，或是用种种外面的奖赏刑罚之类，去监督学生的行为。这种方法，杜威极不赞成。杜威以为责任和兴趣并不是反对的。兴趣并不是自私自利，不过是把我自己和所做的事看作一件事；换句话说，兴趣即是把所做的事认作我自己的活动的一部分。譬如一个医生，当鼠疫盛行的时候，他不顾传染的危险，亲自天天到疫区去医病救人。我们一定说他很有责任心。其实他只不过觉得这种事业是他自己的活动的一部分，所以冒险做去。他若没有这种兴趣，若不能在这种冒险救人的事业里面寻出兴趣，那就随书上怎么把责任心说得天花乱坠，他决不肯去做。如此看来，真正责任心只是一种兴趣。杜威说，"责任"（Duty）古义本是"职务"（Office），只是"执事者各司其事"。兴趣即是把所要做的事认作自己的事。仔细看来，兴趣不但和责任心没有冲突，并且可以补助责任心。没有兴趣的责任，如因犯做苦工，决不能真有责任心。况且责任是死的，兴趣是活的。兴趣的发生，即是新能力发生的表示，即是新活动的起点。即如上文所说的医生，他初行医的时候，他的责任只在替人医病，并不会想到鼠疫的事。后来鼠疫发生了，他若是觉得他的兴趣只在平常的医病，他决不会去冒险做疫区救济的事。他所以肯冒传染的危险，正为他此时发生一种新兴趣，把疫区的治疗认作他的事业的一部分，故疫区的危险都不怕了。学校中的德育也是如此。学生对于所做的功课毫无兴趣，怪不得要出去打牌吃酒去了。若是学校的生活能使学生天天发生新兴趣，他自然不想做不道德的事了。这才是真正的道德教育。社会上的道德教育，也是如此。商店的伙计，工厂的工人，一天做十五六点钟的苦工，做的头昏脑闷，毫无兴趣，他们自然要想出去干点不正当的娱乐。圣人的教训，宗教的戒律，到此全归无用。所以现在西洋的新实业家，一方面减少工作的时间，增加工作的报酬，一方面在工厂里或公司里设立种种正当的游戏，使做工的人都觉得所做的事是有趣味的事。有了这种兴趣，不但做事更肯尽职，并且不要去寻那不正当的娱乐了。所以真正的道德教育在于使人对于正当的生活发生兴趣，在于养成对于所做的事发生兴趣的习惯。

领袖人才的来源

北京大学教授孟森先生前天寄了一篇文字来，题目是论"士大夫"（见《独立》第12期）。他下的定义是：

> "士大夫"者，以自然人为国负责，行事有权，败事有罪，无神圣之保障，为诛殛所可加者也。

虽然孟先生说的"士大夫"，从狭义上说，好像是限于政治上负大责任的领袖；然而他又包括孟子说的"天民"一级不得位而有绝大影响的人物，所以我们可以说，若用现在的名词，孟先生文中所谓"士大夫"应该可以叫做"领袖人物"，省称为"领袖"。孟先生的文章是他和我的一席谈话引出来的，我读了忍不住想引申他的意思，讨论这个领袖人才的问题。

孟先生此文的言外之意是叹息近世居领袖地位的人缺乏真领袖的人格风度，既抛弃了古代"士大夫"的风范，又不知道外国的"士大夫"的流风遗韵，所以成了一种不足表率人群的领袖。他发愿要搜集中国古来的士大夫人格可以做后人模范的，做一部"士大夫集传"；他又希望有人搜集外国士大夫的精华，做一部"外国模范人物集传"。这都是很应该做的工作，也许是很有效用的教育材料。我们知道《新约》里的几种耶稣传记影响了无数人的人格；我们知道布鲁达克（Plutarch）的英雄传影响了后世许多的人物。欧洲的传记文学发达得最完备，历史上重要人物都有很详细的传记，往往有一篇传记长至几十万言的，也往往有一个人的传记多至几十种的。这种传记的翻译，倘使有审慎的选择和忠实明畅的译笔，应该可以使我们多知道一点西洋的领袖人物的嘉言懿行，间接的可以使我们对于西方民族的生活方式得一点具体的了解。

中国的传记文学太不发达了，所以中国的历史人物往往只靠一些干燥枯窘的碑版文字或史家列传流传下来，很少的传记材料是可信的，可读的已很少了；至于可歌可泣的传记，可说是绝对没有。我们对于古代大人物的认识，往往只全靠一些很零碎的轶事琐闻。然而我至今还记得我做小孩子时代读的朱子《小学》里面记载的几个可爱的人物，如汲黯、陶渊明之流。朱子记陶渊明，只记他做县令时送一个长工给他儿子，附去一封家信，说："此亦人子也，可善遇之。"这寥寥九个字的家书，印在脑子里，也颇有很深刻的效力，使我三十年来不敢轻用一句暴戾的辞气对待那帮我做事的人。这一个小小例子可以使我承认模范人物的传记，无论如何不详细，只须剪裁的得当，描写的生动，也未尝不可以做少年人的良好教育材料，也未尝不可介绍一点做人的风范。

但是传记文学的贫乏与忽略，都不够解释为什么近世中国的领袖人物这样稀少而又不高明。领袖的人才决不是光靠几本《士大夫集传》就能铸造成功的。"士大夫"的稀少，只是因为"士大夫"在古代社会里自成一个阶级，而这个阶级久已不存在了。在南北朝的晚期，颜之推说：

> 吾观《礼经》，圣人之教，箕帚匕箸，咳唾唯诺，执烛沃盥，皆有范文，亦为至矣。但（《礼经》）既残缺非复全书，共有所不载，及世事变改者，达君子自为节度，相承行之。故世号"士大夫风操"。而家门颇有不同，所见互称长短。然其阡陌亦自可知。（《颜氏家训·风操第六》）

在那个时代，虽然经过了魏晋旷达风气的解放，虽然经过了多少战祸的摧毁，"士大夫"的阶级还没有完全毁灭，一些名门望族都竭力维持他们的门阀。帝王的威权，外族的压迫，终不能完全消灭这门阀自卫的阶级观念。门阀的争存不全靠声势的煊赫，子孙的贵盛。他们所倚靠的是那"士大夫风操"，即是那个士大夫阶级所用来律己律人的生活典型。即如颜氏一家，遭遇亡国之祸，流徙异地，然而颜之推所最关心的还是"整齐门内，提撕子孙"，所以他著作家训，留作他家子孙的典则。隋唐以后，门阀的自尊还能维持这"士大夫风操"至几百年之久。我们看唐朝柳氏和宋朝吕氏、司马氏的家训，还可以想见当日士大夫的风范的保存是全靠那种整齐严肃的士大夫阶级的教育的。

然而这士大夫阶级始终被科学制度和别种政治和经济的势力打破了。元明以后，三家村的小儿只消读几部刻板书，念几百篇科学时文，就可以有登科做官的机会；一朝得了科第，像《红鸾禧》戏文里的丐头女婿，自然有送钱投靠的人来拥戴他去走马上任。他从小学的是科学时文，从来没有梦见过什么古来门阀里的"士大夫风操"的教育与训练，我们如何能期望他居士大夫之位要维持士大夫的人品呢？

以上我说的话，并不是追悼那个士大夫阶级的崩坏，更不是希冀那种门阀训练的复活。我要指出的是一种历史事实。凡成为领袖人物的，固然必须有过人的天资做底子，可是他们的知识见地，做人的风度，总得靠他们的教育训练。一个时代有一个时代的"士大夫"，一个国家有一个国家的范型式的领袖人物。他们的高下优劣，总都逃不出他们所受的教育训练的势力。某种范型的训育自然产生某种范型的领袖。

这种领袖人物的训育的来源，在古代差不多全靠特殊阶级（如中国古代的士大夫门阀，如日本的贵族门阀，如欧洲的贵族阶级及教会）的特殊训练。在近代的欧洲则差不多全靠那些训练领袖人才的大学。欧洲之有今日的灿烂文化，差不多全是中古时代留下的几十个大学的功劳。近代文明有四个基本源头：（一）是文艺复兴，（二）是十六七世纪的新科学，（三）是宗教革新，（四）是工业革命。这四个大运动的领袖人物，没有一个不是大学的产儿。中古时代的大学诚然是幼稚的可怜，然而意大利有几个大学都有一千年的历史；巴黎、牛津、剑桥都有八九百年的历史；欧洲的有名大学，多数是有几百年的历史的；最新的大学，如莫斯科大学也有一百八十多年了，柏林大学是一百二十岁了。有了这样长期的存在，才有积聚的图书设备，才有集中的人才，才有继长增高的学问，才有那使人依恋崇敬的"学风"。至于今日，西方国家的领袖人物，那一个不是从大学出来的？即使偶有三五个例外，也没有一个不是直接间接受大学教育的深刻影响的。

在我们这个不幸的国家，一千年来，差不多没有一个训练领袖人才的机关。贵族门阀是崩坏了，又没有一个高等教育的书院是有持久性的，也没有一种教育是训练"有为有守"的人才的。五千年的古国，没有一个三十年的大学！八股试帖是不能造领袖人才的，做书院课卷是不能造领袖人才的，当日最高的教育，——理学与经学考据——也是不能造领袖人才的。现在这些东西都快成了历史陈迹了，然而这些新起的"大学"，东抄西袭的课程，朝三暮四的学制，七零八落的设备，四成五成的经费，朝秦暮楚的校长，东家宿而西家餐的教员，十日一雨五日一风的学潮，——也都还没有造就领袖人才的资格。

丁文江先生在《中国政治的出路》(《独立》第十一期)里曾指出"中国的军事教育比任何其他的教育都要落后",所以多数的军人都"因为缺乏最低的近代知识和训练,不足以担任国家的艰巨"。其实他太恭维"任何其他的教育"了!茫茫的中国,何处是训练大政治家的所在?何处是养成执法不阿的伟大法官的所在?何处是训练财政经济专家学者的所在?何处是训练我们的思想大师或教育大师的所在?

领袖人物的资格在今日已不比古代的容易了。在古代还可以有刘邦、刘裕一流的枭雄出来平定天下,还可以像赵普那样的人妄想用"半部《论语》治天下"。在今日的中国,领袖人物必须具备充分的现代见识,必须有充分的现代训练,必须有足以引起多数人信仰的人格。这种资格的养成,在今日的社会,除了学校,别无他途。

我们到今日才感觉整顿教育的需要,真有点像"临渴掘井"了。然而治七年之病,终须努力求三年之艾。国家与民族的生命是千万年的。我们在今日如果真感觉到全国无领袖的苦痛,如果真感觉到"盲人骑瞎马"的危机,我们应当深刻的认清只有咬定牙根来彻底整顿教育,稳定教育,提高教育的一条狭路可走。如果这条路上的荆棘不扫除,虎狼不驱逐,奠基不稳固;如果我们还想让这条路去长久埋没在淤泥水潦之中,——那么,我们这个国家也只好长久被一班无知识无操守的浑人领导到沉沦的无底地狱里去了。

差不多先生传

你知道中国最有名的人是谁?

提起此人,人人皆晓,处处闻名。他姓差,名不多,是各省各县各村人氏。你一定见过他,一定听过别人谈起他。差不多先生的名字天天挂在大家的口头,因为他是中国全国人的代表。

差不多先生的相貌和你和我都差不多。他有一双眼睛,但看的不很清楚;有两只耳朵,但听的不很分明;有鼻子和嘴,但他对于气味和口味都不很讲究。他的脑子也不小,但他的记性却不很精明,他的思想也不很细密。

他常常说:"凡事只要差不多,就好了。何必太精明呢?"

他小的时候,他妈叫他去买红糖,他买了白糖回来。他妈骂他,他摇摇头说:"红糖白糖不是差不多吗?"

他在学堂的时候,先生问他:"直隶省的西边是哪一省?"他说是陕西。先生说:"错了。是山西,不是陕西。"他说:"陕西同山西,不是差不多吗?"

后来他在一个钱铺里做伙计;他也会写,也会算,只是总不会精细。十字常常写成千字,千字常常写成十字。掌柜的生气了，常常骂他。他只是笑嘻嘻地赔小心道："千字比十字只多一小撇，不是差不多吗？"

有一天，他为了一件要紧的事，要搭火车到上海去。他从从容容地走到火车站，迟了两分钟，火车已开走了。他白瞪着眼，望着远远的火车上的煤烟，摇摇头道："只好明天再走了，今天走同明天走，也还差不多。可是火车公司未免太认真。8点30分开，同8点32分开，不是差不多吗？"他一面说，一面慢慢地走回家，心里总不明白为什么火车不肯等他两分钟。

有一天，他忽然得了急病，赶快叫家人去请东街的汪医生。那家人急急忙忙地跑去，一时寻不着东街的汪大夫，却把西街牛医王大夫请来了。差不多先生病在床上，知道寻错了人；但病急了，身上痛苦，心里焦急，等不得了，心里想道："好在王大夫同汪大夫也差不多，让他试试看罢。"于是这位牛医王大夫走近床前，用医牛的法子给差不多先生治病。不上一点钟，差不多先生就一命呜呼了。

差不多先生差不多要死的时候，一口气断断续续地说道："活人同死人也差……差……差不多，……凡事只要……差……差……不多……就……好了，……何……何……必……太……太认真呢？"他说完了这句格言，方才绝气了。

他死后，大家都很称赞差不多先生样样事情看得破，想得通；大家都说他一生不肯认真，不肯算账，不肯计较，真是一位有德行的人。于是大家给他取个死后的法号，叫他做圆通大师。

他的名誉越传越远，越久越大。无数无数的人都学他的榜样。于是人人都成了一个差不多先生。——然而中国从此就成为一个懒人国了。

名　教

　　中国是个没有宗教的国家，中国人是个不迷信宗教的民族。——这是近年来几个学者的结论。有些人听了很洋洋得意，因为他们觉得不迷信宗教是一件光荣的事。有些人听了要做愁眉苦脸，因为他们觉得一个民族没有宗教是要堕落的。

　　于今好了，得意的也不可太得意了，懊恼的也不必懊恼了。因为我们新发现中国不是没有宗教的：我们中国有一个很伟大的宗教。

　　孔教早倒霉了，佛教早衰亡了，道教也早冷落了。然而我们却还有我们的宗教。这个宗教是什么教呢？提起此教，大大有名，他就叫做"名教"。

　　名教信仰什么？信仰"名"。

　　名教崇拜什么？崇拜"名"。

　　名教的信条只有一条："信仰名的万能。"

　　"名"是什么？这一问似乎要做点考据。《论语》里孔子说，"必也正名乎"，郑玄注：

　　正名，谓正书字也。古者曰名，今世曰字。

《仪礼》"聘礼"注：

> 名，书文也。今谓之字。

《周礼》"大行人"下注：

> 书名，书文字也。古曰名。

《周礼》"外史"下注：

> 古曰名，今曰字。

《仪礼》"聘礼"的释文说：

> 名，谓文字也。

　　总括起来，"名"即是文字，即是写的字。

　　"名教"便是崇拜写的文字的宗教；便是信仰写的字有神力，有魔力的宗教。

　　这个宗教，我们信仰了几千年，却不自觉我们有这样一个伟大宗教。不自觉的缘故正是因为这个宗教太伟大了，无往不在，无所不包，就如同空气一样，我们日日夜夜在空气里生活，竟不觉得空气的存在了。

现在科学进步了，便有好事的科学家去分析空气是什么，便也有好事的学者去分析这个伟大的名教。

民国十五年有位冯友兰先生发表一篇很精辟的《名教之分析》（《现代评论》第二周年纪念增刊，页一九四至一九六）。冯先生指出"名教"便是崇拜名词的宗教，是崇拜名词所代表的概念的宗教。

冯先生所分析的还只是上流社会和知识阶级所奉的"名教"，它的势力虽然也很伟大，还算不得"名教"的最重部分。

这两年来，有位江绍原先生在他的"礼部"职司的范围内，发现了不少有趣味的材料，陆续在《语丝》《贡献》几种杂志上发表。他同他的朋友们收的材料是细大不捐，雅俗无别的，所以他们的材料使我们渐渐明白我们中国民族崇奉的"名教"是个什么样子。

究竟我们这个贵教是个什么样子呢？且听我慢慢道来。

先从一个小孩生下地说起。古时小孩生下地之后，要请一位专门术家来听小孩的哭声，声中某律，然后取名字。（看江绍原《小品》百六八，《贡献》第八期，页二四。）现在的民间变简单了，只请一个算命的，排排八字，看他缺少五行之中的那行。若缺水，便取个水旁的名字；若缺金，便取个金旁的名字。若缺火又缺土的，我们徽州人便取个"灶"字。名字可以补气禀的缺陷。

小孩命若不好，便把他"寄名"在观音菩萨的座前，取个和尚式的"法名"，便可以无灾无难了。

小孩若爱啼啼哭哭，睡不安宁，便写一张字帖，贴在行人小便的处所，上写着：

> 天皇皇，地皇皇，我家有个夜哭郎。
> 过路君子念一遍，一夜睡到大天光。

文字的神力真不少。

小孩跌了一交，受了惊骇，那是骇掉了"魂"了，须得"叫魂"。魂怎么叫呢？到那跌交的地方，撒把米，高叫小孩子的名字，一路叫回家。叫名便是叫魂了。

小孩渐渐长大了，在村学堂同人打架，打输了，心里恨不过，便拿一条柴炭，在墙上写着诅咒他的仇人的标语："王阿三热病打死。"他写了几遍，心上的气便平了。

他的母亲也是这样。她受了隔壁王七嫂的气，便拿一把菜刀，在刀板上剁，一面剁，一面喊"王七老婆"的名字，这便等于刮剁王七嫂了。

他的父亲也是"名教"的信徒。他受了王七哥的气，打又打他不过，只好破口骂他，骂他的爹妈，骂他的妹子，骂他的祖宗十八代。骂了便算出了气了。

据江绍原先生的考察，现在这一家人都大进步了。小孩在墙上会写"打倒阿毛"了。他妈也会喊"打倒周小妹"了，他爸爸也会贴"打倒王庆来"了（《贡献》第九期，江绍原《小品》百七八）。

他家里人口不平安，有病的，有死的。这也有好法子。请个道士来，画几道符，大门上贴一张，房门上贴一张，毛厕上也贴一张，病鬼便都跑掉了，再不敢进门了。画符自然是"名教"的重要方法。

死了的人又怎么办呢？请一班和尚来，念几卷经，便可以超度死者。念经自然也是"名教"的重要方法。符是文字，经是文字，都有不可思议的神力。

死了人，要"点主"。把神主牌写好，把那"主"字上头的一点空着，请一位乡绅来点主。把一只雄鸡头上的鸡冠切破，那位赵乡绅把朱笔蘸饱了鸡冠血，点上"主"字。从此死者灵魂遂凭依在神主牌上了。

吊丧须用挽联，贺婚贺寿须用贺联；讲究的送幛子，更讲究的送祭文寿序。都是文字，都是"名教"的一部分。

豆腐店的老板梦想发大财，也有法子。请村口王老师写副门联："生意兴隆通四海，财源茂盛达三江。"这也可以过发财的瘾了。

赵乡绅也有他的梦想，所以他也写副门联；"总集福荫，备致嘉祥。"

王老师虽是不通，虽是下流，但他也得写一副门联："文章华国，忠孝传家。"

豆腐店老板心里还不很满足，又去请王老师替他写一个大红春帖："对我生财"，贴在对面墙上，于是他的宝号就发财的样子十足了。

王老师去年的家运不大好，所以他今年元旦起来，拜了天地，洗净手，拿起笔来，写个红帖子，"戊辰发笔，添丁进财"。他今年一定时运大来了。

父母祖先的名字是要避讳的。古时候，父名晋，儿子不得应进士考试。现在宽的多了，但避讳的风俗还存在一般社会里。皇帝的名字现在不避讳了。但孙中山死后，"中山"尽管可用作学校、地方或货品的名称，"孙文"便很少人用了；忠实同志都应该称他为"先总理"。

南京有一个大学，为了改校名，闹了好几次大风潮，有一次竟把校名牌子抬了送到大学院去。

北京下来之后，名教的信徒又大忙了。北京已改做"北平"了；今天又有人提议改南京做"中京"了。还有人郑重提议"故宫博物院"应该改作"废宫博物院"。将来这样大改革的事业正多呢。

前不多时，南京的《京报附刊》的画报上有一张照片，标的是"军事委员会政治训练部宣传处艺术科写标语之忙碌"。图上是五六个中山装的青年忙着写标语；桌上、椅背上、地板上，满铺着写好了的标语，有大字，有小字，有长句，有短句。

这不过是"写"的一部分工作；还有拟标语的，有讨论审定标语的，还有贴标语的。

五月初济南事件发生以后，我时时往来淞沪铁路上。每一次四十分钟的旅行所见的标语总在一千张以上；出标语的机关至少总在七八十个以上。有写着"枪毙田中义一"的，有写着"活埋田中义一"的，有写着"杀尽矮贼"而把"矮贼"两字倒转来写，如报纸上寻人广告倒写的"人"字一样。"人"字倒写，人就会回来了；"矮贼"倒写，矮贼也就算打倒了。

现在我们中国已成了口号标语的世界。有人说，这是从苏俄学来的法子。这是很冤枉的。我前年在莫斯科住了三天，就没有看见墙上有一张标语。标语是道地的国货，是"名教"国家的祖传法宝。

试问墙上贴一张"打倒帝国主义"，同墙上贴一张"对我生财"或"抬头见喜"，有什么分别？是不是一个师父传授的衣钵？

试问墙上贴一张"活埋田中义一"，同小孩子贴一张"雷打王阿毛"，有什么分别？是不是一个师父传授的法宝？

试问"打倒唐生智""打倒汪精卫"，同王阿毛贴的"阿发黄病打死"，有什么分别？王阿毛尽够做老师了，何须远学莫斯科呢？

自然，在党国领袖的心目中，口号标语是一种宣传的方法，政治的武器。但在中小学生的心里，在第九十九师十五连第三排的政治部人员的心里，口号标语便不过是一种出气泄愤的法子罢了。如果"打倒帝国主义"是标语，那么，第十区的第七小学为什么不可贴"杀尽矮贼"的标语呢？如果"打倒汪精卫"是正当的标语，那么"活埋田中义一"为什么不是正当的标语呢？

　　如果多贴几张"打倒汪精卫"可以有效果，那么，你何以见得多贴几张"活埋田中义一"不会使田中义一打个寒噤呢？

　　故从历史考据的眼光看来，口号标语正是"名教"的正传嫡派。因为在绝大多数人的心里，墙上贴一张"国民政府是为全民谋幸福的政府"正等于门上写一条"姜太公在此"，有灵则两者都应该有灵，无效则两者同为废纸而已。

　　我们试问，为什么豆腐店的张老板要在对门墙上贴一张"对我生财"？岂不是因为他天天对着那张纸可以过一点发财的瘾吗？为什么他元旦开门时嘴里要念"元宝滚进来"？岂不是因为他念这句话时心里感觉舒服吗？

　　要不然，只有另一个说法，只可说是盲从习俗，毫无意义。张老板的祖宗传下来每年都贴一张"对我生财"，况且隔壁剃头店门口也贴了一张，所以他不能不照办。

　　现在大多数喊口号，贴标语的，也不外这两种理由：一是心理上的过瘾，一是无意义的盲从。

少年人抱着一腔热沸的血，无处发泄，只好在墙上大书"打倒卖国贼"，或"打倒日本帝国主义"。写完之后，那二尺见方的大字，那颜鲁公的书法，个个挺出来，好生威武，他自己看着，血也不沸了，气也稍稍平了，心里觉得舒服的多，可以坦然回去休息了。于是他的一腔义愤，不曾收敛回去，在他的行为上与人格上发生有益的影响，却轻轻地发泄在墙头的标语上面了。

这样的发泄感情，比什么都容易，既痛快，又有面子，谁不爱做呢？一回生，二回熟，便成了惯例了，于是"五一""五三""五四""五七""五九""六三"……都照样做去：放一天假，开个纪念会，贴无数标语，喊几句口号，就算做了纪念了！

于是月月有纪念，周周做纪念周，墙上处处是标语，人人嘴上有的是口号。于是老祖宗几千年相传的"名教"之道遂大行于今日，而中国遂成了一个"名教"的国家。

我们试进一步，试问，为什么贴一张"雷打王阿毛"或"枪毙田中义一"可以发泄我们的感情，可以出气泄愤呢？

这一问便问到"名教"的哲学上去了。这里面的奥妙无穷，我们现在只能指出几个有趣味的要点。

第一，我们的古代老祖宗深信"名"就是魂，我们至今不知不觉地还逃不了这种古老迷信的影响。"名就是魂"的迷信是世界人类在幼稚时代同有的。埃及人的第八魂就是"名魂"。我们中国古今都有此迷信。《封神演义》上有个张桂芳能够"呼名落马";他只叫一声"黄飞虎还不下马,更待何时",黄飞虎就滚下五色神牛了。不幸张桂芳遇见了哪吒,喊来喊去,哪吒立在风火轮上不滚下来,因为哪吒是莲花化身,没有魂的。《西游记》上有个银角大王,他用一个红葫芦,叫一声"孙行者",孙行者答应一声,就被装进去了。后来孙行者逃出来,又未挑战,改名叫"行者孙",答应了一声,也就被装了进去!因为有名就有魂了(参看《贡献》八期,江绍原《小品》百五四)。民间"叫魂",只是叫名字,因为叫名字就是叫魂了。因为如此,所以小孩在墙上写"鬼捉王阿毛",便相信鬼真能把阿毛的魂捉去。党部中人制定"打倒汪精卫"的标语,虽未必相信"千夫所指,无病自死";但那位贴"枪毙田中"的小学生却难保不知不觉地相信他有咒死田中的功用。

第二,我们的古代老祖宗深信"名"(文字)有不可思议的神力,我们也免不了这种迷信的影响。这也是幼稚民族的普通迷信,高等民族也往往不能免除。《西游记》上如来佛写了"唵嘛呢叭咪吽"六个字,便把孙猴子压住了一千年。观音菩萨念一个"唵"字咒语,便有诸神来见。他在孙行者手心写一个"咪"字,就可以引红孩儿去受擒。小说上的神仙妖道作法,总得"口中念念有词"。一切符咒,都是有神力的文字。

现在有许多人真相信多贴几张"打倒军阀"的标语便可以打倒张作霖了。他们若不信这种神力，何以不到前线去打仗，却到吴淞镇的公共厕所墙上张贴"打倒张作霖"的标语呢？

第三，我们的古代圣贤也曾提倡一种"理智化"了的"名"的迷信，几千年来深入人心，也是造成"名教"的一种大势力。卫君要请孔子去治国，孔老先生却先要"正名"。他恨极了当时的乱臣贼子，却又"手无斧柯，奈龟山何！"所以他只好做一部《春秋》来褒贬他们："一字之贬，严于斧钺；一字之褒，荣于华衮。"这种思想便是古代所谓"名分"的观念。尹文子说：

> 善名命善，恶名命恶。故善有善名，恶有恶名。……今亲贤而疏不肖，赏善而罚恶。贤不肖，善恶之名宜在彼；亲疏赏罚之称宜属我。……"名"宜属彼，"分"宜属我。我爱白而憎黑，韵商而舍徵，好膻而恶焦，嗜甘而逆苦。白黑商徵，膻焦甘苦，彼之"名"也；爱憎韵舍。好恶嗜逆，我之"分"也。定此名分，则万事不乱也。

"名"是表物性的，"分"是表我的态度的。善名便引起我爱敬的态度，恶名便引起我厌恨的态度。这叫作"名分"的哲学。"名教""礼教"便建筑在这种哲学的基础之上。一块石头，变作了贞节牌坊，便可以引无数青年妇女牺牲她们的青春与生命去博礼教先生的一篇铭赞，或志书"列女"门里的一个名字。"贞节"是"名"，羡慕而情愿牺牲，便是"分"。女子的脚裹小了，男子赞为"美"，诗人说是"三寸金莲"，于是几万万的妇女便拼命裹小脚了。"美"与"金莲"是"名"，羡慕而情愿吃苦牺牲，便是"分"。现在人说小脚"不美"，又"不人道"，名变了，分也变了，于是小脚的女子也得塞棉花，充天脚了。——现在的许多标语，大都有个褒贬的用意：宣传便是宣传这褒贬的用意。说某人是"忠实同志"，便是教人"拥护"他。说某人是"军阀"，"土豪劣绅"，"反动"，"反革命"，"老朽昏庸"，便是教人"打倒"他。故"忠实同志""总理信徒"的名，要引起"拥护"的分。"反动分子"的名，要引起"打倒"的分。故今日墙上的无数"打倒"与"拥护"，其实都是要寓褒贬，定名分。不幸标语用的太滥了，今天要打倒的，明天却又在拥护之列了；今天的忠实同志，明天又变为反革命了。于是打倒不足为辱，而反革命有人竟以为荣。于是"名教"失其作用，只成为墙上的符箓而已。

两千年前，有个九十岁的老头子对汉武帝说："为治不在多言，顾力行何如耳。"两千年后，我也要对现在的治国者说：

治国不在口号标语，顾力行何如耳。一千多年前，有个庞居士，临死时留下两句名言：

但愿实诸所有。

慎勿实诸所无。

"实诸所无"，如"鬼"本是没有的，不幸古代的浑人造出"鬼"名，更造出"无常鬼"、"大头鬼"、"吊死鬼"等等名，于是人的心里便像煞真有鬼了。我们对于现在的治国者，也想说：

但愿实诸所有。

慎勿实诸所无。

末了，我们也学时髦，编两句口号：

打倒名教！

名教扫地，中国有望！

不 老
——跋梁漱溟先生致陈独秀书

仲甫先生：

　　方才收到《新青年》六卷一号，看见你同陶孟和先生论我父亲自杀的事各一篇，我很感谢。为什么呢？因为凡是一件惹人注目的事，社会上对于他一定有许多思量感慨。当这用思兴感的时候，必不可无一种明确的议论来指导他们到一条正确的路上去，免得流于错误而不自觉。所以我很感谢你们作这种明确的议论。我今天写这信有两个意思：一个是我读孟和的论断似乎还欠明晰，要有所申论；一个是凡人的精神状况差不多都与他的思想有关系，要众人留意……

　　诸君在今日被一般人指而目之为新思想家，哪里知道二十年前我父亲也是受人指而目之为新思想家的呀。那时候人都毁骂郭筠仙（嵩焘）信洋人讲洋务。我父亲同他不相识，独排众论，极以他为然。又常亲近那最老的外交家许静山先生（珏）去访问世界大势，讨论什么亲俄亲英的问题。自己在日记上说："倘我本身不能出洋留学，一定节省出钱来叫我儿子出洋。万事可省，此事不可不办。"
大家总该晓得向来小孩子开蒙念书照规矩是《百家姓》
《千字文》《四书五经》。我父亲竟不如此，叫那先生拿
《地球韵言》来教我。我八岁时候有一位陈先生开了一个
"中西小学堂"，便叫我去那里学起a b c d来。到现在
二十岁了，那人人都会背的《论语》《孟子》，我不但不
会背，还是没有念呢！请看20年后的今日还在那里压派着
小学生读经，稍为革废之论，即为大家所不容。没有过人
的精神，能行之于二十年前么？我父亲有兄弟交彭翼仲先
生是北京城报界开天辟地的人，创办《启蒙画报》《京话
日报》《中华报》等等。(《启蒙画报》上边拿些浅近
科学知识讲给人听，排斥迷信，恐怕是北京人与赛先生〔
Science〕相遇的第一次呢！) 北京人都叫他"洋报"，没
人过问，赔累不堪，几次绝望。我父亲典当了钱接济他，
前后千余金。在那借钱折子上自己批道："我们为开化社
会，就是把这钱赔干净了也甘心。"我父亲又拿鲁国漆室
女倚门而叹的故事编了一出新戏叫做《女子爱国》。其事
距今有十四五年了，算是北京新戏的开创头一回。戏里边
便是把当时认为新思想的种种改革的主张夹七夹八的去灌
输给听戏的人。平日言谈举动，在一般亲戚朋友看去，都
有一种生硬新异的感觉，抱一种老大不赞成的意思。当时
的事且不再叙，去占《新青年》的篇幅了。然而到了晚

年，就是这五六年，除了合于从前自己主张的外，自己常很激烈的表示反对新人物新主张（于政治为尤然）。甚至把从前所主张的，如伸张民权排斥迷信之类，有返回去的倾向。不但我父亲如此，我的父执彭先生本是勇往不过的革新家，那一种破釜沉舟的气概，恐怕现在的革新家未必能及，到现在他的思想也是陈旧得很。甚至也有那返回去的倾向。当年我们两家虽都是南方籍贯，因为一连几代做官不曾回南，已经成了北京人，空气是异常腐败的。何以竟能发扬蹈厉去作革新的先锋？到现在的机会，要比起从前，那便利何止百倍，反而不能助成他们的新思想，却墨守条规起来，又何故呢？这便是我说的精神状况的关系了。当四十岁时，人的精神充裕，那一副过人的精神便显起效用来，于甚少的机会中追求出机会，摄取了知识，构成了思想，发动了志气，所以有那一番积极的作为。在那时代便是维新家了。到六十岁时，精神安能如昔？知识的摄取力先减了，思想的构成力也退了，所有的思想都是以前的遗留，没有那方兴未艾的创造，而外界的变迁却一日千里起来，于是乎就落后为旧人物了。因为所差的不过是精神的活泼，不过是创造的智慧，所以虽不是现在的新思想家，却还是从前的新思想家；虽没有今人的思想，却不像寻常人的没思想。况且我父亲虽然到了老年，因为有一种旧式道德家的训练，那颜色还是很好，目光极其有神，肌肉不瘠，步履甚健，样样都比我们年轻人还强。精神纵不如昔，还是过人。那神志的清明，志气的刚强，情感的真挚，真所谓老当益壮的了。对于外界政治上社会上种种不好的现象，他如何肯糊涂过去！便本着那所有的思想终日早起晏息的去作事，并且成了这自杀的举动。其间知识上的错误自是有的。然而不算事。假使拿他早年本有的精神遇着现在新学家同等的机会，那思想举动正未知如何呢！因此我又联想到何以这么大的中国，却只有一个《新青年》杂志？可以验国人的精神状况了！诸君所反复说之不已的，不过是很简单的一点意思，何以一般人就大惊小怪起来，又有一般人就觉得趣味无穷起来？想来这般人的思想构成力太缺了！然则这国民的"精神的养成"恐怕是第一大事了。我说精神状况与思想关系是要留意的一桩事，就是这个。

梁漱溟

漱溟先生这封信，讨论他父亲巨川先生自杀的事，使人读了都很感动。他前面说的一段，因陶先生已去欧洲，我们且不讨论。后面一段论"精神状况与思想有关系"一个问题，使我们知道巨川先生精神生活的变迁，使我们对于他老先生不能不发生一种诚恳的敬爱心。这段文章，乃是近来传记中有数的文字。若是将来的孝子贤孙替父母祖宗做传时，都能有这种诚恳的态度，写实的文体，解释的见地，中国文学也许发生一些很有文学价值的传记。

我读这一段时，觉得内中有一节很可给我们少年人和壮年人做一种永久的教训，所以我把他提出来抄在下面：

当四十岁时，人的精神充裕，那一副过人的精神便显起效用来，于甚少的机会中追求出机会，摄取了知识，构成了思想，发动了志气，所以有那一番积极的作为。在那时代便是维新家了。到六十岁时，精神安能如昔？知识的摄取力先减了，思想的构成力也退了，所有的思想都是以前的遗留，没有那方兴未艾的创造，而外界的变迁却一日千里起来，于是乎就落后为旧人物了。

我们少年人读了这一段，应该问自己道："我们到了六七十岁时，还能保存那创造的精神，做那时代的新人物吗？"这个问题还不是根本问题。我们应该进一步，问自己道："我们该用什么法子方才可使我们的精神到老还是进取创造的呢？我们应该怎么预备做一个白头的新人物呢？"

从这个问题上着想，我觉得漱溟先生对于他父亲平生事实的解释还不免有一点"倒果为因"的地方。他说："到六十岁时，精神安能如昔？知识的摄取力先减了，思想的构成力也退了。"这似乎是说因为精神先衰了，所以不能摄取新知识，不能构成新思想。但他下文又说巨川先生老年的精神还是过人，"真所谓老当益壮"。这可见巨川先生致死的原因不在精神先衰，乃在知识思想不能调剂补助他的精神。二十年前的知识思想决不够培养他那二十年后"老当益壮"的旧精神，所以有一种内部的冲突，所以竟致自杀。

我们从这个上面可得一个教训：我们应该早点预备下一些"精神不老丹"方才可望做一个白头的新人物。这个"精神不老丹"是什么呢？我说是永远可求得新知识新思想的门径。这种门径不外两条：一、养成一种欢迎新思想的习惯，使新知识新思潮可以源源进来；二、极力提倡思想自由和言论自由，养成一种自由的空气，布下新思潮的种子，预备我们到了七八十岁时，也还有许多簇新的知识思想可以收积来做我们的精神培养品。

今日的新青年！请看看二十年前的革命家！

麻 将

　　——漫游的感想之六

　　前几年，麻将牌忽然行到海外，成为出口货的一宗。欧洲与美洲的社会里，很有许多人学打麻将的；后来日本也传染到了。有一个时期，麻将竟成了西洋社会里最时髦的一种游戏：俱乐部里差不多桌桌都是麻将，书店里出了许多种研究麻将的小册子，中国留学生没有钱的可以靠教麻将吃饭挣钱。欧、美人竟发了麻将狂热了。

　　谁也梦想不到东方文明征服西洋的先锋队却是那个一百三十六麻将军！

　　这回我从西伯利亚到欧洲，从欧洲到美洲，从美洲到日本，十个月之中，只有一次在日本京都的一个俱乐部里看见有人打麻将牌。在欧、美简直看不见麻将了。我曾问过欧洲和美国的朋友，他们说："妇女俱乐部里，偶然还可以看见一桌两桌打麻将的，但那是很少的事了。"我在美国人家里，也常看见麻将牌盒子——雕刻装潢很精致的——陈列在室内，有时一家竟有两三副的。但从不见主人主妇谈起麻将；他们从不向我这位麻将国的代表请教此中的玄妙！麻将在西洋已成了架上的古玩了；麻将的狂热已退凉了。

我问一个美国朋友，为什么麻将的狂热过去得这样快？他说，"女太太们喜欢麻将，男子们却很反对，终于是男子们战胜了。"

这是我们意想得到的。西洋的勤劳奋斗的民族决不会做麻将的信徒，决不会受麻将的征服。麻将只是我们这种好闲爱荡，不爱惜光阴的"精神文明"的中华民族的专利品。

当明朝晚年，民间盛行一种纸牌，名为"马吊"。马吊只有四十张牌，有一文至九文，一千至九千，一万至九万等，等于麻将牌的筒子、索子、万子。还有一张"零"，即是"白板"的祖宗。还有一张"千万"，即是徽州纸牌的"千万"。马吊牌上每张上画有水浒传的人物。徽州纸牌上的"王英"即是矮脚虎王英的遗迹。乾隆、嘉庆间人汪师韩的全集里收有几种明人的马吊牌（在<u>丛睦汪氏丛书</u>内）。

马吊在当日风行一时，士大夫整日整夜的打马吊，把正事都荒废了。所以明亡之后，吴梅村作《绥寇纪略》说，明之亡是亡于马吊。

三百年来，四十张的马吊逐渐演变，变成每样五张的纸牌，近七八十年中又变为每样四张的麻将牌。（马吊三人对一人，故名"马吊脚"，省称"马吊"；"麻将"为"麻雀"的音变，"麻雀"为"马脚"的音变。）越变越繁复巧妙了，所以更能迷惑人心，使国中的男男女女，无论富贵贫贱，不分日夜寒暑，把精力和光阴葬送在这一百三十六张牌上。

英国的"国戏"是Cricket，美国的国戏是Baseball，日本的国戏是角抵。中国呢？中国的国戏是麻将。

麻将平均每四圈费时约两点钟。少说一点，全国每日只有一百万桌麻将，每桌只打八圈，就得费四百万点钟，就是损失十六万七千日的光阴，金钱的输赢，精力的消磨，都还在外。

我们走遍世界，可曾看见那一个长进的民族，文明的国家，肯这样荒时废业的吗？一个留学日本的朋友对我说："日本人的勤苦真不可及！到了晚上，登高一望，家家板屋里都是灯光；灯光之下，不是少年人跳着读书，便是老年人跪着翻书，或是老妇人跪着做活计。到了天明，满街上，满电车上都是上学去的儿童。单只这一点勤苦就可以征服我们了。"

其实何止日本？凡是长进的民族都是这样的。只有咱们这种不长进的民族以"闲"为幸福，以"消闲"为急务，男人以打麻将为消闲，女人以打麻将为家常，老太婆以打麻将为下半生的大事业！

从前的革新家说中国有三害：鸦片、八股、小脚。鸦片虽然没禁绝，总算是犯法的了。虽然还有做"洋八股"与更时髦的"党八股"的，但八股的四书文是过去的了。小脚也差不多没有了。只有这第四害，麻将，还是日兴月盛，没有一点衰歇的样子，没有人说它是可以亡国的大害。新近麻将先生居然大摇大摆地跑到西洋去招摇一次，几乎做了鸦片与杨梅疮的还敬礼物。但如今它仍旧缩回来了，仍旧回来做东方精神文明的国家的国粹、国戏！

信心与反省

　　这一期（《独立》一〇三期）里有寿生先生的一篇文章，题为"我们要有信心"，在这文里，他提出一个人问题：中华民族真不行吗？他自己的答案是：我们是还有生存权的。

　　我很高兴我们的青年在这种恶劣空气里还能保持他们对于国家民族前途的绝大信心。这种信心是一个民族生存的基础，我们当然是完全同情的。

　　可是我们要补充一点：这种信心本身要建筑在稳固的基础之上，不可站在散沙之上。如果信仰的根据不稳固，一朝根基动摇了，信仰也就完了。

　　寿生先生不赞成那些旧人"拿什么五千年的古国哟，精神文明哟，地大物博哟，来遮丑"。这是不错的。然而他自己提出的民族信心的根据，依我看来，文字上虽然不同，实质上还是和他们同样的站在散沙之上，同样的挡不住风吹雨打。倒如他说：

　　　　我们今日之改进不如日本之速者，就是因为我们的固有文化太丰富了。富于创造性的人，个性必强，接受性就较缓。

这种思想在实质上和那五千年古国精神文明的迷梦是同样的无稽的夸大。第一，他的原则"富于创造性的人，个性必强，接受性就较缓"，这个大前提就是完全无稽之谈，就是懒惰的中国士大夫捏造出来替自己遮丑的胡说。事实上恰恰是相反的：凡富于创造性的人必敏于模仿，凡不善于模仿的人决不能创造。创造是一个最误人的名词，其实创造只是模仿到十足时的一点点新花样。古人说的最好："太阳之下，没有新的东西。"一切所谓创造都从模仿出来。我们不要被新名词骗了。新名词的模仿就是旧名词的"学"字；"学之为言效也"是一句不磨的老话。例如学琴，必须先模仿琴师弹琴；学画必须先模仿画师作画；就是画自然界的景物，也是模仿。模仿熟了，就是学会了，工具用的熟了，方法练的细密了，有天才的人自然会"熟能生巧"，这一点功夫到时的奇巧新花样就叫做创造。凡不肯模仿，就是不肯学人的长处。不肯学如何能创造？伽利略听说荷兰有个磨镜匠人做成了一座望远镜，他就依他听说的造法，自己制造了一座望远镜。这就是模仿，也就是创造。从十七世纪初年到如今，望远镜和显微镜都年年有进步，可是这三百年的进步，步步是模仿，也步步是创造。一切进步都是如此：没有一种创造不是先从模仿下手的。孔子说的好：

三人行，必有我师焉：择其善者而从之，其不善者而改之。

这就是一个圣人的模仿。懒人不肯模仿，所以决不会创造。一个民族也和个人一样，最肯学人的时代就是那个民族最伟大的时代；等到他不肯学人的时候，他的盛世已过去了，他已走上衰老僵化的时期了。我们中国民族最伟大的时代，正是我们最肯模仿四邻的时代：从汉到唐宋，一切建筑、绘画、雕刻、音乐、宗教、思想、算学、天文、工艺，那一件里没有模仿外国的重要成分？佛教和他带来的美术建筑，不用说了。从汉朝到今日，我们的历法改革，无一次不是采用外国的新法，最近三百年的历法是完全学西洋的，更不用说。到了我们不肯学人家的好处的时候，我们的文化也就不进步了。我们到了民族中衰的时代，只有懒劲学印度人的吸食鸦片，却没有精力学满洲人的不缠脚，那就是我们自杀的法门了。

　　第二，我们不可轻视日本人的模仿。寿生先生也犯了一般人轻视日本的恶习惯，抹杀日本人善于模仿的绝大长处。日本的成功，正可以证明我在上文说的"一切创造都从模仿出来"的原则。寿生说：

　　　　从唐以至日本明治维新，千数百年间，日本有一件事足为中国取镜者吗？中国的学术思想在她手里去发展改进过吗？我们实无法说有。

这又是无稽的诬告了。三百年前，朱舜水到日本，他居留久了，能了解那个岛国民族的优点，所以他写信给中国的朋友说，日本的政治虽不能上比唐虞，可以说比得上三代盛世。这一个中国大学者在长期寄居之后下的考语，是值得我们注意的。日本民族的长处全在他们肯一心一意的学别人的好处。他们学了中国的无数好处，但始终不曾学我们的小脚、八股文、鸦片烟。这不够"为中国取镜"吗？他们学别国的文化，无论在那一方面，凡是学到家的，都能有创造的贡献。这是必然的道理。浅见的人都说日本的山水人物画是模仿中国的；其实日本画自有他的特点，在人物方面的成绩远胜过中国画，在山水方面也没有走上"四王"的笨路。在文学方面，他们也有很大的创造。近年已有人赏识日本的小诗了。我且举一个大家不甚留意的例子。文学史家往往说日本的《源氏物语》等作品是模仿中国唐人的小说《游仙窟》等书的。现今《游仙窟》已从日本翻印回中国来了，《源氏物语》也有了英国人卫来先生（Arthur Waley）的五巨册的译本。我们若比较这两部书，就不能不惊叹日本人创造力的伟大。如果"源氏"真是从模仿《游仙窟》出来的，那真是徒弟胜过师傅千万倍了！寿生先生原文里批评日本的工商业，也是中了成见的毒。日本今日工商业的长脚发展，虽然也受了生活程度比人低和货币低落的恩惠，但他的根基实在是全靠科学与工商业的进步。今日大阪与兰肯歇的竞争，骨子里还是新式工业与旧式工业的竞争。日本今日自造的纺织器是世界各国公认为最新最良的。今日英国纺织业也不能不购买日本的新机器了。这是从模仿到创造的最好的例子。不然，我们工人的工资比日本更低，货币平常也比日本钱更贱，为什么我们不能"与他国资本家抢商场"呢？我们到了今日，若还要抹杀事实，笑人模仿，而自居于"富于创造性者"的不屑模仿，那真是盲目的夸大狂了。

第三，再看看"我们的固有文化"是不是真的"太丰富了"。寿生和其他夸大本国固有文化的人们，如果真肯平心想想，必然也会明白这句话也是无根的乱谈。这个问题太大，不是这篇短文里所能详细讨论的，我只能指出这个比较重要之点，使人明白我们的固有文化实在是很贫乏的，谈不到"太丰富"的梦话。近代的科学文化、工业文化，我们可以撇开不谈，因在那些方面，我们的贫乏未免太丢人了。我们且谈谈老远的过去时代罢。我们的周秦时代当然可以和希腊罗马相提并论，然而我们如果平心研究希腊罗马的文学、雕刻、科学、政治，单是这四项就不能不使我们感觉我们的文化的贫乏了。尤其是造型美术与算学的两方面，我们真不能不低头愧汗。我们试想想，《几何原本》的作者欧几里得（Euclid）正和孟子先后同时；在那么早的时代，在二千多年前，我们在科学上早已太落后了！（少年爱国的人何不试拿《墨子·经上篇》里的三五条几何学界说来比较《几何原本》？）从此以后，我们所有的，欧洲也都有；我们所没有的，人家所独有的，人家都比我们强。试举一个例子：欧洲有三个一千年的大学，有许多个五百年以上的大学，至今继续存在，继续发展；我们有没有？至于我们所独有的宝贝，骈文、律诗、八股、小脚、太监、姨太太、五世同居的大家庭、贞节牌坊、地狱活现的监狱、廷杖、板子夹棍的法庭……虽然"丰富"，虽然"在这世界无不足以单独成一系统"，究竟都是使我们抬不起头来的文物制度。即如寿生先生指出的"那更光辉万丈"的宋明理学，说起来也真正可怜！讲了七八百年的理学，没有一个理学圣贤起来指出裹小脚是不人道的野蛮行为，只见大家崇信"饿死事极小，失节事极大"的吃人礼教；请问那万丈光辉究竟照耀到那里去了？

以上说的，都只是略略指出寿生先生代表的民族信心是建筑在散沙上面，禁不起风吹草动，就会倒塌下来的。信心是我们需要的，但无根据的信心是没有力量的。

可靠的民族信心，必须建筑在一个坚固的基础之上，祖宗的光荣自是祖宗之光荣，不能救我们的痛苦羞辱。何况祖宗所建的基业不全是光荣呢？我们要指出：我们的民族信心必须站在"反省"的唯一基础之上。反省就是要闭门思过，要诚心诚意的想，我们祖宗的罪孽深重，我们自己的罪孽深重；要认清了罪孽所在，然后我们可以用全副精力去消灾减罪。寿生先生引了一句"中国不亡是无天理"的悲叹词句，他也许不知道这句伤心的话是我十三四年前在中央公园后面柏树下对孙伏园先生说的，第二天被他记在《晨报》上，就流传至今。我说出那句话的目的，不是要人消极，是要人反省；不是要人灰心，是要人起信心，发下大弘誓来忏悔，来替祖宗忏悔，替我们自己忏悔；要发愿造新因来替代旧日种下的恶因。

今日的大患在于全国人不知耻。所以不知耻者，只是因为不曾反省。一个国家兵力不如人，被人打败了，被人抢夺了一大块土地去，这不算是最大的耻辱。一个国家在今日还容许整个的省份遍种鸦片烟，一个政府在今日还要依靠鸦片烟的税收——公卖税、吸户税、烟苗税、过境税——来做政府的投入的一部分，这是最大的耻辱。一个现代民族在今日还容许他们的最高官吏公然提倡什么"时轮金刚法会""息灾利民法会"，这是最大的耻辱。一个国家能养三百万不能捍卫国家的兵，而至今不肯计划任何区域的国民义务教育，这是最大的耻辱。

真诚的反省自然发生真诚的愧耻。孟子说得好："不耻不若人，何若人有？"真诚的愧耻自然引起向上的努力，要发弘愿努力学人家的好处，铲除自家的罪恶。经过这种反省与忏悔之后，然后可以起新的信心：要信仰我们自己正是拨乱反正的人，这个担子必须我们自己来挑起。三四十年的天足运动已经差不多完全铲除了小脚的风气：从前大脚的女人要装小脚，现在小脚的女人要装大脚了。风气转移得这样快，这不够坚定我们的自信心吗？

历史的反省自然使我们明了今日的失败都因为过去的不努力，同时也可以使我们格外明了"种瓜得瓜，种豆得豆"的因果铁律。铲除过去的罪孽只是割断已往种下的果。我们要收新果，必须努力造新因。祖宗生在过去的时代，他们没有我们今日的新工具，也居然能给我们留下了不少的遗产。我们今日有了祖宗不曾梦见的种种新工具，当然应该有比祖宗高明千百倍的成绩，才对得起这个新鲜的世界。日本一个小岛国，那么贫瘠的土地，那么少的人民，只因为伊藤博文、大久保利通、西乡隆盛等几十个人的努力，只因为他们肯拼命的学人家，肯拼命的用这个世界的新工具，居然在半个世纪之内一跃而为世界三五大强国之一。这不够鼓舞我们的信心吗？

反省的结果应该使我们明白那五千年的精神文明，那"光辉万丈"的宋明理学，那并不太丰富的固有文化，都是无济于事的银样镴枪头。我们的前途在我们自己的手里。我们的信心应该望在我们的将来。我们的将来全靠我们下什么种，出多少力。"播了种一定会有收获，用了力决不至于白费。"这是翁文灏先生要我们有的信心。

再论信心与反省

　　在《独立》第一〇三期，我写了一篇《信心与反省》，指出我们对国家民族的信心不能建筑在歌颂过去上，只可以建筑在"反省"的唯一基础之上。在那篇讨论里，我曾指出我们的固有文化是很贫乏的，决不能说是"太丰富了"的。我们的文化，比起欧洲一系的文化来，"我们所有的，人家也都有；我们所没有的，人家所独有的，人家都比我们强。……至于我们所独有的宝贝，骈文、律诗、八股、小脚……都是使我们抬不起头来的文物制度"。所以我们应该反省：认清了我们的祖宗和我们自己的罪孽深重，然后肯用全力去消灾灭罪；认清了自己百事不如人，然后肯死心塌地的去学人家的长处。

　　我知道这种论调在今日是很不合时宜的，是触犯忌讳的，是至少要引起严厉的抗议的。可是我心里要说的话，不能因为人不爱听就不说了。正因为人不爱听，所以我更觉得有不能不说的责任。

　　果然，那篇文章引起了一位读者子固先生的悲愤，害他终夜不能睡眠，害他半夜起来写他的抗议，直写到天明。他的文章，《怎样才能建立起民族的信心》是一篇很诚恳的、很沉痛的反省。我很尊敬他的悲愤，所以我很愿意讨论他提出的论点，很诚恳的指出他那"一半不同"正是全部不同。

子固先生的主要论点是：

> 我们民族这七八十年以来，与欧美文化接触，许多新奇的现象炫盲了我们的眼睛，在这炫盲当中，我们一方面没出息地丢了我们固有的维系并且引导我们向上的文化，另一方面我们又没有能够抓住外来文化之中那种能够帮助我们民族更为强盛的一部分。结果我们走入迷途，堕落下去！
>
> 忠孝仁爱信义和平是维系并且引导我们民族向上的固有文化，科学是外来文化中能够帮助我们民族更为强盛的一部分。

子固先生的论调，其实还是三四十年前的老辈的论调。他们认得了富强的需要，所以不反对西方的科学工业；但他们心里很坚决的相信一切伦纪道德是我们所固有而不须外求的。老辈之中，一位最伟大的孙中山先生，在他的通俗讲演里，也不免要敷衍一般夸大狂的中国人，说"中国先前的忠孝仁爱信义种种的旧道德"都是"驾乎外国人"之上。中山先生这种议论在今日往往被一般人利用来做复古运动的典故，所以有些人就说"中国本来是一个由美德筑成的黄金世界"了（这是民国十八年叶楚伧先生的名言）！

　　子固先生也特别提出孙中山先生的伟大，特别颂扬他能“在当时一班知识阶级盲目崇拜欧美文化的狂流中，巍然不动地指示我们救国必须恢复我们固有文化，同时学习欧美科学”。但他如果留心细读中山先生的讲演，就可以看出他当时说那话时是很费力的，很不容易自圆其说的。例如讲“修身”，中山先生很明白的说：

　　　　但是从修身一方面来看，我们中国人对于这些功夫是很缺乏的。中国人一举一动都欠检点，只要和中国人来往过一次，便看得很清楚。（《三民主义》六）

他还对我们说：

　　　　所以今天讲到修身，诸位新青年，便应该学外国人的新文化。（《三民主义》六）

　　可是他一会儿又回过去颂扬固有的旧道德了。本来有保守性的读者只记得中山先生颂扬旧道德的话，却不曾细想他所颂扬的旧道德都只是几个人类共有的理想，并不是我们这个民族实行最力的道德。例如他说的“忠孝仁爱信义和平”，那一件不是东西哲人共同提倡的理想？除了割股治病、卧冰求鲤一类不近人情的行动之外，哪一件不是世界文明人类公有的理想？孙中山先生也曾说过：

> 照这样实行一方面讲起来，仁爱的好道德，中国人现在似乎远不如外国。……但是仁爱还是中国的旧道德。我们要学外国，只要学他们那样实行，把仁爱恢复起来，再去发扬光大，便是中国固有的精神。（同上书）

在这短短一段话里，我们可以看出中山先生未尝不明白在仁爱的"实行"上，我们实在远不如人。所谓"仁爱还是中国的旧道德"者，只是那个道德的名称罢了。中山先生很明白的教人：修身应该学外国人的新文化，仁爱也"要学外国"。但这些话中的话都是一般人不注意的。

在这些方面，吴稚晖先生比孙中山先生彻底多了。吴先生在他的《一个新信仰的宇宙观及人生观》里，很大胆的说中国民族的"总和道德是低浅的"；同时他又指出西洋民族：

> 什么仁义道德，孝悌忠信，吃饭睡觉，无一不较上三族（阿拉伯，印度，中国）的人较有做法，较有热心……讲他们的总和道德叫做高明。

这是很公允的评判。忠孝信义仁爱和平，都是有文化的民族共有的理想；在文字理论上，犹太人、印度人、阿拉伯人、希腊人，以至近世各文明民族，都讲的头头是道。所不同者，全在吴先生说的"有作法，有热心"两点。若没有切实的办法，没有真挚的热心，虽然有整千万册的理学书，终无救于道德的低浅。宋明的理学圣贤，谈性谈心，谈居敬，谈致良知，终因为没有作法，只能走上"终日端坐，如泥塑人"的死路上去。

我所以要特别提出子固先生的论点，只因为他的悲愤是可敬的，而他的解决方案还是无补于他的悲愤。他的方案，一面学科学，一面恢复我们固有的文化，还只是张之洞一辈人说的"中学为体，西学为用"的方案。老实说，这条路是走不通的。如果过去的文化是值得恢复的，我们今天不至糟到这步田地了。况且没有那科学工业的现代文化基础，是无法发扬什么文化的"伟大精神"的。忠孝仁爱信义和平是永远存在书本子里的；但是因为我们的祖宗只会把这些好听的名词都写作八股文章，画作太极图，编作理学语录，所以那些好听的名词都不能变成有作法有热心的事实。西洋人跳出了经院时代之后，努力做征服自然的事业，征服了海洋，征服了大地，征服了空气电气，征服了不少的原质，征服了不少的微生物，——这都不是什么"保存国粹""发扬固有文化"的口号所能包括的工作，然而科学与工业发达的自然结果是提高了人民的生活，提高了人类的幸福，提高了各个参加国家的文化。结果就是吴稚晖先生说的"总和道德叫做高明"。

世间讲"仁爱"的书，莫过于《华严经》的《净行品》，那一篇妙文教人时时刻刻不可忘了人类的痛苦与缺陷，甚至于大便小便时都要发愿不忘众生：

> 左右便利，当愿众生，蠲除污秽，无淫怒痴。
>
> 已而就水，当愿众生，向无上道，得出世法。
>
> 以水涤秽，当愿众生，具足净忍，毕竟无垢。
>
> 以水盥掌，当愿众生，得上妙手，受持佛法。
>
> ……

但是一个和尚的弘愿，究竟能做到多少实际的"仁爱"？回头看看那一心想征服自然的科学救世者，他们发现了一种病菌，制成了一种血清，可以救活无量数的人类，其为"仁爱"岂不是千万倍的伟大？

以上的讨论，好像全不曾顾到"民族的信心"的一个原来问题。这是因为子固先生的来论，剥除了一些动了感情的话，实在只说了一个"中学为体，西学为用"的老方案，所以我要指出这个方案的"一半"是行不通的：忠孝仁爱信义和平等等并不是"维系并且引导我们民族向上的固有文化"，他们不过是人类共有的几个理想，如果没有作法，没有热力，只是一些空名词而已。这些好名词的存在并不曾挽救或阻止"八股、小脚、太监、姨太太、贞节牌坊、地狱的监牢、夹棍板子的法庭"的存在。这些八股、小脚等等"固有文化"的崩溃，也全不是程颢、朱熹、顾亭林、戴东原……等等圣贤的功绩，乃是"与欧美文化接触"之后，那科学工业造成的新文化叫我们相形之下太难堪了，这些东方文明的罪孽方才逐渐崩溃的。我要指出，我们民族这七八十年来与欧美文化接触的结果，虽然还不曾学到那个整个的科学工业的文明（可怜丁文江、翁文灏、颜任光诸位先生都还是四十多岁的少年，他们的工作刚开始哩！），究竟已替我们的祖宗消除了无数的罪孽，打倒了"小脚、八股、太监、五世同居的大家庭，贞节牌坊，地狱活现的监狱，夹棍板子的法庭"的一大部分或一小部分。这都是我们的"数不清的圣贤天才"从来不曾指摘讥弹的；这都是"忠孝仁爱信义和平"的固有文化从来不曾"引导向上"的。这些祖宗罪孽的崩溃，固然大部分是欧美文明的恩赐，同时也可以表示我们在这七八十年中至少也还做到了这些消极的进步。子固先生说我们在这七八十年中"走入迷途，堕落下去"，这真是无稽的诬告！中国民族在这七八十年中何尝"堕落"？在几十年之中，废除了三千年的太监，一千年的小脚，六百年的八股，五千年的酷刑，这是"向上"，不是堕落！

不过我们的"向上"还不够，努力还不够。八股废止至今不过三十年，八股的训练还存在大多数老而不死的人的心灵里，还间接直接的传授到我们的无数的青年人的脑筋里。今日还是一个大家做八股的中国，虽然题目换了。小脚逐渐绝迹了，夹棍板子，砍头碎剐废止了，但裹小脚的残酷心理，上夹棍打屁股的野蛮心理，都还存在无数老少人们的心灵里。今日还是一个残忍野蛮的中国，所以始终还不曾走上法治的路，更谈不到仁爱和平了。

所以我十分诚挚的对全国人说：我们今日还要反省，还要闭门思过，还要认清祖宗和我们自己的罪孽深重，决不是这样浅薄的"与欧美文化接触"就可以脱胎换骨的。我们要认清那个容忍拥戴"小脚、八股、太监、姨太太、骈文、律诗、五世同居的大家庭、贞节牌坊、地狱的监牢、夹棍板子的法庭"到几千几百年之久的固有文化，是不足迷恋的，是不能引我们向上的。那里面浮沉着的几个圣贤豪杰，其中当然有值得我们崇敬的人，但那几十颗星儿终究照不亮那满天的黑暗。我们的光荣的文化不在过去，是在将来，是在那扫清了祖宗的罪孽之后重新改造出来的文化。替祖国消除罪孽，替子孙建立文明，这是我们人人的责任。古代哲人曾参说的最好：

士不可以不弘毅，任重而道远。

先明白了"任重而道远"的艰难，自然不轻易灰心失望了，凡是轻易灰心失望的人，都只是不曾认清他挑的是一个百斤的重担，走的是一条万里的长路。今天挑不动，努力磨练了总有挑得起的一天。今天走不完，走得一里前途就缩短了一里。"播了种一定会有收获，用了力决不至于白费"，这是我们最可靠的信心。

三论信心与反省

自从《独立》第一〇三号发表了那篇《信心与反省》之后，我收到了不少的讨论，其中有几篇已在《独立》（第一〇五、一〇六，及一〇七号）登出了。我们读了这些和还有一些未发表的讨论，忍不住还要提出几个值得反复申明的论点来补充几句话。

第一个论点是：我们对于我们的"固有文化"，究竟应该采取什么态度？吴其玉先生（《独立》一〇六）怪我"把中国文化压的太低了"；寿生先生也怪我把中国文化"抑"的太过火了。他们都怕我把中国看的太低了，会造成"民族自暴自弃的心理，造成他对于其他民族屈服卑鄙的心理"。吴其玉先生说：我们"应该优劣并提。不可只看人家的长，我们的短；更应当知道我们的长，人家的短，这样我们才能有努力的勇气"。

这些责备的话，含有一种共同的心理，就是不愿意揭穿固有文化的短处，更不愿意接受"祖宗罪孽深重"的控诉。一听见有人指出"骈文、律诗、八股、小脚、太监、姨太太、贞节牌坊、地狱的监牢、板子夹棍的法庭"等等，一般自命为爱国的人们总觉得心里怪不舒服，总要想出法子来证明这些"未必特别羞辱我们"，因为这些都是"不可免的现象""无论古今中外是一样的"（吴其玉先生的话）。所以吴其玉先生指出日本的"下女，男女同浴，自杀，暗杀，娼妓的风行，贿赂，强盗式的国际行为"，所以寿生先生也指出欧洲中古武士的"初夜权""贞操锁"。所以子固先生也要问："欧洲可有一个文化系统过去没有类似小脚、太监、姨太太、骈文、律诗、八股、地狱活现的监狱、廷杖、板子夹棍的法庭一类的丑处呢？"（《独立》一〇五号）本期（《独立》一〇七号）有周作人先生来信，指出这又是"西洋也有臭虫"的老调。这种心理实在不是健全的心理，只是"遮羞"的一个老法门而已。从前笑话书上说：甲乙两人同坐，甲摸着身上一个虱子，有点难为情，把它抛在地上，说："我道是个虱子，原来不是的。"乙偏不识窍，弯身下去，把虱子拾起来，说："我道不是个虱子，原来是个虱子！"甲的做法，其实不是除虱的好法子。乙的做法，虽然可恼，至少有"实事求是"的长处。虱子终是虱子，臭虫终是臭虫，何必讳呢？何必问别人家有没有呢？

况且我原来举出的"我们所独有的宝贝"：骈文、律诗、八股、小脚、太监、姨太太、五世同居的大家庭、贞节牌坊、地狱的监牢、廷杖、板子夹棍的法庭，这十一项，除姨太太外，差不多全是"我们所独有的"，"在这世界无不足以单独成一系统的"。高跟鞋与木屐何足以媲美小脚？"贞操锁"我在巴黎的克吕尼博物院看见过，并且带有照片回来，这不过是几个色情狂的私人的特制，万不配上比那普及全国至一千多年之久，诗人颂为香钩，文人尊为金莲的小脚。我们走遍世界，研究过初民社会，没有看见过一个文明的或野蛮的民族把他们的女人的脚裹小到三四寸，裹到骨节断折残废，而一千年公认为"美"的！也没有看见过一个文明的民族的智识阶级有话不肯老实的说，必须凑成对子，做成骈文律诗律赋八股，历一千几百年之久，公认为"美"的！无论我们如何爱护祖宗，这十项的"国粹"是洋鬼子家里搜不出来的。

况且西洋的"臭虫"是装在玻璃盒里任人研究的，所以我们能在巴黎的克吕尼博物院纵观高跟鞋的古今沿革，纵观"贞操锁"的制法，并且可以在博物院中购买精制的"贞操锁"的照片寄回来让国中人士用作"西洋也有臭虫"的实例。我们呢？我们至今可有一个历史博物馆敢于搜集小脚鞋样、模型、图画，或鸦片烟灯、烟枪、烟膏，或廷杖、板子、闸床、夹棍等等极重要的文化史料，用历史演变的原理排列展览，供全国人的研究与警醒的吗？因为大家都要以为灭迹就可以遮羞，所以青年一辈人全不明白祖宗造的罪孽如何深重，所以他们不能明白国家民族何以堕落到今日的地步，也不能明白这三四十年的解放与改革的绝大成绩。不明白过去的黑暗，所以他们不认得今日的光明；不懂得祖宗罪孽的深重，所以他们不能知道这三四十年革新运动的努力并非全无效果。我们今日所以还要郑重指出八股、小脚、板子、夹棍等等罪孽，岂是仅仅要宣扬家丑了？我们的用意只是要大家明白我们的脊梁上驮着那二三千年的罪孽重担，所以几十年的不十分自觉的努力还不能够叫我们海底翻身。同时我们也可以从这种历史的知识上得着一种坚强的信心：三四十年的一点点努力已可以废除三千年的太监，一千年的小脚，六百年的八股，四五百年的男娼，五千年的酷刑，这不够使我们更决心向前努力吗！西洋人把高跟鞋、细腰模型、贞操锁都装置在博物院里，任人观看，叫人明白那个"美德造成的黄金世界"原来不在过去：而在那辽远的将来。这正是鼓励人们向前努力的好方法，是我们青年人不可不知道的。

固然，博物院里同时也应该陈列先民的优美成绩，谈固有文化的也应该如吴其玉先生说的"优劣并提"。这虽然不是我们现在讨论的本题（本题是"我们的固有文化真是太丰富了吗？"），我们也可以在此谈谈。我们的固有文化究竟有什么"优""长"之处呢？我是研究历史的人，也是个有血气的中国人，当然也时常想寻出我们这个民族的固有文化的优长之处。但我寻出来的长处实在不多，说出来一定叫许多青年人失望。依我的愚见，我们的固有文化有三点是可以在世界上占数一数二的地位的：第一是我们的语言的"文法"是全世界最容易最合理的。第二是我们的社会组织，因为脱离封建时代最早，所以比较的是很平等的、很平民化的。第三是我们的先民，在印度宗教输入以前，他们的宗教比较的是最简单的、最近人情的；就在印度宗教势力盛行之后，还能勉力从中古宗教之下爬出来，勉强建立一个人世的文化：这样的宗教迷信的比较薄弱，也可算是世界稀有的。然而这三项都夹杂着不少的有害的成分，都不是纯粹的长处。文法是最合理的简易的，可是文字的形体太繁难，太不合理了。社会组织是平民化了，同时也因为没有中坚的主力，所以缺乏领袖，又不容易组织，弄成一个一盘散沙的国家；又因为社会没有重心，所以一切风气都起于最下层而不出于最优秀的分子，所以小脚起于舞女，鸦片起于游民，一切赌博皆出于民间，小说戏曲也皆起于街头弹唱的小民。至于宗教，因为古代的宗教太简单了，所以，中间全国投降了印度宗教，造成了一个长期的黑暗迷信的时代，至今还留下了不少的非人生活的遗痕。——然而这三项究竟还是我们在这个世界上最特异的三点：最简易合理的文法、平民化的社会构造、薄弱的宗教心。此外，我想了二十年，实在想不出什么别的优长之点了。如有别位学者能够指出其他的长处来，我当然很愿意考虑的（这个问题当然不是一段短文所能讨论的，我在这里不过提出一个纲要而已）。

所以，我不能不被逼上"固有文化实在太不丰富"之结论了。我以为我们对于固有的文化，应该采取历史学者的态度，就是"实事求是"的态度。一部文化史平铺放着，我们可以平心细看：如果真是丰富，我们又何苦自讳其丰富？如果真是贫乏，我们也不必自讳其贫乏。如果真是罪孽深重，我们也不必自讳其罪孽深重。"实事求是"，才是最可靠的反省。自认贫乏，方才肯死心塌地的学；自认罪孽深重，方才肯下决心去消除罪愆。如果因为发现了自家不如人，就自暴自弃了，那只是不肖的纨绔子弟的行径，不是我们的有志青年应该有的态度。

话说长了，其他的论点不能详细讨论了，姑且讨论第二个论点，那就是模仿与创造的问题。吴其玉先生说文化进步发展的方式有四种：（一）模仿，（二）改进，（三）发明，（四）创作。这样分法，初看似乎有理，细看是不能成立的，吴先生承认"发明"之中"很多都由模仿来的"，"但也有许多与旧有的东西毫无关系的"。其实没有一件发明不是由模仿来的。吴先生举了两个例：一是瓦特的蒸汽机，一是印字术。他若翻开任何可靠的历史书，就可以知道这两件也是从模仿旧东西出来的。印字术是模仿抄写，这是最明显的事：从抄写到刻印章，从刻印章到刻印板画，从刻印板画到刻印符咒短文，逐渐进到刻印大部书，又由刻板进到活字排印，历史具在，哪一个阶段不是模仿前一个阶段而添上的一点新花样？瓦特的蒸汽机，也是从模仿来的。瓦特生于一七三六年，他用的是牛可门（Newcomen）的蒸汽机，不过加上第二个凝冷器及其他修改而已。牛可门生于一六六三年，他用了同时人萨维里（Savery）的蒸汽机。牛萨两人又都是根据法国人巴平

（Dsnis Papin）的蒸汽唧筒。巴平又是模仿他的老师荷兰人胡根斯（Huygens）的空气唧筒的（看*Kaempffert: Modern Wonder Workers*，PP.467—503）。吴先生举的两个"发明"的例子，其实都是我所说的"模仿到十足时的一点新花样"。吴先生又说："创作也须靠模仿为入手，但只模仿是不够的。"这和我的说法有何区别？他把"创作"归到"精神文明"方面，如美术、音乐、哲学等。这几项都是"模仿以外，还须有极高的开辟天才和独立的精神"。我的说法并不曾否认天才的重要。我说的是：

　　　　模仿熟了，就是学会了，工具用的熟了，方法练的细密了，有天才的人自然会"熟能生巧"，这一点功夫到时的奇巧新花样就做创造。（《信心与反省》页四八）

　　吴先生说："创造须由模仿入手"；我说："一切所谓创造都从模仿出来"，我看不出有一丝一毫的分别。

　　如此看来，吴先生列举的四个方式，其实只有一个方式：一切发明创作都从模仿出来。没有天才的人只能死板的模仿；天才高的人，功夫到时，自然会改善一点；改变的稍多一点，新花样添的多了，就好像是一件发明或创作了，其实还只是模仿功夫深时添上的一点新花样。

　　这样的说法，比较现时一切时髦的创造论似乎要减少一点弊窦。今日青年人的大毛病是误信"天才""灵感"等等最荒谬的观念，而不知天才没有功力只能蹉跎自误，一无所成。世界大发明家爱迪生说的最好："天才（Genius）是一分神来，九十九分汗下。"他所谓"神来"（Inspiration）即是玄学鬼所谓"灵感"。用血汗苦功到了九十九分时，也许有一分的灵巧新花样出来，那就是创作了。颓废懒惰的人，痴待"灵感"之来，是终无所成的。寿生先生引孔子的话；"吾尝终日不食，终夜不寝，以思，无益，不如学也。"这一位最富于常识的圣人的话是值得我们大家想想的。

第三辑

人物种种

传记的最重要条件是纪实传真，而我们中国的文人却最缺乏说老实话的习惯。

中国第一伟人杨斯盛传

兄弟现在又要说一位大豪杰了。这一位豪杰，空了双手，辛辛苦苦做了几十年，积了几十万家私，到了老来，一一的把家私散了大半。来得艰难，去得慷慨，这种人，兄弟要是不来表扬表扬，兄弟这支笔可不是不值钱了么？

这人姓杨，名斯盛，字锦春，是江苏川沙厅人氏。从小父母双亡，无力读书；不但无力读书，差不多连饭都没得吃了。后来只好做一个泥水匠，赚两文钱度度日。看官！我中国的人，有一种怪习气，越是做下等劳动的人，越流落得快。因为生来不大吃得苦，稍吃些苦，便腰驼背胀的了。只好吃两分鸦片烟，喝两口酒，或是买点好小菜，一天辛苦钱，还不够一餐吃喝，那里还会成家立业呢？看官要晓得，这"穷苦"二字，真是一块试金石，随你什么人，须要经过这个关头，才有后来的指望。唉！这些脓包男子，那里经得这块试金石的摩擦。只有我如今所说的"杨斯盛"先生，不震不惊，从容不迫的跳过了这个关头，睁开了眼睛料事，立定了脚跟吃苦，驼起了肩头做工。如此者十几年，才有了立脚之地。回想起初到上海的时候，年纪才得十三岁，那一种孤苦伶仃的景况，真个如同梦境了！

　　杨斯盛先生有几种本事：第一样天资极高，他原是没有读过书的，后来不但能读中国书，并且能说英国话了。第二样见识甚好，办事极有决断。有了这二种本事，办事自然容易，再加以一种坚忍的气概，独立的精神，自然天下无难事了。于是乎不上三十年中，杨斯盛已成了大富翁了。

　　列位！你不看见中国的富翁么？一生奸刁诈伪的赚了个把家私，便说道老夫的家私是血汗心力去换来的，如今是要省吃省用的用去才可留下来传给子孙。所以这种人心目中，只认得黄的金子，白的银子，那里敢轻用一钱？哈哈！只好留给他子孙把去孝敬那烟馆老板堂子乌龟罢！但是我所说的这位杨先生，却不是这种人。他要是这种人时，他那家私可不知要积到多少万了。他一生一世，遇了什么天灾人事，务必捐出巨款，赈济受害的人；遇了什么公益事业，务必出钱捐助。他生平捐钱造的马路也不知多少条，救活了的人也不知多少人了。他所做的事业，最为人所最崇拜的就是那"破家兴学"一事。

　　杨先生因为自己少时没有读过多少书，所以他很想造就一班少年人才出来。所以他便捐了十万金，开了一所广明小学，并附设一个师范传习所，后来逐渐扩充，便改为浦东中学，附设两等小学。筑校舍于上海对面之浦东，那学堂中如今已有了二三百人。其中规模之宏大，办法之整严，就是上海开办了多少年的学校也还不及。不料那学校开办不上二年，我们这位可

194

敬可爱可师可法的杨斯盛先生，竟尔死了。可怜他死的时候还说："那学校用的黑板要改良。"这句话还没说完，便死了。唉，可怜啊！

他未死之前，便把家产分为数份，把所有家产的三分之二捐入那学校，此外的家产捐助南市医院，改筑桥梁，捐助旁的学堂。还有许多事业，兄弟说也说不完了。余下给子孙仅十分之一耳。看官！这种人是一种什么人？兄弟的"豪杰"二字，能够包括得完全么？我们中国古时有个人叫做疏广，他说"子孙若贤，多了钱，便不用功上进了，便灰了他的志向了。子孙若不贤，多了钱，便是助他作恶作歹了！"所以他有好多的黄金，都拿去办了酒食，日日请客，大吃大用，却不传给子孙。中国的人，几千年来都称赞他的好处。看官！他所说的话可是不错，但是他行的事却大错了。他不拿钱去做些济人利物的事，却拿去大吃大喝。一来呢，独乐一身，无益于天下生民。二来呢，饮食醉饱，给子孙做一个败家的榜样。他那里比得上我们这位可敬可爱、可法可师的杨先生呵！唉！兄弟这个话，如何可拿去责备几千年前的古人，他那里懂得，只好把来希望列位看官罢！

张季直先生传记序

传记是中国文学里最不发达的一门。这大概有三种原因。第一是没有崇拜伟大人物的风气，第二是多忌讳，第三是文字的障碍。

传记起于纪念伟大的英雄豪杰。故柏拉图与谢诺芳念念不忘他们那位身殉真理的先师，乃有梭格拉底的传记和对话集。故布鲁塔奇追念古昔的大英雄，乃有他的《英雄传》。在中国文学史上所有的几篇稍稍可读的传记都含有崇拜英雄的意义：如司马迁的《项羽本纪》，便是一例。唐朝的和尚崇拜那十七年求经的玄奘，故《慈恩法师传》为中古最详细的传记。南宋的理学家崇拜那死在党禁之中的道学领袖朱熹，故朱子的年谱成为最早的详细年谱。

但崇拜英雄的风气在中国实在最不发达。我们对于死去的伟大人物，当他刚死的时候，也许送一副挽联，也许诌一篇祭文。不久便都忘了！另有新贵人应该逢迎，另有新上司应该巴结，何必去替陈死人算烂账呢？所以无论多么伟大的人物，死后要求一篇传记碑志，只好出重价向那些专做谀墓文章的书生去购买！传记的文章不出于爱敬崇拜，而出于金钱的买卖，如何会有真切感人的作品呢？

传记的最重要条件是纪实传真，而我们中国的文人却最缺乏说老实话的习惯。对于政治有忌讳，对于时人有忌讳，对于死者本人也有忌讳。圣人作史，尚且有什么为尊者讳，为亲者讳，为贤者讳的谬例，何况后代的谀墓小儒呢！故《檀弓》记孔氏出妻，记孔子不知父墓，《论语》记孔子欲赴佛肸之召，这都还有直书事实的意味，而后人一定要想出话来替孔子洗刷。后来的碑传文章，忌讳更多，阿谀更甚，只有歌颂之辞，从无失德可记。偶有毁谤，又多出于仇敌之口，如宋儒诋诬王安石，甚至于伪作《辨奸论》，这种小人的行为，其弊等于隐恶而扬善。故几千年的传记文章，不失于谀颂，便失于诋诬，同为忌讳，同是不能纪实传信。

传记写所传的人最要能写出他的实在身份、实在神情、实在口吻，要使读者如见其人，要使读者感觉真可以尚友其人。但中国的死文字却不能担负这种传神写生的工作。我近年研究佛教史料，读了六朝唐人的无数和尚碑传，其中百分之九十八九都是满纸骈俪对偶，读了不知道说的是什么东西。直到李华、独孤及以下，始稍稍有可读的碑传。但后来的"古文"家又中了"义法"之说的遗毒，讲求字句之古，而不注重事实之真，往往宁可牺牲事实以求某句某字之似韩似欧！硬把活跳的人装进死板板的古文义法的烂套里去，于是只有烂古文，而决没有活传记了。

因为这几种原因，二千年来，几乎没有一篇可读的传记。因为没有一篇真能写生传神的传记，所以二千年中竟没有一个可以叫人爱敬崇拜感发兴起的大人物！并不是真没有可歌可泣的事业，只都被那些谀墓的死古文骈文埋没了。并不是真没有可以叫人爱敬崇拜感慨奋发的伟大人物，只都被那些滥调的文人生生地杀死了。

近代中国历史上有几个重要人物，很可以做新体传记的资料。远一点的如洪秀全、胡林翼、曾国藩、郭嵩焘、李鸿章、俞樾；近一点的如孙文、袁世凯、严复、张之洞、张謇、盛宣怀、康有为、梁启超，——这些人关系一国的生命，都应该有写生传神的大手笔来记载他们的生平，用绣花针的细密功夫来搜求考证他们的事实，用大刀阔斧的远大识见来评判他们在历史上的地位。许多大学的史学教授和学生为什么不来这里得点实地训练，做点实际的史学功夫呢？是畏难吗？是缺乏崇拜大人物的心理吗？还是缺乏史才呢？

张季直先生在近代中国史上是一个很伟大的失败的英雄，这是谁都不能否认的。他独力开辟了无数新路，做了三十年的开路先锋，养活了几百万人，造福于一方，而影响及于全国。终于因为他开辟的路子太多，担负的事业过于伟大，他不能不抱着许多未完的志愿而死。这样的一个人是值得一部以至于许多部详细传记的。

他的儿子孝若先生近年发誓用全副精力做季直先生的传

记。他已费了几年工夫编辑季直先生的全部著作，自己亲手整理点读。这部全集便是绝大的史料。还有季直的朋友的书信，保存在南通的，也有近万封之多，这也是重要史料，季直先生自己又编有年谱，到七十岁为止，此外还有日记，这都是绝可宝贵的材料。有了这些材料做底子，孝若做先传的工作便有了稳固的基础和坚实的间架了。

孝若做先传还有几桩很重要的资格。第一，他一生最爱敬崇拜他的先人，所以他的工作便成了爱的工作，便成了宗教的工作。第二，他生在这个新史学萌芽的时代，受了近代学者的影响，知道爱真理，知道做家传便是供国史的材料，知道爱先人莫过于说真话，而为先人忌讳便是玷辱先人，所以他曾对我说，他做先传要努力做到纪实传真的境界。第三，他这回决定用白话做先传，决定打破一切古文家的碑传义法，决定采用王懋竑《朱子年谱》和我的《章实斋年谱》的方法，充分引用季直先生的著作文牍来做传记的材料，总期于充分表现出他的伟大的父亲的人格和志愿。

有了这几种资格，我们可以相信孝若这篇先传一定可以开儿子做家传的新纪元，可以使我们爱敬季直先生的人添不少的了解和崇敬。

王小航先生文存序

　　去年九月，我来到北平，借住在大羊宜宾胡同任叔永家中。十月八日，有一位白头老人来访，我不在寓，他留下了一大包文字，并写了一张短条子留给我。我看了他的字条，才知道他是三十多年前的革新志士，官话字母的创始人，王小航先生。我久想见见这位老先生，想不到他先来看我了。第二天，我把他留下的文稿都读完了，才又知道这位七十二岁的老新党，在思想上，还是我的一个新同志。他在杂志上见着梁漱溟先生和我辩论的文字，他对我表示同情，所以特地来看我。我得着他的赞许，真是受宠若惊的了。

　　第三天，我到水东草堂去看王先生，畅谈了一次。我记得他很沉痛的说："中国之大，竟寻不出几个明白的人，可叹可叹！"我回来想想，下面没有普及教育，上面没有高等教育，明白的人难道能从半空里掉下来？然而平心说来，国中明白的人也并非完全没有。只因为他们都太聪明了，都把利害看的太明白了，所以他们都不肯出头来做傻子，说老实话。这个国家吃亏就在缺少一些敢说老实话的大傻子。

　　王小航先生就是一个肯说老实话的傻子。他在《贤者之

责》一篇的末段有这八个字:

朋友朋友，说真的吧!

我去年十月读了这八个字，精神上受着很大的感动。这八个字可以代表王先生四十年来的精神，也可以代表王先生这四卷文存的精神。读这四卷文存的人尽可以不赞成王先生的思想，但总应该对他这点敢说真话的精神表示深重的敬礼。

"说真的吧"，这四个字看来很平常，其实最不容易，必须有古人说的"贫贱不能移，富贵不能淫，威武不能屈"的精神，方才敢说真话。在今日的社会，这三个条件之外，必须还要加上一个更重要的条件，就是要"时髦不能动"。多少聪明人，不辞贫贱，不慕富贵，不怕威权，只不能打破这一个关头，只怕人笑他们"落伍"! 只此不甘落伍的一个念头，就可以叫他们努力学时髦而不肯说真话。王先生说的最好:

时髦但图耸听，鼓怒浪于平流。自信日深，认假语为真理。

其初不过是想博得台下几声拍掌，但久而久之，自己麻醉了自己，也就会认时髦为真理了。

王先生在戊戌六月，——在拳匪之祸爆发之前两年，——

即已提倡"国人知能远逊彼族，议论浮伪万难图存"的反省议论。庚子乱后，他还是奉旨严拿的钦犯，他躲在天津，创作官话字母，想替中国造出一种普及教育的利器。他冒生命的危险，到处宣传他的拼音新字，后来他被捕入狱两月余，释放后仍继续宣传新字。到了民国元年，他在上海发表《救亡以教育为主脑论》，主张教育之要旨在于使人人有生活上必须之知识；主张教育是政治的主脑，而一切财政、外交、边防等等都只是所以维持国家而使这教育主义可以实现的工具。到了民国十九年，他作《实心救国不暇张大其词》一文，仍只是主张根本之计在于普及教育。这都像是老生常谈，都是时髦人不屑谈的话。但王先生问我们：

天下事那有捷径？

我们试听他老人家讲一段故事：

戊戌年，余与老康（有为）讲论，即言"……我看止有尽力多立学堂，渐渐扩充，风气一天一天的改变，再行一切新政"。老康说："列强瓜分就在跟前，你这条道如何来的及？"迄今三十二年矣。来得及，来不及，是不贴题的话。

我盼望全国的爱国君子想想这几句很平凡的真话，想想这位"三十余年拙论不离普及教育一语"的老新党，再问问我们的政府诸公，究竟我们还得等候几十年才可有普及教育？

高梦旦先生小传

民国十年的春末夏初，高梦旦先生从上海到北京来看我。他说，他现在决定辞去商务印书馆编译所所长的事，他希望我肯去做他的继任者。他说："北京大学固然重要，我们总希望你不会看不起商务印书馆的事业。我们的意思确是十分诚恳的。"

那时我还不满三十岁，高先生已是五十多岁的人了。他的谈话很诚恳，我很受感动。我对他说："我决不会看不起商务印书馆的工作。一个支配几千万儿童的知识思想的机关，当然比北京大学重要多了。我所虑的只是怕我自己干不了这件事。"当时我答应他夏天到上海商务印书馆去住一两个月，看看里面的工作，并且看看我自己配不配接受梦旦先生的付托。

那年暑假期中，我在上海住了四十五天，天天到商务印书馆编译所去，高先生每天把编译所各部分的工作指示给我看，把所中的同事介绍和我谈话。每天他家中送饭来，我若没有外面的约会，总是和他同吃午饭。

我知道他和馆中的老辈张菊生先生、鲍咸昌先生、李拔可先生，对我的意思都很诚恳。但是我研究的结果，我始终承认我的性情和训练都不配做这件事。我很诚恳的辞谢了高先生。他问我意中有谁可任这事。我推荐王云五先生，并且介绍他和馆中各位老辈相见。他们会见了两次之后，我就回北京去了。

我走后，高先生就请王云五先生每天到编译所去，把所中的工作指示给他看，和他从前指示给我看一样。一个月之后，高先生就辞去了编译所所长，请王先生继他的任，他自己退居出版部部长，尽心尽力地襄助王先生做改革的事业。

民国十九年，王云五先生做了商务印书馆的总理。民国二十一年一月，商务印书馆的闸北各厂都被日本军队烧毁了。兵祸稍定，王先生决心要做恢复的工作。高先生和张菊生先生本来都已退休了，当那危急的时期，他们每天都到馆中来襄助王先生办事。两年之中，王先生苦心硬干，就做到了恢复商务印书馆的奇迹。

我特记载这个故事，因为我觉得这是一件美谈。王云五先生是我的教师，又是我的朋友，我推荐他自代，这并不足奇怪。最难能的是高梦旦先生和馆中几位老辈，他们看中了一个少年书生，就要把他们毕生经营的事业付托给他；后来又听信这个少年人的几句话，就把这件重要的事业付托给了一个他们平素不相识的人。这是老成人为一件大事业求付托人的苦心，是大政治家谋国的风度。这是值得大书深刻，留给世人思念的。

高梦旦先生，福建长乐县人，原名凤谦，晚年只用他的表字"梦旦"为名。"梦旦"是在梦梦长夜里想望晨光的到来，最足以表现他一生追求光明的理想。他早年自号"崇有"，取晋人裴頠《崇有论》之旨，也最可以表现他一生崇尚实事、痛恨清谈的精神。

因为他期望光明，所以他最能欣赏也最能了解这个新鲜的世界。因为他崇尚实事，所以他不梦想那光明可以立刻来临，他知道进步是一点一滴的积聚成的，光明是一线一线的慢慢来的。最要紧的条件只是人人尽他的一点一滴的责任，贡献他一分一秒的光明。高梦旦先生晚年发表了几件改革的建议，标题引一个朋友的一句话："都是小问题，并且不难办到。"这句引语最能写出他的志趣。他一生做的事，三十年编纂小学教科书，三十年提倡他的十三个月的历法，三十年提倡简笔字，提倡电报的改革，提倡度量衡的改革，都是他认为不难做到的小问题。他的赏识我，也是因为我一生只提出一两个小问题，锲而不舍的做去，不敢好高骛远，不敢轻谈根本改革，够得上做他的一个小同志。

高先生的做人，最慈祥，最热心，他那古板的外貌里藏着一颗最仁爱暖热的心。在他的大家庭里，他的儿子、女儿都说："吾父不仅是一个好父亲，实兼一个友谊至笃的朋友。"他的侄儿、侄女们都说："十一叔是圣人。"这个圣人不是圣庙里陪吃冷猪肉的圣人，是一个处处能体谅人，能了解人，能帮助人，能热烈的、爱人的、新时代的圣人。他爱朋友，爱社会，爱国家，爱世界。他爱真理，崇拜自由，信仰科学。因为他信仰科学，所以他痛恨玄谈，痛恨迷信，痛恨中医。因为他爱国家社会，所以他爱护人才真如同性命一样。他爱敬张菊生先生，就如同爱敬他的两个哥哥一样。他爱惜我们一班年轻的朋友，就如同他爱护他自己的儿女一样。

他的最可爱之处，是因为他最能忘了自己。他没有利心，没有名心，没有胜心。人都说他冲淡，其实他是浓挚热烈。在他那浓挚热烈的心里，他期望一切有力量而又肯努力的人都能成功胜利，别人的成功胜利都使他欢喜安慰，如同他自己的成功胜利一样。因为浓挚热烈，所以冲淡的好像没有自己了。

高先生生于公历一八七〇年一月二十八日，死于一九三六年七月二十三日，葬在上海虹桥公墓。葬后第四个月，他的朋友胡适在太平洋船上写这篇小传。

丁在君这个人

傅孟真先生的《我所认识的丁文江先生》，是一篇很伟大的文章，只有在君当得起这样一篇好文章。孟真说：

> 我以为在君确是新时代最良善最有用的中国人之代表；他是欧化中国过程中产生的最高的菁华；他是用科学知识作燃料的大马力机器；他是抹杀主观，为学术为社会为国家服务者，为公众之进步及幸福而服务者。

这都是最确切的评论。这里只有"抹杀主观"四个字也许要引起他的朋友的误会。在君是主观很强的人，不过孟真的意思似乎只是说他"抹杀私意"，"抹杀个人的利害"。意志坚强的人都不能没有主观，但主观是和私意私利绝不相同的。王文伯先生曾送在君一个绰号，叫做the conclusionist，可译做"一个结论家"。这就是说，在君遇事总有他的"结论"，并且往往不放松他的"结论"。一个人对于一件事的"结论"多少总带点主观的成分，意志力强的人带的主观成分也往往比较一般人要多些。这全靠理智的训练深浅来调剂。在君的主观见解是很强的，不过他受的科学训练较深，所以他在立身行道的大关节目上终不愧是一个科学时代的最高产儿。而他的意志的坚强又使他忠于自己的信念，知了就不放松，就决心去行，所以成为一个最有动力的现代领袖。

在君从小不喜欢吃海味，所以他一生不吃鱼翅、鲍鱼、海参。我常笑问他：这有什么科学的根据？他说不出来，但他终不破戒。但是他有一次在贵州内地旅行，到了一处地方，他和他的跟人都病倒了。本地没有西医，在君是绝对不信中医的，所以他无论如何不肯请中医诊治，他打电报到贵阳去请西医，必须等贵阳的医生赶到了他才肯吃药。医生还没有赶到，他的跟人已病死了，人都劝在君先服中药，他终不肯破戒。我知道他终身不曾请教过中医，正如他终身不肯拿政府干薪，终身不肯因私事旅行借用免票坐火车一样的坚决。

我常说，在君是一个欧化最深的中国人，是一个科学化最深的中国人。在这一点根本立场上，眼中人物真没有一个人能比上他。这也许是因为他十五岁就出洋，很早就受了英国人生活习惯的影响的缘故。他的生活最有规则：睡眠必须八小时，起居饮食最讲究卫生，在外面饭馆里吃饭必须用开水洗杯筷；他不喝酒，常用酒来洗筷子；夏天家中吃无皮的水果，必须在滚水里浸二十秒钟。他最恨奢侈，但他最注重生活的舒适和休息的重要：差不多每年总要寻一个歇夏的地方，很费事的布置他全家去避暑；这是大半为他的多病的夫人安排的，但自己也必须去住一个月以上；他的弟弟、侄儿、内侄女，都往往同去，有时还邀朋友去同住。他绝对服从医生的劝告：他早年有脚痒病，医生说赤脚最有效，他就终身穿有多孔的皮鞋，在家常赤脚，在熟朋友家中也常脱袜子，光着脚谈天，所以他自称"赤脚大仙"。他吸雪茄烟有二十年了，前年他脚趾有点发麻，医生劝他戒烟，他立刻就戒绝了。这种生活习惯都是科学化的习惯；别人偶一为之，不久就感觉不方便，或怕人讥笑，就抛弃了。在君终身奉行，从不顾社会的骇怪。

他的立身行己，也都是科学化的，代表欧化的最高层。他最恨人说谎，最恨人懒惰，最恨人滥举债，最恨贪污。他所谓"贪污"，包括拿干薪，用私人，滥发荐书，用公家免票来做私家旅行，用公家信笺来写私信，等等。他接受淞沪总办之职时，我正和他同住在上海客利饭店，我看见他每天接到不少的荐书。他叫一个书记把这些荐信都分类归档，他就职后，需要用某项人时，写信通知有荐信的人定期来受考试，考试及格了，他都雇用；不及格的，他一一通知他们的原荐人。他写信最勤，常怪我案上堆积无数未复的信。他说："我平均写一封信费三分钟，字是潦草的，但朋友接着我的回信了。你写信起码要半点钟，结果是没有工夫写信。"蔡孑民先生说在君"案无留牍"，这也是他的欧化的精神。

罗文干先生常笑在君看钱太重，有寒伧气。其实这正是他的小心谨慎之处。他用钱从来不敢超过他的收入，所以能终身不欠债，所以能终身不仰面求人，所以能终身保持一个独立的清白之身。他有时和朋友打牌，总把输赢看得很重，他手里有好牌时，手心常出汗，我们常取笑他，说摸他的手心可以知道他的牌。罗文干先生是富家子弟出身，所以更笑他寒伧。及今思之，在君自从留学回来，担负一个大家庭的求学经费，有时候每年担负到三千元之多，超过他的收入的一半，但他从无怨言，也从不欠债；宁可抛弃他的学术生活去替人办煤矿，他不肯用一个不正当的钱：这正是他的严格的科学化的生活规律不可及之处；我们嘲笑他，其实是我们穷书生而有阔少爷的脾气，真不配批评他。

　　在君的私生活和他的政治生活是一致的。他的私生活的小心谨慎就是他的政治生活的预备。民国十一年，他在《努力周报》第七期上（署名"宗淹"）曾说，我们若想将来做政治生活，应做这几种预备：

　　　　第一，是要保存我们"好人"的资格。消极的讲，就是不要"作为无益"；积极的讲，是躬行克己，把责备人家的事从我们自己做起。

　　　　第二，是要做有职业的人，并且增加我们职业上的能力。

　　　　第三，是设法使得我们的生活程度不要增高。

　　　　第四，就我们认识的朋友，结合四五个人，八九个人的小团体，试做政治生活的具体预备。

看前面的三条，就可以知道在君处处把私生活看作政治生活的修养。民国十一年他和我们几个人组织"努力"，我们的社员有两个标准：一是要有操守，二是要在自己的职业上站得住。他最恨那些靠政治吃饭的政客。他当时有一句名言："我们是救火的，不是趁火打劫的。"（《努力》第六期）他做淞沪总办时，一面整顿税收，一面采用最新式的簿记会计制度。他是第一个中国大官卸职时半天办完交代的手续的。

在君的个人生活和家庭生活，孟真说他"真是一位理学大儒"。在君如果死而有知，他读了这句赞语定要大生气的！他幼年时代也曾读过宋明理学书，但他早年出洋以后，最得力的是达尔文、赫胥黎一流科学家的实事求是的精神训练。他自己曾说：

> 科学……是教育同修养最好的工具。因为天天求真理，时时想破除成见，不但使学科学的人有求真理的能力，而且有爱真理的诚心。无论遇见什么事，都能平心静气去分析研究，从复杂中求简单，从紊乱中求秩序；拿论理来训练他的意想，而意想力愈增；用经验来指示他的直觉，而直觉力愈活。了然于宇宙生物心理种种的关系，才能够真知道生活的乐趣。这种活泼泼地心境，只有拿望远

镜仰察过天空的虚漠，用显微镜俯视过生物的幽微的人，方能参领的透彻，又岂是枯坐谈禅妄言玄理的人所能梦见？（《努力》第四十九期，《玄学与科学》）

这一段很美的文字，最可以代表在君理想中的科学训练的人生观。他最不相信中国有所谓"精神文明"，更不佩服张君劢先生说的"自孔孟以至宋元明之理学家侧重内生活之修养，其结果为精神文明"。民国十二年四月中在君发起"科学与玄学"的论战，他的动机其实只是要打倒那时候"中外合璧式的玄学"之下的精神文明论。他曾套顾亭林的话来骂当日一班玄学崇拜者：

今之君子，欲速成以名于世，语之以科学，则不愿学，语之以柏格森杜里舒之玄学，则欣然矣，以其袭而取之易也。（同上）

这一场的论战现在早已被人们忘记了，因为柏格森杜里舒的玄学又早已被一批更时髦的新玄学"取而代之"了。然而我们在十三四年后回想那一场论战的发难者，他终身为科学徬力，终身奉行他的科学的人生观，运用理智为人类求真理，充满着热心为多数谋福利，最后在寻求知识的工作途中，歌唱着"为语麻姑桥下水，出山要比在山清"，悠然的死了，——这样的一个人，不是东方的内心修养的理学所能产生的。

丁在君一生最被人误会的是他在民国十五年的政治生活。孟真在他的长文里，叙述他在淞沪总办任内的功绩，立论最公平。他那个时期的文电，现在都还保存在一个好朋友的家里，将来作他传记的人（孟真和我都有这种野心）必定可以有详细公道的记载给世人看，我们此时可以不谈。我现在要指出的，只是在君的政治兴趣。十年前，他常说："我家里没有活过五十岁的，我现在快四十岁了，应该趁早替国家做点事。"这是他的科学迷信，我们常常笑他。其实他对政治是素来有极深的兴趣的。他是一个有干才的人，绝不像我们书生放下了笔杆就无事可办，所以他很自信有替国家做事的能力。他在民国十二年有一篇《少数人的责任》的讲演（《努力》第六十七期），最可以表示他对于政治的自信力和负责任的态度。他开篇就说：

我们中国政治的混乱，不是因为国民程度幼稚，不是因为政客官僚腐败，不是因为武人军阀专横；是因为"少数人"没有责任心，而且没有负责任的能力。

他很大胆的说：

中年以上的人，不久是要死的；来替代他们的青年，所受的教育，所处的境遇，都是同从前不同的。只要有几个人，有不折不回的决心，拔山蹈海的勇气，不但有知识而且有能力，不但有道德而且要做事业，风气一开，精神就要一变。

他又说：

只要有少数里面的少数，优秀里面的优秀，不肯束手待毙，天下事不怕没有办法的。……最可怕的是一种有知识有道德的人不肯向政治上去努力。

他又告诉我们四条下手的方法，其中第四条最可注意。他说：

要认定了政治是我们唯一的目的，改良政治是我们唯一的义务。不要再上人家当，说改良政治要从实业教育着手。

这是在君的政治信念。他相信，政治不良，一切实业教育都办不好。所以他要我们少数人挑起改良政治的担子来。

然而在君究竟是英国自由教育的产儿，他的科学训练使他不能相信一切破坏的革命的方式。他曾说：

> 我们是救火的，不是趁火打劫的。

其实他的意思是要说，

> 我们是来救火的，不是来放火的。

照他的教育训练看来，用暴力的革命总不免是"放火"，更不免要容纳无数"趁火打劫"的人。所以他只能期待"少数里的少数，优秀里的优秀"起来担负改良政治的责任，而不能提倡那放火式的大革命。

然而民国十五六年之间，放火式的革命到底来了，并且风靡了全国。在那个革命大潮流里，改良主义者的丁在君当然成了罪人了。在那个时代，在君曾对我说："许子将说曹孟德可以做'治世之能臣，乱世之奸雄'；我们这班人恐怕只可以做'治世之能臣，乱世之饭桶'罢！"

这句自嘲的话，也正是在君自赞的话。他毕竟自信是"治世之能臣"。他不是革命的材料，但他所办的事，无一事不能办的顶好。他办一个地质研究班，就可以造出许多奠定地质学的台柱子；他办一个地质调查所，就能在极困难的环境之下造成一个全世界知名的科学研究中心；他做了不到一年的上海总办，就能建立起一个大上海市的政治、财政、公共卫生的现代式基础；他做了一年半的中央研究院的总干事，就把这个全国最大的科学研究机关重新建立在一个合理而持久的基础之上。他这二十多年的建设成绩是不愧负他的科学训练的。

在君的为人是最可敬爱，最可亲爱的。他的奇怪的眼光，他的虬起的德国威廉皇帝式的胡子，都使小孩子和女人见了害怕。他对不喜欢的人，总是斜着头，从眼镜的上边看他，眼睛露出白珠多、黑珠少，怪可嫌的！我曾对他说："从前史书上说阮籍能作青白眼，我向来不懂得；自从认得了你，我才明白了'白眼对人'是怎样一回事！"他听了大笑。其实同他熟了，我们都只觉得他是一个最和蔼慈祥的人。他自己没有儿女，所以他最喜欢小孩子，最爱同小孩子玩，有时候他伏在地上作马给他们骑。他对朋友最热心，待朋友如同自己的弟兄儿女一样。他认得我不久之后，有一次他看见我喝醉了酒，他十分不放心，不但劝我戒酒，还从《尝试集》里挑了我的几句戒酒诗，请梁任公先生写在扇子上送给我。（可惜这把扇子丢了！）十多年前，我病了两年，他说我的家庭生活太不舒适，硬逼我们搬家；他自己替我们看定了一所房子，我的夫人嫌每月80元的房租太贵，那时我不在北京，在君和房主说妥，每月向我的夫人收70元，他自己代我垫付10元！这样热心爱管闲事的朋友是世间很少见的。他不但这样待我，他待老辈朋友，如梁任公先生，如葛利普先生，都是这样亲切的爱护，把他们当作他最心爱的小孩子看待！

他对于青年学生，也是这样的热心：有过必规劝，有成绩则赞不绝口。民国十八年，我回到北平，第一天在一个宴会上遇见在君，他第一句话就说："你来，你来，我给你介绍赵亚会！这是我们地质学古生物学新出的一个天才，今年得地质奖学金的！"他那时脸上的高兴快乐是使我很感动的。后来赵亚会先生在云南被土匪打死了，在君哭了许多次，到处为他出力征募抚恤金。他自己担任亚会的儿子的教育责任，暑假带他同去歇夏，自己督责他补功课；他南迁后，把他也带到南京转学，使他可以时常督教他。

在君是个科学家，但他很有文学天才；他写古文、白话文都是很好的。他写的英文可算是中国人之中的一把高手，比许多学英国文学的人高明的多多。他也爱读英法文学；凡是罗素、威尔士、J. M. Keynes的新著作，他都全购读。他早年喜欢写中国律诗，近年听了我的劝告，他不作律诗了，有时还作绝句小诗，也都清丽可喜。朱经农先生的纪念文里有在君得病前一日的《衡山纪游诗》四首，其中至少有两首是很好的。他去年在莫干山做了一首骂竹子的五言诗，被林语堂先生登在《宇宙风》上，是大家知道的。民国二十年，他在秦皇岛避暑，有一天去游北戴河，作了两首怀我的诗，其中一首云：

峰头各采山花戴，海上同看明月生，
此乐如今七寒暑，问君何日践新盟。

后来我去秦皇岛住了十天，临别时在君用元微之送白乐天的诗韵作了两首诗送我：

> 留君至再君休怪，十日留连别更难。
> 从此听涛深夜坐，海天漠漠不成欢！

> 逢君每觉青来眼，顾我而今白到须。
> 此别原知旬日事，小儿女态未能无。

　　这三首诗都可以表现他待朋友的情谊之厚。今年他死后，我重翻我的旧日记，重读这几首诗，真有不堪回忆之感，我也用元微之的原韵，写了这两首诗纪念他：

> 明知一死了百愿，无奈余哀欲绝难！
> 高谈看月听涛坐，从此终生无此欢！

> 爱憎能作青白眼，妩媚不嫌虬怒须。
> 捧出心肝待朋友，如此风流一代无。

　　这样一个朋友，这样一个人，是不会死的。他的工作，他的影响，他的流风遗韵，是永永留在许多后死的朋友的心里的。

追悼志摩

悄悄的我走了，

　　　正如我悄悄的来；

我挥一挥衣袖，

　　　不带走一片云彩

　　　　　　　　　　　　（《再别康桥》）

志摩这一回真走了！可不是悄悄的走。在那淋漓的大雨里，在那迷蒙的大雾里，一个猛烈的大震动，三百匹马力的飞机碰在一座终古不动的山上，我们的朋友额上受了一个致命的撞伤，大概立刻失去了知觉，半空中起了一团大火，像天上陨了一颗大星似的直掉下地去。我们的志摩和他的两个同伴就死在那烈焰里了！

我们初得着他的死信，却不肯相信，都不信志摩这样一个可爱的人会死得这么惨酷。但在那几天的精神大震撼稍稍过去之后，我们忍不住要想，那样的死法也许只有志摩最配。我们不相信志摩会"悄悄的走了"，也不忍想志摩会死于一个"平凡的死"，死在天空之中，大雨淋着，大雾笼罩着，大火焚烧着，那撞不倒的山头在旁边冷眼瞧着，我们新时代的新诗人，就是要自己挑一种死法，也挑不出更合式、更悲壮的了。

志摩走了，我们这个世界里被他带走了不少的云彩。他在我们这些朋友之中，真是一片最可爱的云彩，永远是温暖的颜色，永远是美的花样，永远是可爱。他常说：

> 我不知道风
> 是在那一个方向吹——

我们也不知道风是在那一个方向吹，可是狂风过去之后，我们的天空变惨淡了，变寂寞了，我们才感觉我们的天上的一片最可爱的云彩被狂风卷去了，永远不回来了！

这十几天里，常有朋友到家里来谈志摩，谈起来常常有人痛哭。在别处痛哭他的，一定还不少。志摩所以能使朋友这样哀念他，只是因为他的为人整个的只是一团同情心，只是一团爱。叶公超先生说：

> 他对于任何人，任何事，从未有过绝对的怨恨，甚至于无意中都没有表示过一些憎嫉的神气。

陈通伯先生说：

尤其朋友里缺不了他。他是我们的连索，他是黏着性的、发酵性的。在这七八年中，国内文艺界里起了不少的风波，吵了不少的架，许多很熟的朋友往往弄的不能见面。但我没有听见有人怨恨过志摩。谁也不能抵抗志摩的同情心，谁也不能避开他的黏着性。他才是和事的无穷的同情，他总是朋友中间的"连索"。他从没有疑心，他从不会妒忌。使这些多—疑善妒的人们十分惭愧，又十分羡慕。

他的一生真是爱的象征。爱是他的宗教，他的上帝。

> 我攀登了万仞的高冈，
> 荆棘扎烂了我的衣裳，
> 我向飘渺的云天外望——
> 　上帝，我望不见你！
> ……
> 我在道旁见一个小孩：
> 活泼，秀丽，褴褛的衣衫：
> 他叫声"妈"，眼里亮着爱——
> 　上帝，他眼里有你！

　　　　　　　　　　　　　（《他眼里有你》）

志摩今年在他的《猛虎集自序》里，曾说他的心境是"一个曾经有单纯信仰的流入怀疑的颓废"。这句话是他最好的自述。他的人生观真是一种"单纯信仰"，这里面只有三个大字：一个是爱，一个是自由，一个是美。他梦想这三个理想的条件能够会合在一个人生里，这是他的"单纯信仰"。他的一生的历史，只是他追求这个单纯信仰的实现的历史。

社会上对于他的行为，往往有不谅解的地方，都只因为社会上批评他的人不曾懂得志摩的"单纯信仰"的人生观。他的离婚和他的第二次结婚，是他一生最受社会严厉批评的两件事。现在志摩的棺已盖了，而社会上的议论还未定。但我们知道这两件事的人，都能明白，至少在志摩的方面，这两件事最可以代表志摩的单纯理想的追求。他万分诚恳的相信那两件事都是他实现那"美与爱与自由"的人生的正当步骤。这两件事的结果，在别人看来，似乎都不曾能够实现志摩的理想生活。但到了今日，我们还忍用成败来议论他吗？

我忍不住我的历史癖，今天我要引用一点神圣的历史材料，来说明志摩决心离婚时的心理。民国十一年三月，他正式向他的夫人提议离婚，他告诉她，他们不应该继续他们的没有爱情、没有自由的结婚生活了，他提议"自由之偿还自由"，他认为这是"彼此重见生命之曙光，不世之荣业"。他说：

　　故转夜为日，转地狱为天堂，直指顾问事矣。……真生命必自奋斗自求得来，真幸福亦必自奋斗自求得来，真恋爱亦必自奋斗自求得来！彼此前途无限……彼此有改良社会之心，彼此有造福人类之心，其先自作榜样，勇决智断，彼此尊重人格，自由离婚，止绝苦痛，始兆幸福，皆在此矣。

　　这信里完全是青年的志摩的单纯的理想主义，他觉得那没有爱又没有自由的家庭是可以摧毁他们的人格的，所以他下了决心，要把自由偿还自由，要从自由求得他们的真生命、真幸福、真恋爱。

　　后来他回国了，婚是离了，而家庭和社会都不能谅解他。最奇怪的是他和他已离婚的夫人通信更勤，感情更好。社会上的人更不明白了。志摩是梁任公先生最爱护的学生，所以民国十二年任公先生曾写一封很恳切的信去劝他。在这信里，任公提出两点：

　　其一，万不容以他人之苦痛，易自己之快乐。弟之此举，其于弟将来之快乐能得与否，殆茫如捕风，然先已予多数人以无量之苦痛。

　　其二，恋爱神圣为今之少年所乐道。……兹事盖可遇而不可求。……况多情多感之人，其幻想起落鹘突，而得满足得宁帖也极难。所梦想之神圣境界恐终不可得，徒以烦恼终其身已耳。

任公又说：

> 呜呼，志摩！天下岂有圆满之宇宙？……当知吾侪以
> 不求圆满为生活态度，斯可以领略生活之妙味矣。……若
> 沉迷于不可必得之梦境，挫折数次，生意尽矣，郁邑侘傺
> 以死，死为无名。死犹可也，最可畏者，不死不生而堕
> 落至不复能自拔。呜呼，志摩，可无惧耶！可无惧耶！
> （十二年一月二日信）

任公一眼看透了志摩的行为是追求一种"梦想之神圣境
界"，他料到他必要失望，又怕他少年人受不起几次挫折，就
会死，就会堕落。所以他以老师的资格警告他："天下岂有圆
满之宇宙？"

但这种反理想主义是志摩所不能承认的。他答复任公的
信，第一不承认他是把他人的苦痛来换自己的快乐。他说：

> ……我之甘冒世之不韪，竭全力以斗者，非特求免
> 凶惨之苦痛，实求良心之安顿，求人格之确立，求灵魂
> 之救度耳。

> 人谁不求庸德？人谁不安现成？人谁不畏艰险？然且

有突围而出者，夫岂得已而然哉？

第二，他也承认恋爱是可遇而不可求的，但他不能不去追求。他说：

> 我将于茫茫人海中访我唯一灵魂之伴侣；得之，我
> 幸；不得，我命，如此而已。

他又相信他的理想是可以创造培养出来的。他对任公说：

> 嗟夫吾师！我尝奋我灵魂之精髓，以凝成一理想之明
> 珠，涵之以热满之心血，朗照我深奥之灵府。而庸俗忌之
> 嫉之，辄欲麻木其灵魂，捣碎其理想，杀灭其希望，污毁
> 其纯洁！我之不流入堕落，流入庸懦，流入卑污，其几亦
> 微矣！

我今天发表这三封不曾发表过的信，因为这几封信最能表现那个单纯的理想主义者徐志摩。他深信理想的人生必须有爱，必须有自由，必须有美；他深信这种三位一体的人生是可以追求的，至少是可以用纯洁的心血培养出来的。——我们若从这个观点来观察志摩的一生，他这十年中的一切行为就全可以了解了。我还可以说，只有从这个观点上才可以了解志摩的

行为；我们必须先认清了他的单纯信仰的人生观，方才认得清志摩的为人。

志摩最近几年的生活，他承认是失败。他有一首《生活》的诗，诗是暗惨得可怕：

> 阴沉，黑暗，毒蛇似的蜿蜒，
> 生活逼成了一条甬道：
> 一度陷入，你只可向前，
> 手扪索着冷壁的粘潮，
>
> 在妖魔的脏腑内挣扎，
> 头顶不见一线的天光，
> 这魂魄，在恐怖的压迫下，
> 除了消灭更有什么愿望？
>
> （十九年五月二十九日）

他的失败是一个单纯的理想主义者的失败。他的追求，使我们惭愧，因为我们的信心太小了，从不敢梦想他的梦想。他的失败，也应该使我们对他表示更深厚的恭敬与同情，因为偌大的世界之中，只有他有这信心，冒了绝大的危险，费了无数的麻烦，牺牲了一切平凡的安逸，牺牲了家庭的亲谊和人间的名誉，去追求，去试验一个"梦想之神圣境界"，而终于免不了惨酷的失败，也不完全是他的人生观的失败。他的失败是因为他的信仰太单纯了，而这个现实世界太复杂了，他的单纯的信仰禁不起这个现实世界的摧毁；正如易卜生的诗剧Brand里的那个理想主义者，抱着他的理想，在人间处处碰钉子，碰的焦头烂额，失败而死。

然而我们的志摩"在恐怖的压迫下"，从不叫一声"我投降了"！他从不曾完全绝望，他从不曾绝对怨恨谁。他对我们说：

> 你们不能更多的责备。我觉得我已是满头的血水，能不低头已算是好的。（《猛虎集自序》）

是的，他不曾低头。他仍旧昂起头来做人；他仍旧是他那一团的同情心，一团的爱。我们看他替朋友做事，替团体做事，他总是仍旧那样热心，仍旧那样高兴。几年的挫折、失败、苦痛，似乎使他更成熟了，更可爱了。

他在苦痛之中，仍旧继续他的歌唱。他的诗作风也更成熟了。他所谓"初期的汹涌性"固然是没有了，作品也减少了；但是他的意境变深厚了，笔致变淡远了，技术和风格都更进步了。这是读《猛虎集》的人都能感觉到的。

志摩自己希望今年是他的"一个真正的复活的机会"。他说：

抬起头居然又见到天了。眼睛睁开了，心也跟着开始了跳动。

我们一班朋友都替他高兴。他这几年来想用心血浇灌的花树也许是枯萎的了；但他的同情，他的鼓舞，早又在别的园地里种出了无数的可爱的小树，开出了无数可爱的鲜花。他自己的歌唱有一个时代是几乎消沉了；但他的歌声引起了他的园地外无数的歌喉，嘹亮的唱，哀怨的唱，美丽的唱。这都是他的安慰，都使他高兴。

谁也想不到在这个最有希望的复活时代，他竟丢了我们走了！他的《猛虎集》里有一首咏一只黄鹂的诗，现在重读了，好像他在那里描写他自己的死，和我们对他的死的悲哀：

> 等候他唱，我们静着望，
> 怕惊了他。但他一展翅，
> 冲破浓密，化一朵彩云：
> 他飞了，不见了，没了——
> 像是春光，火焰，像是热情。

志摩这样一个可爱的人，真是一片春光，一团火焰，一腔热情。现在难道都完了？

决不！决不！志摩最爱他自己的一首小诗，题目叫做《偶然》，在他的《卞昆冈》剧本里，在那个可爱的孩子阿明临死时，那个瞎子弹着三弦，唱着这首诗：

> 我是天空里的一片云，
> 偶尔投影在你的波心——
> 　　你不必讶异，
> 　　更无需欢喜——
> 在转瞬间消灭了踪影。
> 你我相逢在黑暗的海上，
> 你有你的，我有我的，方向。
> 　　你记得也好，
> 　　最好你忘掉，
> 在这交会时互放的光亮！

　　朋友们，志摩是走了，但他投的影子会永远留在我们心里，他放的光亮也会永远留在人间，他不曾白来了一世。我们有了他做朋友，也可以安慰自己说不曾白来了一世。我们忘不了，和我们

> 在那交会时互放的光亮！

中国爱国女杰王昭君传

列位看我这篇传记，一定要奇怪，说这"王昭君"三字，怎么能和这"爱国女杰"四字合在一起呢？那王昭君不是汉朝一个失宠的宫女么？不是受了画工毛延寿的害，不中元帝之意，被元帝派去和番的么？这个人怎么算得爱国的女豪杰呢？列位这种疑心并没有错，不过列位都被那古时做书的人欺骗了几千年，所以如今还说这种话，简直把这位爱国女杰王昭君，受了二千年的冤枉，埋没到如今。我如今既然找得真凭实据，可以证明这位王昭君确是一位爱国女豪杰，断不敢不来表彰一番，使大家来崇拜。这便是在下做这篇昭君传的原因了。

我且先说那旧说。那旧说道："王昭君是汉元帝时候一个宫人。那时元帝的后宫，人太多了，一时不能看遍。遂召许多画工，把那些宫人的容貌，都图成一册，好照看那册子上的面貌，按图召见。便有那许多宫人，容貌中常的，便在那画工面前行了贿赂，有送十万钱的，也有送五万钱。只有王昭君不屑做这些苟且无耻的事，那画工不能得钱，便把昭君的容貌画成丑相。后来匈奴（匈奴是汉朝北方一种外族人的种名，时常来扰中国）的单于来朝（单于是匈奴国王的称呼，和中国称王

231

一般），向皇帝求一个美女。元帝翻那画册，只见王昭君的面貌最丑，便许了匈奴，把昭君赐他。到了次日，元帝便召昭君来见，不料竟是一个绝色美人，竟是宫中第一等的美人，一切应对举止，没有一件不好的。元帝心中可惜的了不得。但是既许了匈奴，不便失信于外夷，只得把昭君赐了匈奴。后来元帝心中越想越可惜，便把那些画工都抓来杀了。"

以上说的，都是从前说王昭君的话头。你想那些画工竟敢在皇帝宫中做起买卖来了，胆子也算大极了。况且元帝既见之后，又何尝不可把别人来代替她？所以这种话都是靠不住的。我如今所引证的，也是从古书上来的，并不是无稽之谈。列位且听我道来。

王昭君，名嫱，是蜀郡秭归人氏。她父亲叫王穰，所生只有昭君一女。昭君自幼便和平常女儿家不同，一切举动都合礼法。长成的时候，生得秀外慧中，绝代丰姿，真个宋玉说的"增一分则太长，减一分则太短，傅粉则太白，涂脂则太赤"。再加之幽娴贞静，所以不到十七岁，便早已通国闻名的了。及笄以后，那些世家王孙来求婚的，真个不知其数。他父亲总不肯许。恰巧那时元帝选良家女子入宫，王穰听了这个消息，便来与女儿说知，想要把昭君送进宫去。王昭君听了这话，心中自己估量，自思自己的父亲只生一女，古语道得好，"生女不生男，缓急非所益"，父母生我一场，难道亲恩未报，就此罢了不成？如今不如趁这机会，进得宫去，或者得了天子恩宠，得为昭仪或是婕好，那时可不是连我的父母祖宗都有了光荣，也不枉父母生我一场。主意已定，便极力赞成王穰的说话。王穰见女儿情愿，便把昭君献入宫去。看官要晓得，这原是昭君一片孝心，想做那光耀门楣的女儿。那里晓得皇帝的深宫，是一个最凄惨最可怜的地方，古来许多诗人做的许多宫怨的诗词，已是写得穷形尽致的了。更有那《红楼梦》上说的，有一位贾元妃，对她父亲说，"当日送我到那不见人的去处"，你看这十二个字，写得多少凄怆呜咽，人尚且不能见，什么生人的乐趣，更不用说自然是没有的了。那宫中几千宫女，个个抬起头来，望着皇帝来临，甚至于有用竹叶插门，盐水洒地，来引皇帝的羊车的。其实好好一个人，到了这种地方，除了卑鄙龌龊、苟且逢迎之外，那里还想得天子的顾盼。唉，这种卑鄙污下的行为，岂是我们这位爱国女杰王昭君做得到的么？昭君到了这个地方，看了这种行为，心想自己容貌虽好，品行虽好，终究不能得天子的宠遇，休说宠遇，简直连天子的颜色都不大望得见了。要是照这样下去，还不是到头做一个白发宫人么？昭君想到这里，自然是蛾眉紧蹙，珠泪常垂的了。

　　看官要记清，上面所说的，都是王昭君入宫的历史。如今要说那王昭君爱国的历史了。看官须晓得，汉朝一代，最大的边患便是那匈奴，从汉高祖以来，常常入寇中国，弄得中国边境年年出兵，民不聊生。宣帝的时候，匈奴内乱，自相争杀，遂分成两国，一边是呼韩邪单于，一边是郅支单于。后来汉朝帮助呼韩邪，攻杀郅支，呼韩邪单于大喜，遂来中国，入朝朝觐。那时正是汉元帝竟宁元年，那时便是王昭君立功的时代了。

那时呼韩邪来朝，先谢皇帝复国的恩典，便说："小臣得天子威灵，得有今日，从此以后，断不敢再萌异心。如今想求皇帝赐一个中国女子给臣，使小臣生为汉朝的臣子，又做汉朝的女婿，子孙便做汉朝的外甥。从此匈奴可不是永永成了天朝的外臣了么？"皇帝听了呼韩邪的话，心中很喜欢，只是一件，那匈奴远在长城之外，胡天万里，冰霜遍地，沙漠匝天。住的是韦韝毳幕，吃的是膻肉酪浆。那种苦况，这些娇滴滴的宫娃，那里受得起。谁肯舍了这柏梁建章的宫殿，去吃这种惨不可言的苦况呢。想到这里，心里便踌躇起来了。便叫内监，把全宫的宫人都宣上殿来。不多一会儿，那金殿上，便黑压压地到了无数如花似玉的宫人。元帝便问道："如今匈奴的国王，要求朕赐一女子给他，你们如有愿去匈奴的，可走出来。"连问了几遍，那些宫人面面相觑，没有一个敢答应的。那时王昭君也在其内，听了皇帝的话，看了大家的情形，晓得大众的意思，都是偷安旦夕，全不顾大局的安危，心里便老大不自在。心想我王嫱入宫已有几年了，长门之怨自不消说，与其做个碌碌无为的上阳宫人，何如轰轰烈烈做一个和亲的公主。我自己的姿容或者能够感动匈奴的单于，使他永远做汉朝的臣子，一来呢，可以增进大汉的国威，二来呢，使两国永远休兵罢战，也免了那边境上年年生民涂炭之苦。将来汉史上即使不说我的功勋，难道那边塞上的口碑，也把我埋没了么？想到这里，更觉得这事竟是我王嫱义不容辞的责任了！昭君主意已定，叹了一口气，黯然立起身来，颤巍巍地走出班来，说"臣妾王嫱愿去匈奴"。那时元帝看见没有人肯去，正在狐疑的时候，忽见人丛里走出这么一位倾城倾国、绝代无双的美人来，定睛一看，竟是宫中第一个绝色美人，而且是平日没有见过的。这时候元帝又惊又喜，又怜又惜，惊的是宫中竟有这么一个美人，喜的是这位美人竟肯远去匈奴，怜的是这位美人怎禁得起那万里长征的苦趣，惜的是宫中有了这个美人，却不曾享受得，便把去送与匈奴，岂不可惜，岂不可惜么？皇帝心中虽是可惜，然而那时匈奴的使臣，陪着呼韩邪单于，都在殿上，昭君的美貌，是满朝都看见了的，昭君的言语，是都听见了的，到了这时候，唉，虽有天子的威力，大汉的国势，也不能挽回这事了。元帝到了这时候，一时没得法了，只好把昭君赐了匈奴。从此以后，我们这位爱国女杰王昭君，便做了匈奴呼韩邪单于的大阏氏（阏氏的意思，和我们中国称王后一般）了。

呼韩邪单于得了王昭君，快活极了。那时汉元帝封昭君为宁胡阏氏，这"宁胡"二字，便是"安抚胡人"的意思。果然一个王昭君，竟胜似千百万雄兵，从此以后，胡也宁了，汉也宁了。那时呼韩邪单于便和昭君回到匈奴，一路上经过许多平沙大漠，呼韩邪便叫匈奴的乐士在马上弹起琵琶来，叫昭君一路行一路听着，免得她生思乡之念。不多时昭君到了匈奴。匈奴便年年进贡，永永做汉朝的外臣。于是汉朝的国威远及西北诸国，从元帝到成帝、哀帝、平帝，一直到王莽篡汉的时候。那时呼韩邪也死了，昭君也死了，他子孙做单于的都说，我国世世为汉朝的外甥，如今天子已非刘氏，如何做他的藩属？于是匈奴遂不进贡了，遂独立了。可见这都是这位爱国女杰王昭君的功劳。这便是王昭君的爱国历史。我们中国几千年以来，人人都可怜王昭君出塞和番的苦趣，却没有一个人晓得赞叹王昭君的爱国苦心的。唉，怎么对得住王昭君呀，那真是对不住王昭君了！

老英雄的悲剧

历史可有种种的看法，有唯心的，唯物的，唯人的，唯英雄的……各种看法，我现在对于中国历史的看法，是从文学方法的，文学的名词方面的，是要把它当作英雄传，英雄诗，英雄歌，一幕英雄剧，而且是一幕英雄悲剧来看。

民族主义是爱国的思想，英国有名的先哲曾说过："一个国家要觉得它可爱时，是要看这个国家在历史上是否有可爱之点。"中国立国五千年，时时有西北的蛮族——匈奴、鲜卑……不断的侵入，可说是无时能够自主的，鸦片战争又经过百年，而更有最近空前的危急，在此不断的不光荣的失败历史中，有无光荣之点，它的失败是否可以原谅，在此失败当中，是否可得一教训。

这一出五千年的英雄悲剧，我们看见我们的老祖宗继续和环境奋斗，经过了种种失败与成功，在此连台戏中，有时叫我们高兴，有时叫我们着急，有时叫我们伤心叹气，有时叫我们掉泪悲泣，有时又叫我们看见一线光明、一线希望、一点安慰，有时又失败了，有时又小成功了，有时竟大失败了，这戏中的主人翁，是一位老英雄——中华——他的一生是长期的奋斗，吃尽了种种辛苦，经了种种磨难，好像姜子牙的三十六路伐西歧，刚刚平了一路，又来了一路，又好像唐三藏上西天取经，经过了八十一大难，刚脱离了一难，又遭一难似的，这样继续不断奋斗，所以是一篇英雄剧，磨难太多，失败太惨，所以是一篇悲剧。

本来在中国的文字中——戏剧中、小说中，悲剧作品很少，即如《红楼梦》一书，原是一个悲剧，而好事者偏要做些圆梦、续梦、复梦等出来，硬要将林黛玉从棺材里拿起来和贾宝玉团圆，而认为以前的不满意，这真不知何故，或者他们觉得人类生活本来是悲剧的，历史是悲剧的，因此却在理想的文学中，故意来作一段团圆的喜剧。

在这老英雄悲剧中，我们把他分作几个剧目，先说到剧中的主人，主人是姓中名华——老中华，已如上述，舞台是"中国"，是一座破碎的舞台，——穷中国，老天给我们祖宗的，实在不是地大物博，而是一块很穷的地方，金银矿是没有的，除东北黑龙江和西南的云贵一部分外，都是要用丝茶到外国去换的，煤铁古代是不需要的，土地虽称广阔，然可耕之地不过百分之二十，而丝毫无用的地却有三分之一，所以我们的祖宗生下来，就是在困难中。

这剧的开始，要算商周，以前的不讲，据安阳发掘出来的成绩，商代民族活动区域，只有河南、山东、安徽的北部，河北、山西南部的一块，也许到辽宁一部，他们在此建设文化时，北狄、南蛮不断的混入，民族成了复杂的民族，在此环境之下，他们居然能唱一出大戏，这是一件很了不得的事情。我们现在撇开了"跳加官"一类开台戏，专看后面的几幕大戏。

第一幕——老英雄建立大帝国；第二幕——老英雄受困两魔王；第三幕——老英雄死里逃生；第四幕——老英雄裹创奋斗；第五幕——老英雄病中困斗。

第一幕　老英雄建立大帝国

中国有历史的时期自商周始，驰域限于鲁豫，已如上述。在商代社会中迷信很发达，什么事情都问鬼，都要卜，如打猎战争祭祀出门……事无大小，都要把龟甲或牛骨烧灰，看它的龟纹以定吉凶，在此结果，而发明了龟甲牛骨原始象形的文字，这文字是很笨的图画，全不能表达抽象的意思，只能勉强记几个物事名词而已，在这正在建设文化的时候，西方的蛮族——周，侵犯过来了，他具强悍的天性，有农业的发明，不久把那很爱喝酒的、敬鬼的、文化较高的殷民族征服了，这一来，上面的——政治方面是属于周民族，下面的就是属于殷民族，二民族不断的奋斗，在上面的周民族很难征服下面的殷民族，孔子虽是殷人（鲁国），至此很想建设一个现代文化，故曰"吾从周"，而周时也有人见到两文化接触，致有民族之冲突，所以东方（淮水流域）派了周公去治理，南方（汉水流域）派了召公去治理，封建的基础，即于此时建设，但是北狄、南蛮在此政治之下经过了长期的斗争，才将他们无数的小国家征服，把他们的文化同化，以后才成七个大国家，不久遂成一个大帝国。

至于文字方面，也是从龟甲上的、牛骨上的，不达意的文字，经过充分的奋斗，而变为后代的文字，文学方面、哲学方面、历史方面，都得着可以达意的记载，这是一件很不容易的事情。

在周朝的时候，许多南蛮要想侵到北方来，北边的犬戎也要侵到南部去，酝酿几百年，犬戎居然占据了周地，再经几百年，南方也成了舞台的部分。

此时的建设期中，产生了一个"儒"的阶级，儒本是亡国的俘虏——遗老，他本是贵族阶级，是文化的保存者，亡国以后，他只得和人家打打官司，写写字，看看地，记记账，靠这类小本领混碗饭吃而已（根据《荀子》的《非十二子》篇），这班人——"儒"一出来，世界为之大变，因为他们是不抵抗者，是儒夫，我们从字义看，凡是和儒字同旁的字眼，都是弱的意思，如需字加车旁是软弱的辅（软）字，加心旁是懦字，加子旁是孺字，是小孩子，他们是唱文戏的，但是力量很大，因为他们是文化传播者，是思想界。老子后世称他为道家，但他正是"儒"的阶级中之代表，他的哲学是儒的哲学，他的书中常把水打譬喻，因为水是最柔弱的，最不抵抗的，这就是儒的本身，他们一出，凡是唱武戏的，至此跟着唱起文戏来了。幸而在此当中，出来一个新派，这就是孔子，他的确不能谓之儒者，就是儒者也是"外江"派，他的主张是"杀身成仁"，他说"志士成仁，有杀身以成仁，无求生以害仁"，又说"士不可以不弘毅，任重而道远，仁以为己任……死而后已"，这完全和老子相反，老子是信天的，主自然的，而新派孔子，是讲要作人的，且要智仁勇三者都发达，他是奋斗的，"知其不可而为之"，这就是他的精神，新派唱的虽也是文戏，但他们以"有教无类"打破一切阶级，所以后来产生孟子，荀子、弟子李斯、韩非，韩非虽然在政治上失败，而李斯却成了大功，造成了一个大帝国。（第一幕完）

第二幕　老英雄受困两魔王

不久汉朝兴起来了，一班杀猪的、屠狗的、当衙役的……起来建设了一个四百年的帝国，他们可说得上是有为者，如果没有他们的奋斗，则决不会有这四百年的帝国，但是基础究未稳固，而两个魔王就告来临！

第一个魔王——野蛮民族侵入，在汉朝崩溃的时候，夷狄——羌、匈奴、鲜卑都起来，将中国北部完全占领（300—600），造成江左偏安之局。

第二个魔王——印度文化输入，前一个魔王来临，使我们的生活野蛮化，后一个魔王来临，就是使我们宗教非人化，这印度文化侵略过来，在北面是自中央亚细亚而进，在南方是由海道而入，两路夹攻，整个的将中国文化征服。

原来中国儒家的学说是要宗亲——"孝"，要不亏其体，因为"身体发肤，受之父母，不敢毁伤"，将个人看得很重，而印度文化一来呢？他是"一切皆空"，根本不要作人，要作和尚，作罗汉——要"跳出三界"，将身体作牺牲！如烧手、烧臂、烧全身——人蜡烛，以献贡于乐王师，这风气当时轰动了全国，自王公以至于庶人，同时迎佛骨——假造的骨头，也照样的轰动，这简直是将中国的文化完全野蛮化！非人化！

（第二幕完）

第三幕　老英雄死里逃生

这三百年中——隋、唐时代是很艰难的奋斗，先把北方的野蛮民族来同化他，恢复了人的生活，在思想方面，将从前的知识，解放出来，在文化方面，充满了人间的乐趣，人的可爱，肉的可爱，极主张享乐主义，这于杜甫和白居易的诗中都可以看得出，故这次的文化可说是人的文化。再在宗教方面，发生了革命，出来了一个"禅"！禅就是站在佛的立场上以打倒佛的，主张无法无佛，"佛法在我"，而打倒一切的宗教障、仪式障、文字障，这都成功了，所以建设第二次帝国，建设人的文化和宗教革命，是老英雄死里逃生中三件大事实。

（第三幕完）

第四幕　老英雄裹创奋斗

老英雄正在建设第三次文化的时候，北方的契丹、女真、金、元继续的侵过来了，这时老英雄已经是受了伤，——精神上受了伤（可说是中了精神上的鸦片毒，因为印度有两种鸦片输到中国，一是精神上的鸦片烟——佛，一是真鸦片），受了千年的佛化，所以此时是裹创奋斗，然而竟也建立第三次大帝国——宋帝国。全国虽是已告统一，但身体究未复元，而仍然继续人的文化，推翻非人的文化（这段历史自汉至明，中国和欧洲人相同，宗教革命也是一样）。范文正公的"先天下之忧而忧，后天下之乐而乐"，和王荆公的变法，正与前"任重而道远"的学说相符合。

在唐代以前，北魏曾经辟过佛，反对过外国的文化，禁止胡服胡语即其例，但未见成功，而在唐代辟佛的，如韩愈，他曾说过："人其人，火其书，庐其居"，三个大标语，这风气虽也行过几十年，但不久又恢复原状，然在这一次，却用了一种软工夫来抵制这非人的文化，本来是要以"人的政治"，"人的法律"，"人的财政"来抗住它的，但还怕药性过猛，病人受纳不起，所以司马光、"二程"等，主张无为，创设"新的哲学","新的人生观",在破书堆中找到一本一千七百几十个字的《大学》来打倒十二部《大佛经》,将此书中的"格物""致知""正心""诚意""修身""齐家""治国""平天下"这一套,来创造新的人的教育、新的哲学、新的人生观,这实在是老英雄裹创奋斗中的一个壮举。但到了蒙古一兴起,老英雄已精疲力竭,实在不能抵抗了!(第四幕完)

第五幕　老英雄病中困斗

这位老英雄到明朝已经是由受创而得病了,他的病状呢?一是缠足,我们晓得在唐朝被称的小脚是六寸,到这时是三寸了,实在是可惊人!二是八股文章,三是鸦片由印度输入,这三种东西,使老英雄内外都得病症。

再有一宗,就是从前王荆公的秘诀已被人抛弃了,本来他的秘诀一是"有为",一是"向外",但一班的习静者,他们要将喜怒哀乐等于静坐中思之,结果是无为,是无生气,而不能不使这老英雄在病中困斗。

清代的天下居然有二百余年,这实是程朱学说——君臣观念所致,因为此时的民族观念抵不住君臣的名分观念。不过老英雄在此当中,而仍有其成绩在,就是东北和西南的开辟,推广他的老文化,湖南在几十年前,在政治上占有极大势力,广东、广西于此时有学术上的大贡献，这都是老英雄在病中的功绩，他虽然在政治上失去地位，然而在学术上却发生一种"实事求是"的精神——科学的精神，而成就了一种所谓的"汉学"。这种新的学术，是不主静而主动的，它的哲学是排除思想而求考据，考据一学发生，《金石》《历史》《音韵》，各方面都发达，顾亭林以一百六十二个证据，来证明"服"字读"备"字音，这实在具有科学之精神。不过在建设这"人的学术"当中，老英雄已经是老了，病了！

尾　声

这老英雄的悲剧，一直到现在，仍是在奋斗中，他是从奋斗中滚爬出来，建设了人的文化，同化了许多蛮族，平了许多外患，同化了非人的文化，从一千余年奋斗到如今，实在是不易呀！这种的失败，可说是光荣的失败！在欧洲曾经和我们一样，欧洲过去的光荣，我们都具备着，但是欧洲毕竟是成功，这种原因，我认为我们是比他少了两样东西，就是少了一个大的和附带一个小的，大的是科学，小的是工业。我们素来是缺乏科学，文治教育看得太重，我们现在把孔子和其同时的亚里士多得、柏拉图来比一比，柏拉图是懂得数学的，"不懂数学的不要到他门下来"，亚里士多得同时是研究植物的，孔子较之，却未必然吧？与孟子同时的欧儿里得，他的几何至今沿用，孟子未尝能如此吧？在清代讲汉学的时候，虽说是有科学的精神，却非伽利略用望远镜看天文，用显微镜看细菌，以及牛顿发明地心吸力可比，所以中西的不同，不自今日始，我们既明白了这个教训，比欧洲所缺乏的是什么？我们知道了，我们的努力就有了目标，我们这老英雄是奋斗的，希望我们以后给他一种奋斗的工具，那么，或者这出悲壮的英雄悲剧，能够成为一纯粹的英雄剧。

（原题《中国历史的一个看法》）

第四辑

自我种种

我须要时时想着，我应该如何努力利用现在的"小我"，方才可以不辜负了那"大我"的无穷过去，方才可以不遗害那"大我"的无穷未来？

九年的家乡教育

一

我生在光绪十七年十一月十日（一八九一年十二月十七日），那时候我家寄住在上海大东门外。我生后两个月，我父亲被台湾巡抚邵友濂奏调往台湾；江苏巡抚奏请免调，没有效果。我父亲于十八年二月底到台湾，我母亲和我搬到川沙住了一年。十九年（一八九三）二月二十六日我们一家（我母，四叔介如，二哥嗣秬，三哥嗣秠也从上海到台湾。我们在台南住了十个月。十九年五月，我父亲做台东直隶州知州，兼统镇海后军务营。台东是新设的州，一切草创，故我父不带家眷去。到十九年底，我们才到台东。我们在台东住了整一年。

甲午（一八九四）中日战争开始，台湾也在备战的区域，恰好介如四叔来台湾，我父亲便托他把家眷送回徽州故乡，只留二哥嗣秬跟着他在台东。我们于乙未年（一八九五）正月离开台湾，二月初十日从上海起程回绩溪故乡。

那年四月，中日和议成，把台湾割让给日本。台湾绅民反对割台，要求巡抚唐景崧坚守。唐景崧请西洋各国出来干涉，各国不允。台人公请唐为台湾民主国大总统，帮办军务刘永福为主军大总统。我父亲在台东办后山的防务，电报已不通，饷源已断绝。那时他已得脚气病，左脚已不能行动。他守到闰五月初三日，始离开后山。到安平时，刘永福苦苦留他帮忙，不肯放行。到六月二十五日，他双脚都不能动了，刘永福始放他行。六月二十八日到厦门，手足俱不能动了。七月初三日他死在厦门，成为东亚第一个民主国的第一个牺牲者！

这时候我只有三岁零八个月。我仿佛记得我父死信到家时，我母亲正在家中老屋的前堂，她坐在房门口的椅子上。她听见读信人读到我父亲的死信，身子往后一倒，连椅子倒在房门槛上。东边房门口坐的珍伯母也放声大哭起来。一时满屋都是哭声，我只觉得天地都翻覆了！我只仿佛记得这一点凄惨的情状，其余都不记得了。

二

我父亲死时，我母亲只有二十三岁。我父初娶冯氏，结婚不久便遭太平天国之乱，同治二年（一八六三）死在兵乱里。次娶曹氏，生了三个儿子，三个女儿，死于光绪四年（一八七八）。我父亲因家贫，又有志远游，故久不续娶。到光绪十五年（一八八九），他在江苏候补，生活稍稍安定，他才续娶我的母亲。我母亲结婚后三天，我的大哥嗣稼也娶亲了。那时我的大姊已出嫁生了儿子。大姊比我母亲大七岁。大哥比她大两岁。二姊是从小抱给人家的。三姊比我母亲小三岁，二哥、三哥（孪生的）比她小四岁。这样一个家庭里忽然来了一个十七岁的后母，她的地位自然十分困难。她的生活自然免不了苦痛。

结婚后不久，我父亲把她接到上海同住。她脱离了大家庭的痛苦，我父又很爱她，每日在百忙中教她认字读书，这几年的生活是很快乐的。我小时也很得父亲钟爱，不满三岁时，他就把教我母亲的红纸方字教我认。父亲作教师，母亲便在旁作助教。我认的是生字，她便借此温她的熟字。他太忙时，她就是代理教师。我们离开台湾时，她认得了近千字，我也认了七百多字。这些方字都是我父亲亲手写的楷字，我母亲终身保存着，因为这些方块红笺上都是我们三个人的最神圣的团居生活的纪念。

我母亲二十三岁就做了寡妇，从此以后，又过了二十三年。这二十三年的生活真是十分苦痛的生活，只因为还有我这一点骨血，她含辛茹苦，把全副希望寄托在我的渺茫不可知的将来，这一点希望居然使她挣扎着活了二十三年。

我父亲在临死之前两个多月，写了几张遗嘱，我母亲和四个儿子每人各有一张，每张只有几句话。给我母亲的遗嘱上说糜儿（我的名字叫嗣糜，糜字音"门"）天资聪明，应该令他读书。给我的遗嘱也教我努力读书上进。这寥寥几句话在我的一生很有重大的影响。我十一岁的时候，二哥和三哥都在家，有一天我母亲问他们道："糜今年八岁了。你老子叫他念书。你们看看他念书念得出吗？"二哥不肯开口，三哥冷笑道："哼，念书！"二哥始终没有说什么。我母亲忍气坐了一会儿，回到房里才敢掉眼泪。她不敢得罪他们，因为一家的财政权全在二哥的手里，我若出门求学是要靠他供给学费的。所以她只能掉眼泪，终不敢哭。

但父亲的遗嘱究竟是父亲的遗嘱，我是应该念书的。况且我小时很聪明，四乡的人都知道三先生的小儿子是能够念书的。所以隔了两年，三哥往上海医肺病，我就跟他出门求学了。

三

我在台湾时，大病了半年，故身体很弱。回家乡时，我号称五岁了，还不能跨一个七八寸高的门槛。但我母亲望我念书的心很切，故到家的时候，我才满三岁零几个月，就在我四叔父介如先生（名玠）的学堂里读书了。我的身体太小，他们抱我坐在一只高凳子上面。我坐上了就爬不下来，还要别人抱下来。但我在学堂并不算最低级的学生，因为我进学堂之前已认得近一千字了。

因为我的程度不算"破蒙"的学生，故我不须念《三字经》《千字文》《百家姓》《神童诗》一类的书，我念的第一

部书是我父亲自己编的一部四言韵文,叫做《学为人诗》,他亲笔抄写了给我的。这部书说的是做人的道理。我把开头几行抄在这里:

> 为人之道,在率其性。
> 子臣弟友,循理之正;
> 谨乎庸言,勉乎庸行;
> 以学为人,以期作圣。
> ……

以下分说五伦。最后三节,因为可以代表我父亲的思想,我也抄在这里:

> 五常之中,不幸有变,
> 名分攸关,不容稍紊。
> 义之所在,身可以殉。
> 求仁得仁,无所尤怨。

> 古之学者,察于人伦,
> 因亲及亲,九族克敦;
> 因爱推爱,万物同仁。
> 能尽共性,斯为圣人。

> 经籍所载，师儒所述，
>
> 为人之道，非有他术；
>
> 穷理致知，返躬践实，
>
> 黾勉于学，守道勿失。

我念的第二部书也是我父亲编的一部四言韵文，名叫《原学》，是一部略述哲理的书。这两部书虽是韵文，先生仍讲不了，我也懂不了。

我念的第三部书叫做《律诗六抄》，我不记得是谁选的了。三十多年来，我不曾重见这部书，故没有机会考出此书的编者，依我的猜测，似是姚鼐的选本，但我不敢坚持此说。这一册诗全是律诗，我读了虽不懂得，却背的很熟。至今回忆，却完全不记得了。

我虽不曾读过《三字经》等书，却因为听惯了别的小孩子高声诵读，我也能背这些书的一部分，尤其是那五七言的《神童诗》我差不多能从头背到底。这本书后面的七言句子，如

> 人心曲曲弯弯水，
>
> 世事重重叠叠山。

我当时虽不懂得其中的意义，却常常嘴上爱念着玩，大概也是

因为喜欢那些重字双声的缘故。

　　我念的第四部书以下，除了《诗经》，就都是散文了。我依诵读的次序，把这些书名写在下面：

　　（4）《孝经》。

　　（5）朱子的《小学》，江永集注本。

　　（6）《论语》。以下四书皆用朱子注本。

　　（7）《孟子》。

　　（8）《大学》与《中庸》。（四书皆连注文读。）

　　（9）《诗经》，朱子集传本。（注文读一部分。）

　　（10）《书经》，蔡沈注本。（以下三书不读注文。）

　　（11）《易经》，朱子本义本。

　　（12）《礼记》，陈浩注本。

　　读到了《论语》的下半部，我的四叔父介如先生选了颍州府阜阳县的训导，要上任去了，就把家塾移交给族兄禹臣先生（名观象）。四叔是个绅董，常常被本族或外村请出去议事或和案子；他又喜欢打纸牌（徽州纸牌，每副一百五十五张），常常被明达叔公、映基叔、祝封叔、茂张叔等人邀去打牌。所以我们的功课很松，四叔往往在出门之前，给我们"上一进书"，叫我们自己念；他到天将黑时，回来一趟，把我们的习字纸加了圈，放了学，才又出门去。

　　四叔的学堂里只有两个学生，一个是我，一个是四叔的儿子嗣秋，比我大几岁。嗣秋承继给瑜婶。（星五伯公的二子，珍伯瑜叔，皆无子，我家三哥承继珍伯，秋哥承继瑜婶。）她很溺爱他，不肯管束他，故四叔一走开，秋哥就溜到灶下或后堂去玩了。（他们和四叔住一屋，学堂在这屋的东边小屋内。）我的母亲管得严厉，我又不大觉得念书是苦事，故我一个人坐在学堂里温书念书，到天黑才回家。

禹臣先生接收家塾后，学生就增多了。先是五个，后来添到十多个，四叔家的小屋不够用了，就移到一所大屋——名叫来新书屋——里去。最初添的三个学生，有两个是守瓒叔的儿子，嗣昭、嗣逵。嗣昭比我大两三岁，天资不算笨，却不爱读书，最爱"逃学"，我们土话叫做"赖学"。他逃出去，往往躲在麦田或稻田里，宁可睡在田里挨饿，却不愿念书。先生往往差嗣秋去捉；有时候，嗣昭被捉回来了，总得挨一顿毒打；有时候，连嗣秋也不回来了，——乐得不回来，因为这是"奉命差遣"，不算是逃学！

我常觉得奇怪，为什么嗣昭要逃学？为什么一个人情愿挨饿挨打，挨大家笑骂，而不情愿念书？后来我稍懂得世事，才明白了。瓒叔自小在江西做生意，后来在九江开布店，才娶妻生子；一家人都说江西话，回家乡时，嗣昭弟兄都不容易改口音；说话改了，而嗣昭念书常带江西音，常常因此吃戒方或吃"作瘤栗"。（钩起五指，打在头上，常打起瘤子，故叫做"作瘤栗"。）这是先生不原谅，难怪他不愿念书。

还有一个原因。我们家乡的蒙馆学金太轻，每个学生每年只送两块银圆，先生对于这一类学生，自然不肯耐心教书，每天只教他们念死书，背死书，从来不肯为他们"讲书"。小学生初念有韵的书，也还不十分叫苦。后来念《幼学琼林》，"四书"一类的散文，他们自然毫不觉得有趣味，因为全不懂得书中说的是什么。因为这个缘故，许多学生常常赖学；先有嗣昭，后来有个士祥，都是有名的"赖学胚"。他们都属于这每年两元钱的阶级。因为逃学，先生生了气，打的更厉害。越打的厉害，他们越要逃学。

　　我一个人不属于这"两元"的阶级，我母亲渴望我读书，故学金特别优厚，第一年就送六块钱，以后每年增加，最后一年加到十二元。这样的学金，在家乡要算"打破纪录"的了。我母亲大概是受了我父亲的叮咛，她嘱托四叔和禹臣先生为我"讲书"：每读一字，须讲一字的意思；每读一句，须讲一句的意思。我先已认得了近千个"方字"，每个字都经过父母的讲解，故进学堂之后，不觉得很苦。念的几本书虽然有许多是乡里先生讲不明白的，但每天总遇着几句可懂的话。我最喜欢朱子《小学》里的记述古人行事的部分，因为那些部分最容易懂得，所以比较最有趣味。同学之中有念《幼学琼林》的，我常常帮他们的忙，教他们不认得的生字，因此常常借这些书看，他们念大字，我却最爱看《幼学琼林》的小注，因为注文中有许多神话和故事，比"四书""五经"有趣味多了。

有一天，一件小事使我忽然明白我母亲增加学金的大恩惠。一个同学的母亲来请禹臣先生代写家信给她的丈夫，信写成了，先生交她的儿子晚上带回家去。一会儿，先生出门去了，这位同学把家信抽出来偷看。他忽然过来问我道："糜，这信上第一句'父亲大人膝下'是什么意思？"他比我只小一岁，也念过"四书"，却不懂"父亲大人膝下"是什么！这时候，我才明白我是一个受特别待遇的人，因为别人每年出两块钱，我去年却送十块钱。我一生最得力的是讲书：父亲母亲为我讲方字，两位先生为我讲书。念古文而不讲解，等于念"揭谛揭谛，波罗揭谛"，全无用处。

四

当我九岁时，有一天我在四叔家东边小屋里玩耍。这小屋前面是我们的学堂，后边有一间卧房，有客来便住在这里。这一天没有课，我偶然走进那卧房里去，偶然看见桌子下一只美孚煤油板箱里的废纸堆中露出一本破书。我偶然捡起了这本书，两头都被老鼠咬坏了，书面也扯破了。但这一本破书忽然为我开辟了一个新天地，忽然在我的儿童生活史上打开了一个新鲜的世界！

这本破书原来是一本小字木板的《第五才子》，我记得很清楚，开始便是"李逵打死殷天锡"一回。我在戏台上早已认得李逵是谁了，便站在那只美孚破板箱边，把这本《水浒传》残本一口气看完了。不看尚可，看了之后，我的心里很不好过：这一本的前面是些什么？后面是些什么？这两个问题，我都不能回答，却最急要一个回答。

我拿了这本书去寻我的五叔，因为他最会"说笑话"（"说笑话"就是"讲故事"，小说书叫做"笑话书"），应该有这种笑话书。不料五叔竟没有这书，他叫我去寻守焕哥，守焕哥说："我没有《第五才子》，我替你去借一部；我家中有部《第一才子》，你先拿去看，好吧？"《第一才子》便是《三国演义》，他很郑重的捧出来，我很高兴的捧回去。

后来我居然得着《水浒传》全部。《三国演义》也看完了。从此以后，我到处去借小说看。五叔、守焕哥，都帮了我不少的忙。三姊夫（周绍瑾）在上海乡间周浦开店，他吸鸦片烟，最爱看小说书，带了不少回家乡；他每到我家来，总带些《正德皇帝下江南》《七剑十三侠》一类的书来送给我。这是我自己收藏小说的起点。我的大哥（嗣稼）最不长进，也是吃鸦片烟的，但鸦片烟灯是和小说书常作伴的，——五叔、守焕哥、三姊夫都是吸鸦片烟的，——所以他也有一些小说书。大嫂认得一些字，嫁妆里带来了好几种弹词小说，如《双珠凤》之类。这些书不久都成了我的藏书的一部分。

三哥在家乡时多，他同二哥都进过梅溪书院，都做过南洋公学的师范生，旧学都有根柢，故三哥看小说很有选择。我在他书架上只寻得三部小说：一部《红楼梦》，一部《儒林外史》，一部《聊斋志异》。二哥有一次回家，带了一部新译出的《经国美谈》，讲的是希腊的爱国志士的故事，是日本人作的，这是我读外国小说的第一步。

帮助我借小说最出力的是族叔近仁，就是民国十二年和顾颉刚先生讨论古史的胡堇人。他比我大几岁，已"开笔"做文章了，十几岁就考取了秀才。我同他不同学堂，但常常相见，成了最要好的朋友。他天才很高，也肯用功，读书比我多，家中也颇有藏书。他看过的小说，常借给我看，我借到的小说，也常借给他看。我们两人各有一个小手折，把看过的小说都记在上面，时时交换比较，看谁看的书多。这两个折子后来都不见了，但我记得离开家乡时，我的折子上好像已有了三十多部小说了。

这里所谓"小说"，包括弹词、传奇，以及笔记小说在内。《双珠凤》在内，《琵琶记》也在内；《聊斋》《夜雨秋灯录》《夜谭随录》《兰苕馆外史》《寄园寄所寄》《虞初新志》等等也在内；从《薛仁贵征东》《薛丁山征西》《五虎平西》《粉妆楼》一类最无意义的小说，到《红楼梦》和《儒林外史》一类的第一流作品，这里面的程度已是天悬地隔了。我到离开家乡时，还不能了解《红楼梦》和《儒林外史》的好处。但这一大类都是白话小说，我在不知不觉之中得了不少的白话散文的训练，在十几年后于我很有用处。

看小说还有一桩绝大的好处，就是帮助我把文字弄通顺了。那时候正是废八股诗文的时代，科举制度本身也动摇了。二哥、三哥在上海受了时代思潮的影响，所以不要我"开笔"做八股文，也不要我学做策论经义。他们只要先生给我讲书，教我读书。但学堂念的书，越到后来，越不好懂了，《诗经》起初还好懂，读到《大雅》，就难懂了；读到《周颂》，更不可懂了。《书经》有几篇，如《五子之歌》，我读的很起劲；但《盘庚》三篇，我总读不熟。我在学堂九年，只有《盘庚》害我挨了一次打。后来隔了十多年，我才知道《尚书》有今文和古文两大类，向来学者都说古文诸篇是假的，今文是真的；《盘庚》属于今文一类，应该是真的。但我研究《盘庚》用的代名词最杂乱不成条理，故我总疑心这三篇是后人假造的。有时候，我自己想，我的怀疑《盘庚》，也许暗中含有报那一个"作瘤栗"的仇恨的意味罢？

　　《周颂》《尚书》《周易》等书都是不能帮助我作通顺文字的。但小说书却给了我绝大的帮助。从《三国演义》读到《聊斋志异》和《虞初新志》，这一跳虽然跳的太远，但因为书中的故事实在有趣味，所以我能细细读下去。石印本的《聊斋志异》有圈点，所以更容易读。到我十二三岁时，已能对本家姊妹们讲说《聊斋》故事了。那时候，四叔的女儿巧菊，禹臣先生的妹子广菊、多菊，祝封叔的女儿杏仙，和本家侄女翠苹、定娇等，都在十五六岁之间；她们常常邀我去，请我讲故事。我们平常请五叔讲故事时，忙着替他点火，装旱烟，替他捶背，现在轮到我受人巴结了。我不用人装烟捶背，她们听我说完故事，总去泡炒米，或做蛋炒饭来请我吃。她们绣花做鞋，我讲《凤仙》《莲香》《张鸿渐》《江城》。这样的讲书，逼我把古文的故事翻译成绩溪土话，使我更了解古文的文理。所以我到十四岁来上海开始作古文时，就能做很像样的文字了。

五

我小时候身体弱，不能跟着野蛮的孩子们一块儿玩。我母亲也不准我和他们乱跑乱跳。小时不曾养成活泼游戏的习惯，无论在什么地方，我总是文绉绉的。所以家乡老辈都说我"像个先生样子"，遂叫我做"穈先生"。这个绰号叫出去之后，人都知道三先生的小儿子叫做穈先生了。既有"先生"之名，我不能不装出点"先生"样子，更不能跟着顽童们"野"了。有一天，我在我家八字门口和一班孩子"掷铜钱"，一位老辈走过，见了我，笑道："穈先生也掷铜钱吗？"我听了羞愧得面红耳热，觉得大失了"先生"的身份！

大人们鼓励我装先生样子，我也没有嬉戏的能力和习惯，又因为我确是喜欢看书，所以我一生可算是不曾享过儿童游戏的生活。每年秋天，我的庶祖母同我到田里去"监割"（顶好的田，水旱无忧，收成最好，佃户每约田主来监割，打下谷子，两家平分），我总是坐在小树下看小说。十一二岁，我稍活泼一点，居然和一群同学组织了一个戏剧班，做了一些木刀竹枪，借得了几个假胡须，就在村口田里做戏。我做的往往是诸葛亮、刘备一类的文角儿，只有一次我做史文恭，被花荣一箭从椅子上射倒下去，这算是我最活泼的玩意儿了。

我在这九年（一八九五至一九〇四）之中，只学得了读书、写字两件事。在文字和思想（看下章）的方面，不能不算是打了一点底子。但别的方面都没有发展的机会。有一次我们村里"当朋"（八都凡五村，称为"五朋"，每年一村轮着做太子会，名为"当朋"），筹备太子会，有人提议要派我加入前村的昆腔队里学习吹笙或吹笛，族里长辈反对，说我年纪太小，不能跟着太子会走遍五朋。于是我失掉了这学习音乐的唯一机会。三十年来，我不曾拿过乐器，也全不懂音乐，究竟我有没有一点学音乐的天资，我至今还不知道。至于学图画，更是不可能的事。我常常用竹纸蒙在小说的石印绘像上，摹画书上的英雄美人。有一天，被先生看见了，挨了一顿大骂，抽屉里的图画都被搜出撕毁了。于是我又失掉了学做画家的机会。

但这九年的生活，除了读书看书之外，究竟给了我一点做人的训练。在这一点上，我的恩师就是我的慈母。

每天天刚亮时，我母亲就把我喊醒，叫我披衣坐起。我从不知道她醒来坐了多久了。她看见我清醒了，才对我说昨天我做错了什么事，说错了什么话，要我用功读书。有时候她对我说父亲的种种好处，她说："你总要踏上你老子的脚步。我一生只晓得这一个完全的人，你要学他，不要跌他的股。"（跌股便是丢脸，出丑。）她说到伤心处，往往掉下泪来。到天大明时，她才把我的衣服穿好，催我去上早学。学堂门上的锁匙放在先生家里，我先到学堂门口一望，便跑到先生家里去敲门。先生家里有人把锁匙从门缝里递出来，我拿了跑回去，开了门，坐下念生书。十天之中，总有八九天我是第一个去开学堂门的。等到先生来了，我背了生书，才回家吃早饭。

我母亲管束我最严，她是慈母兼任严父。但她从来不在别人面前骂我一句，打我一下。我做错了事，她只对我一望，我看了她的严厉眼光，就吓住了。犯的事小，她等到第二天早晨我眠醒时才教训我。犯的事大，她等到晚上人静时，关了房门，先责备我，然后行罚，或罚跪，或拧我的肉。无论怎样重罚，总不许我哭出声来。她教训儿子不是借此出气叫别人听的。

有一个初秋的傍晚，我吃了晚饭，在门口玩，身上只穿了一件单背心。这时候我母亲的妹子玉英姨母在我家住，她怕我冷，拿了一件小衫出来叫我穿上。我不肯穿，她说："穿上吧，凉了。"我随口回答："娘（凉）什么！老子都不老子呀。"我刚说了这句话，一抬头，看见母亲从家里走出，我赶快把小衫穿上。但她已听见这句轻薄的话了。晚上人静后，她罚我跪下，重重的责罚了一顿。她说："你没了老子，是多么得意的事！好用来说嘴！"她气的坐着发抖，也不许我上床去睡。我跪着哭，用手擦眼泪，不知擦进了什么微菌，后来足足害了一年多的眼翳病。医来医去，总医不好。我母亲心里又悔又急，听说眼翳可以用舌头舔去，有一夜她把我叫醒，她真用舌头舔我的病眼。这是我的严师，我的慈母。

　　我母亲二十三岁做了寡妇，又是当家的后母。这种生活的痛苦，我的笨笔写不出一万分之一二。家中财政本不宽裕，全靠二哥在上海经营调度。大哥从小就是败子，吸鸦片烟，赌博，钱到手就光，光了就回家打主意，见了香炉就拿出去卖，捞着锡茶壶就拿出去押。我母亲几次邀了本家长辈来，给他定下每月用费的数目。但他总不够用，到处都欠下烟债、赌债。每年除夕我家中总有一大群讨债的，每人一盏灯笼，坐在大厅上不肯去。大哥早已避出去了。大厅的两排椅子上满满的都是灯笼和债主。我母亲走进走出，料理年夜饭，谢灶神，压岁钱等事，只当做不曾看见这一群人。到了近半夜，快要"封门"了，我母亲才走后门出去，央一位邻舍本家到我家来，每一家债户开发一点钱。做好做歹的，这一群讨债的才一个一个提着灯笼走出去。一会儿，大哥敲门回来了。我母亲从不骂他一句。并且因为是新年，她脸上从不露出一点怒色。这样的过年，我过了六七次。

大嫂是个最无能而又最不懂事的人，二嫂是个很能干而气量很窄小的人。她们常常闹意见，只因为我母亲的和气榜样，她们还不曾有公然相骂相打的事。她们闹气时，只是不说话，不答话，把脸放下来，叫人难看；二嫂生气时，脸色变青，更是怕人。她们对我母亲闹气时，也是如此。我起初全不懂得这一套，后来也渐渐懂得看人的脸色了。我渐渐明白，世间最可厌恶的事莫如一张生气的脸；世间最下流的事莫如把生气的脸摆给旁人看。这比打骂还难受。

我母亲的气量大，性子好，又因为做了后母后婆，她更事事留心，事事格外容忍。大哥的女儿比我只小一岁，她的饮食衣料总是和我一样。我和她有小争执，总是我吃亏，母亲总是责备我，要我事事让她。后来大嫂二嫂都生了儿子了，她们生气时便打骂孩子来出气，一面打，一面用尖刻有刺的话骂给别人听。我母亲只装不听见。有时候，她实在忍不住了，便悄悄走出门去，或到左邻立大嫂家去坐一会儿，或走后门到后邻度嫂家去闲谈。她从不和两个嫂子吵一句嘴。

每个嫂子一生气，往往十天半个月不歇，天天走进走出，板着脸，咬着嘴，打骂小孩子出气。我母亲只忍耐着，忍到实在不可再忍的一天，她也有她的法子。这一天的天明时，她就不起床，轻轻的哭一场。她不骂一个人，只哭她的丈夫，哭她自己命苦，留不住她的丈夫来照管她。她先哭时，声音很低，渐渐哭出声来。我醒了起来劝她，她不肯住。这时候，我总听得见前堂（二嫂住前堂东房）或后堂（大嫂住后堂西房）有一扇房门开了，一个嫂子走出房向厨房走去。不多一会儿，那位嫂子来敲我们的房门了。我开了房门，她走进来，捧着一碗热茶，送到我母亲床前，劝她止哭，请她喝口热茶。我母亲慢慢停住哭声，伸手接了茶碗，那位嫂子站着劝一会儿，才退出去。没有一句话提到什么人，也没有一个字提到这十天半个月来的气脸，然而各人心里明白，泡茶进来的嫂子总是那十天半个月来闹气的人。奇怪得很，这一哭之后，至少有一两个月的太平清静日子。

我母亲待人最仁慈、最温和，从来没有一句伤人感情的话。但她有时候也很有刚气，不受一点人格上的侮辱。我家五叔是个无正业的浪人，有一天在烟馆里发牢骚，说我母亲家中有事总请某人帮忙，大概总有什么好处给他。这句话传到了我母亲耳朵里，她气得大哭，请了几位本家来，把五叔喊来，当面质问他她给了某人什么好处。直到五叔当众认错赔罪，她才罢休。

我在我母亲的教训之下住了九年，受了她的极大极深的影响。我十四岁（其实只有十二岁零两三个月）就离开她了，在这广漠的人海里独自混了二十多年，没有一个人管束过我。如果我学得了一丝一毫的好脾气，如果我学得了一点点待人接物的和气，如果我能宽恕人，体谅人，——我都得感谢我的慈母。

跟着兴趣走

……目前很多学生选择科系时，从师长的眼光看，都不免带有短见，倾向于功利主义方面。天才比较高的都跑到医工科去，而且只走入实用方面，而又不选择基本学科，譬如学医的，内科、外科、产科、妇科，有很多人选，而基本学科譬如生物化学、病理学，很少青年人去选读，这使我感到今日的青年不免短视，戴着近视眼镜去看自己的前途与将来。我今天头一项要讲的，就是根据我们老一辈的对选科系的经验，贡献给各位。我讲一段故事。

记得四十八年前，我考取了官费出洋，我的哥哥特地从东三省赶到上海为我送行，临行时对我说，我们的家早已破坏中落了，你出国要学些有用之学，帮助复兴家业，重振门楣，他要我学开矿或造铁路，因为这是比较容易找到工作的，千万不要学些没用的文学、哲学之类没饭吃的东西。我说好的，船就要开了，那时和我一起去美国的留学生共有七十人，分别进入各大学。在船上我就想，开矿没兴趣，造铁路也不感兴趣，于是只好采取调和折衷的办法，要学有用之学，当时康奈尔大学有全美国最好的农学院，于是就决定进去学科学的农学，也许对国家社会有点贡献吧！那时进康大的原因有二：一是康大有当时最好的农学院。且不收学费。而每个月又可获得八十元的津贴；我刚才说过，我家破了产，母亲待养，那时我还没结婚，一切从命，所以可将部分的钱拿回养家。另一是我国有百分之八十的人是农民，将来学会了科学的农业，也许可以有益于国家。

入校后头一星期就突然接到农场实习部的信，叫我去报到。那时教授便问我："你有什么农场经验？"我答："没有。""难道一点都没有吗？""要有嘛，我的外公和外婆，都是道地的农夫。"教授说："这与你不相干。"我又说："就是因为没有，才要来学呀！"后来他又问："你洗过马没有？"我说："没有。"我就告诉他中国人种田是不用马的。于是老师就先教我洗马，他洗一面，我洗另一面。他又问我会套车吗，我说也不会。于是他又教我套车，老师套一边，我套一边，套好跳上去，兜一圈子。接着就到农场做选种的实习工作，手起了泡，但仍继续的忍耐下去。农复会的沈宗瀚先生写一本《克难苦学记》，要我和他作一篇序，我也就替他做一篇很长的序。我们那时学农的人很多，但只有沈宗瀚先生赤过脚下过田，是唯一确实有农场经验的人。学了一年，成绩还不错，功课都在八十五分以上。第二年我就可以多选两个学分，于是我选种果学，即种苹果学。分上午讲课与下午实习。上课倒没有什么，还甚感兴趣；下午实验，走入实习室，桌上有各色各样的苹果三十个，颜色有红的，有黄的，有青的……形状有圆的，有长的，有椭圆的，有四方的……要照着一本手册上的标准，去定每一苹果的学名，蒂有多长？花是什么颜色？肉是甜是酸？是软是硬？弄了两个小时。弄了半个小时一个都弄不了，满头大汗，真是冬天出大汗。抬头一看，呀！不对头，那些美国同学都做完跑光了，把苹果拿回去吃了。他们不需剖开，因为他们比较熟悉，查查册子后面的普通名词就可以定学名，在他们是很简单。我只弄了一半，一半又是错的。回去就自己问自己学这个有什么用？要是靠当时的活力与记性，用上一个晚上来强记，四百多个名字都可记下来应付考试。但试想有什么用呢？那些苹果在我国烟台也没有，青岛也没有，安徽也没有……我认为科学的农学无用了，于是决定改行，那时正是民国元年，国内正在革命的时候，也许学别的东西更有好处。

那么，转系要以什么为标准呢？依自己的兴趣呢？还是看社会的需要？我年轻时候《留学日记》有一首诗，现在我也背不出来了。我选课用什么做标准？听哥哥的话？看国家的需要？还是凭自己？只有两个标准：一个是"我"，一个是"社会"，看看社会需要什么？国家需要什么？中国现代需要什么？但这个标准——社会上三百六十行，行行都需要，现在可以说三千六百行，从诺贝尔得奖人到修理马桶的，社会都需要，所以社会的标准并不重要。因此，在定主意的时候，便要依着自我的兴趣了——即性之所近，力之所能。我的兴趣在什么地方？与我性质相近的是什么？问我能做什么？对什么感兴趣？我便照着这个标准转到文学院了。但又有一个困难，文科要缴费，而从康大中途退出，要赔出以前二年的学费，我也顾不得这些。经过四位朋友的帮忙，由八十元减到三十五元，终于达成愿望。在文学院以哲学为主，英国文学、经济、政治学之门为副。后又以哲学为主，经济理论、英国文学为副科。到哥伦比亚大学后，仍以哲学为主，以政治理论、英国文学为副。我现在六十八岁了，人家问我学什么？我自己也不知道学些什么？我对文学也感兴趣，白话文方面也曾经有过一点小贡献。在北大，我曾做过哲学系主任、外国文学系主任、英国文学系主任，中国文学系也做过四年的系主任，在北大文学院六个学系中，五系全做过主任。现在我自己也不知道学些什么，我刚才讲过现在的青年太倾向于现实了，不凭性之所近，力之所能去选课。譬如一位有作诗天才的人，不进中文系学作诗，而偏要去医学院学外科，那么文学院便失去了一个一流的诗人，而国内却添了一个三四流甚至五流的饭桶外科医生，这是国家的损失，也是你们自己的损失。

在一个头等、第一流的大学，当初日本筹划帝大的时候，真的计划远大，规模宏伟，单就医学院就比当初日本总督府还要大。科学的书籍都是从第一号编起。基础良好，我们接收已有十余年了，总算没有辜负当初的计划。今日台大可说是台湾唯一最完善的大学，各位不要有成见，戴着近视眼镜来看自己的前途，看自己的将来。听说入学考试时有七十二个志愿可填，这样七十二变，变到最后不知变成了什么，当初所填的志愿，不要当做最后的决定，只当做暂时的方向。要在大学一、二年的时候，东摸摸西摸摸的瞎摸。不要有短见，十八九岁的青年仍没有能力决定自己的前途、职业。进大学后第一年到处去摸、去看，探险去，不知道的我偏要去学。如在中学时候的数学不好，现在我偏要去学，中学时不感兴趣，也许是老师不好。现在去听听最好的教授的讲课，也许会提起你的兴趣。好的先生会指导你走上一个好的方向，第一、二年甚至于第三年还来得及，只要依着自己"性之所近，力之所能"的做去，这是清代大儒章学诚的话。

现在我再说一个故事，不是我自己的，而是近代科学的开山大师——伽利略，他是意大利人，父亲是一个有名的数学家，他的父亲叫他不要学他这一行，学这一行是没饭吃的，要他学医。他奉命而去。当时意大利正是文艺复兴的时候，他到大学以后曾被教授和同学捧誉为"天才的画家"，他也很得意。父亲要他学医，他却发现了美术的天才。他读书的佛劳伦斯地方是一工业区，当地的工业界首领希望在这大学多造就些科学的人才，鼓励学生研究几何，于是在这大学里特为官儿们开设了几何学一科，聘请一位叫Ricci氏当教授。有一天，他打从那个地方过，偶然的定脚在听讲，有的官儿们在打瞌睡，而这位年轻的伽利略却非常感兴趣。于是不断地一直继续下去，趣味横生，便改学数学，由于浓厚的兴趣与天才，就决心去东摸摸西摸摸，摸出一条兴趣之路，创造了新的天文学，新的物理学，终于成为一位近代科学的开山大师。

　　大学生选择学科就是选择职业。我现在六十八岁了，我也不知道所学的是什么？希望各位不要学我这样老不成器的人。勿以七十二志愿中所填的一愿就定了终身，还没有的，就是大学二、三年也还没定。各位在此完备的大学里，目前更有这么多好的教授人才来指导，趁此机会加以利用。社会上需要什么，不要管它，家里的爸爸、妈妈、哥哥、朋友等，要你做律师、做医生，你也不要管他们，不要听他们的话，只要跟着自己的兴趣走。想起当初我哥哥要我学开矿、造铁路，我也没听他的话，自己变来变去变成一个老不成器的人。后来我哥哥也没说什么。只管我自己，别人不要管他。依着"性之所近，力之所能"学下去，其未来对国家的贡献也许比现在盲目所选的或被动选择的学科会大得多，将来前途也是无可限量的。……

丧礼的改革

去年北京通俗讲演所请我讲演"丧礼改良",讲演日期定在十一月二十七日。不料到了十一月二十四日,我接到家里的电报,说我的母亲死了。我的讲演还没有开讲,就轮着我自己实行"丧礼改良"了!

我们于二十五日赶回南。将动身的时候,有两个学生来见我,他们说:"我们今天过来,一则是送先生起身;二则呢,适之先生向来提倡改良礼俗,现在不幸遭大丧,我们很盼望先生能把旧礼大大的改革一番。"

我谢了他们的好意,就上车走了。

我出京之先,想到家乡印刷不便,故先把讣帖付印。讣帖如下式:

先母冯太夫人于中华民国七年十一月二十三日病殒于安徽绩溪上川本宅。

敬此讣闻

胡适

胡觉　谨告

这个讣帖革除了三种陋俗：一是"不孝□□等罪孽深重，不自殒灭，祸延显妣"一派的鬼话。这种鬼话含有儿子有罪连带父母的报应观念，在今日已不能成立；况且现在的人心里本不信这种野蛮的功罪见解，不过因为习惯如此，不能不用，那就是无意识的行为。二是"孤哀子□□等泣血稽颡"的套语。我们在民国礼制之下，已不"稽颡"，更不"泣血"，又何必自欺欺人呢？三是"孤哀子"后面排着那一大群的"降服子""齐衰期服孙""期""大功""小功"，等等亲族，和"抆泪稽首""拭泪顿首"，等等有"谱"的虚文。这一大群人为什么要在讣闻上占一个位置呢？因为这是古代宗法社会遗传下来的风俗如此。现在我们既然不承认大家族的恶风俗，自然用不着列入这许多名字了。还有那从"泣血稽颡"到"拭泪顿首"一大串的阶级，又是因为什么呢？这是儒家"亲亲之杀"的流毒。因为亲疏有等级，故在纸上写一个"哭"字也要依着分等级的"谱"。我们绝对不承认哭丧是有"谱"的，故把这些有谱的虚文一概删去了。

我在京时，家里电报问"应否先殓"，我复电说"先殓"。我到家时，已殓了七日了，衣衾棺材都已办好，不能有什么更动。我们徽州的风俗，人家有丧事，家族亲眷都要送锡箔、白纸、香烛；讲究的人家还要送"盘缎"，纸衣帽，纸箱担等件。锡箔和白纸是家家送的，太多了，烧也烧不完，往往等丧事完了，由丧家打折扣卖给店家。这种糜费，真是无道理。我到家之后，先发一个通告给各处有往来交谊的人家。通告上说：

> 本宅丧事拟于旧日陋俗略有所改良，倘蒙赐吊，只领香一炷或挽联之类。此外如锡箔、素纸、冥器、盘缎等物，概不敢领，请勿见赐。伏乞鉴原。

这个通告随着讣帖送去，果然发生效力，竟没有一家送那些东西来的。

和尚、道士，自然是不用的了。他们怨我，自不必说。还有几个投机的人，预算我家亲眷很多，定做冥器盘缎的一定不少，故他们在我们村上新开一个纸扎铺，专做我家的生意。不料我把这东西都废除了，这个新纸扎铺只好关门。

我到家之后，从各位长辈亲戚处访问事实，——因为我去国日久，事实很模糊了，——做了一篇"先母行述"。我们既不"寝苦"，又不"枕块"，自然不用"苦块昏迷，语无伦次"等等诳语了。"棘人"两字，本来不通（《诗·桧风·素冠》一篇本不是指三年之丧的，乃是棘人的诗，故有"聊与子同归""聊与子如一"的话，素冠素衣也不过是与《曹风》"麻衣如雪"同类的话，未必专指丧服；"棘人"两字，棘训急，训瘠，也不过是"旁人"的意思；这一首很好的相思诗，被几个腐儒解作一篇丧礼论，真是可恨！），故也不用了。我做这篇"行述"，抱定一个说老实话的宗旨，故不免得罪了许多人。但是得罪了许多人，便是我说老实话的证据。文人做死人的传记，既怕得罪死人，又怕得罪活人，故不能不说谎，说谎便是大不敬。

讣闻出去之后，便是受吊。吊时平常的规矩是：外面击鼓，里面启灵帏，主人男妇举哀，吊客去了，哀便止了。这是作伪的丑态。古人"哀至则哭"，哭岂是为吊客哭的吗？因为人家要用哭来假装"孝"，故有大户人家吊客多了，不能不出钱雇人来代哭，我是一个穷学生，那有钱来雇人代我们哭？所以我受吊的时候，灵帏是开着的，主人在帏里答谢吊客，外面有子侄辈招待客人；哀至即哭，哭不必做出种种假声音，不能哭时，便不哭了，决不为吊客做出举哀的假样子。

再说祭礼。我们徽州是朱子、江慎修、戴东原、胡培翚的故乡，代代有礼学专家，故祭礼最讲究。我做小孩的时候，也不知看了多少次的大祭小祭。祭礼很繁，每一个祭，总得要两三个钟头；祠堂里春分、冬至的大祭，要四五点钟。我少时听见秀才先生们说，他们半夜祭春分、冬至，跪着读祖宗谱，一个人广本，读"某某府君，某某孺人"，灯光又不明，天气又冷，石板的地又冰又硬，足足要跪两点钟！他们为了祭包和胙肉，不能不来鬼混念一遍。这还算是宗法社会上一种很有意味的仪节，最怪的，是人家死了人，一定要请一班秀才先生来做

"礼生"，代主人做祭。祭完了，每个礼生可得几尺白布，一条白腰带，还可吃一桌"九碗"或"八大八小"。大户人家，停灵日子长，天天总要热闹，故天天须有一个祭。或是自己家祭，或是亲戚家"送祭"。家祭是今天长子祭，明天少子祭，后天长孙祭……送祭是那些有钱的亲眷，远道不能来，故送钱来托主人代办祭菜，代请礼生。总而言之，那里是祭？不过是做热闹，装面子，摆架子！——那里是祭！

我起初想把祭礼一概废了，全改为"奠"。我的外婆七十多岁了，她眼见一个儿子、两个女儿死在她生前，心里实在悲恸，所以她听见我要把祭全废了，便叫人来说，"什么事都可依你，两三个祭是不可少的"。我仔细一想，只好依她，但是祭礼是不能不改的。我改的祭礼有两种：

一、本族公祭仪节（族人亲自做礼生）

序立—就位—参灵—三鞠躬—三献—读祭文。（祭文中列来祭的人名，故不可少。）

二、亲戚公祭。我不要亲戚"送祭"。我把要来祭的亲戚邀在一块，公推主祭者一人，赞礼二人，余人陪祭，一概不请外人做礼生。同时一奠，不用"三献礼"。向来可分七八天的祭，改了新礼，十五分钟就完了。仪节如下：序立—主祭者就位—陪祭者分别就位—参灵三鞠躬读祭文—辞灵—礼成—谢奠。

我以为我这第二种祭礼，很可以供一般人的采用。祭礼的根据在于深信死人的"灵"还能受享。我们既不信死者能受享，便应该把古代供献死者饮食的祭礼，改为生人对死者表示敬意的祭礼。死者有知无知，另是一个问题。但生人对死者表示敬意，是在情理之中的行为，正不必问死者能不能领会我们的敬意。有人说，"古礼供献酒食，也是表示敬意，也不必问死者能不能饮食"。这却有个区别。古人深信死者之灵真能享用饮食，故先有"降神"，后有"三献"，后有"侑食"，还有"望燎"，还有"举哀"，都是见神见鬼的做作，便带着古宗教的迷信，不单是表示生人的敬意了。

　　再论出殡。出殡的时候，"铭旌"先行，表示谁家的丧事；次是灵柩，次是主人随柩行，次是送殡者。送殡者之外，没有别样排场执事。主人不必举哀，哀至则哭，哭不必出声，主人穿麻衣，不戴帽，不执哭丧杖，不用草索束腰，但用白布腰带。为什么要穿麻衣呢？我本来想用民国服制，用乙种礼服，袖上蒙黑纱。后来因为来送殡的男人女人都穿白衣，主人不能独穿黑，只好用麻衣，束白腰带。为什么不戴帽呢？因为既不用那种俗礼的高梁孝子冠，一时寻不出相当的帽子，故不如用表示敬意的脱帽法。为什么不用杖呢？因为古人居父母的丧要自己哀毁，要做到"扶而后能起，杖而后能行"的半死样子，故不能不用杖。我们既不能做到那种半死样子，又何必拿那根杖来装门面呢？

　　我们是聚族而居的，人死了，该送神主入祠。俗礼先有"题主"或"点主"之法，把"神主牌"先请人写好，留着"主"字上的一点，再去请一位阔人来，求他用朱笔蘸了鸡冠血，把"主"字上一点点上。这就是"点主"。点主是丧事里一件最重要的事，因为他是一件最可装面子、摆架子的事。你们回想当年袁世凯死后，他的儿子孙子们请徐世昌点主的故事，就可晓得这事的重要了。

　　那时家里人来问我要请谁点主。我说，用不着点主了。为什么呢？因为古礼但有"请善书者书主"（《朱子家礼》与《温公书仪》同）。这是恐怕自己不会写好字，故请一位写好字的写牌，是郑重其事的意思。后来的人，要借死人来摆架子，故请顶阔的人来题主。但是阔人未必会写字。也许请的是一位督军连字都不认得。所以主人家先把牌子上的字写好，单留"主"字上的一点，请"大宾"的大笔一点。如此办法，就是不识字的大师，也会题主了！我不配借我母亲来替我摆架子，不如行古礼罢。所以我请我的老友近仁把牌位连那"主"字上的一点一齐写好。出殡之后把神主送进宗祠，就完了事。

　　未出殡之前，有人来说，他有一穴好地，葬下去可以包我做到总长。我说，我也看过一些堪舆书，但不曾见那部书上有"总长"二字，还是请他留下那块好地自己用罢。我自己出去，寻了一块坟地，就是在先父铁花先生的坟的附近。乡下的人以为我这个"外国翰林"看的风水，一定是极好的地，所以我的母亲葬下之后，不到十天，就有人抬了一口棺材，摆在我母亲坟下的田里。人来对我说，前面的棺材挡住了后面的"气"。我说，气是四方八面都可进来的，没有东西可挡得住，由他挡去罢。

以上记丧事完了。

再论我的丧服。我在北京接到凶电的时候，那有仔细思想的心情？故糊糊涂涂的依着习惯做去，把缎子的皮袍脱了，换上布棉袍、布帽，帽上还换了白结子，又买了一双白鞋。时表上的练子是金的——镀金的，——故留在北京。眼镜脚也是金的，但是来不及换了，我又不能离开眼镜，只好戴了走。里面的棉袄是绸的，但是来不及改做布的，只好穿了走，好在穿在里面，人看不见！我的马褂袖上还加了一条黑纱。这都是我临走的一天，糊糊涂涂的时候，依着习惯做的事。到了路上，我自己回想，很觉惭愧。何以惭愧呢？因为我这时候用的丧服制度，乃是一种没有道理的大杂凑。白帽结、布袍、布帽、白鞋，是中国从前的旧礼。袖上蒙黑纱是民国元年定的新制，既蒙了黑纱，何必又穿白呢？我为什么不穿皮袍呢？为什么不敢穿绸缎呢？为什么不敢戴金色的东西呢？绸缎的衣服上蒙上黑纱，不仍旧是民国的丧服吗？金的不用了，难道用了银的就更"孝"了吗？

我问了几个"为什么"，自己竟不能回答。我心里自然想着孔子"食夫稻，衣夫锦，于汝安乎"的话，但是我又问：我为什么要听孔子的话？为什么我们现在"食稻"（吃饭）心已安了？为什么"衣锦"便不安呢？仔细想来，我还是脱不了旧风俗的无形的势力，——我还是怕人说话！

但是那时我在路上，赶路要紧，也没有心思去想这些"细事小节"。到家之后，更忙了，便也不曾想到服制上去。丧事里的丧服，上文已说过了。丧事完了之后，我仍旧是布袍，布帽、白帽结、白棉鞋，袖上蒙了一块黑纱。穿惯了，我更不觉得这种不中不西半新半旧的丧服有什么可怪的了。习惯的势力真可怕！

今年四月底，我到上海欢迎杜威先生，过了几天，便是五月七日的上海国民大会。那一天的天气非常的热，诸位大概总还有人记得。我到公共体育场去时，身上穿着布的夹袍，布的夹裤还是绒布里子的，上面套着线缎的马褂。我要听听上海一班演说家，故挤到台前，身上已是汗流遍体。我脱下马褂，听完演说，跟着大队去游街，从西门一直走到大东门，走得我一身衣服从里衣湿透到夹袍子。我回到一家同乡店家，邀了一位同乡带我去买衣服更换，因为我从北京来，不预备久住，故不曾带得单衣服。习惯的势力还在，我自然到石路上小衣店里去寻布衫子、羽纱马褂、布套裤之类。我们寻来寻去，寻不出合用的衣裤，因为我一身湿汗，急于要换衣服，但是布衣服不曾下水是不能穿的。我们走完一条石路，仍旧是空手。我忽然问我自己道："我为什么一定要买布的衣服？因为我有服在身，穿了绸衣，人家要说话。我为什么怕人家说我的闲话？"我问到这里，自己不能回答。我打定主意，去买绸衣服，买了一件原当的府绸长衫，一件实地纱马褂，一双纱套裤，再借了一身衬衣裤，方才把衣服换了。初换的时候，我心里还想在袖上蒙上一条黑纱。后来我又想：我为什么一定要蒙黑纱呢！因为我丧期没有完。我又想：我为什么一定要守这三年的服制呀？我既不是孔教徒，又向来不赞成儒家的丧制，为什么不敢实行短丧呀？我问到这里，又不能回答了，所以决定主意，实行短丧，袖上就不蒙黑纱了。

我从五月七日起，已不穿丧服了。前后共穿了五个月零十几天的丧服。人家问我行的是什么礼？我说是古礼。人家又问，那一代的古礼？我说是《易传》说的太古时代"丧期无数"的古礼。我以为"丧期无数"最为有理。人情各不相同，父母的善恶各不相同，儿子的哀情和敬意也不相同。《檀弓》上说：

子夏既除丧而见，予之琴，和之不和，弹之而不成声，作而曰："哀未忘也，先王制礼而弗敢过也。"子张既除丧而见，予之琴，和之而和，弹之而成声，作而曰："先王制礼，不敢不至焉。"

这可见人对父母的哀情各不相同，子张、宰我嫌三年之丧太长了，子夏、闵子骞又嫌三年太短了。最好的办法是"丧期无数"，长的可以几年，短的可以三月，或三日，或竟无服。不但时期无定，还应该打破古代一定等差的丧服制度。我以为服制不必限于自己的亲属：亲属值得纪念的，不妨为他纪念成服；朋友可以纪念的，也不妨为他穿服；不值得纪念的，无论在几服之内，尽可不必为他穿服。

我的母亲是我生平最敬爱的一个人，我对她的纪念，自然不止五六个月，何以我一定要实行短丧的制度呢？我的理由不止一端：

第一，我觉得三年的丧服在今日没有保存的理由。顾亭林说："三代圣王教化之事，其仅存于今日者惟服制而已。"（《日知录》卷十五）这话说得真正可怜！现在居丧的人，可以饮酒食肉，可以干政筹边，可以嫖赌纳妾，可以作种种"不孝"的事，却偏要苦苦保存这三年穿素的"服制"！不能实行三年之"丧"，却偏要保存三年的"丧服"！这真是孟子说的"放饭流歠，而问无齿决，是之谓不知务"了！

第二，真正的纪念父母，方法很多，何必单单保存这三年服制？现行的服制，乃是古丧礼的皮毛，乃是今人装门面自欺欺人的形式，我因为不愿意用这种自欺欺人的服制来做纪念我母亲的方法，所以我决意实行短丧。我因为不承认"穿孝"就算"孝"，不承认"孝"是拿来穿在身上的，所以我决意实行短丧。

第三，现在的人居父母之丧，自称为"守制"，写自己的名字要加上一个小"制"字，请问这种制是谁人定的制？是古人遗传下来的制呢？还是现在国家法律规定的制呢？民国法律并不曾规定丧期。若说是古代遗制，则从斩衰三年到小功、缌，都是"制"，何以三年之丧单称为"制"呢？况且古代的遗制到了今日，应该经过一番评判的研究，看那种遗制是否可以存在，不应该因为它是古制就糊糊涂涂的服从它。我因为尊重良心的自由，不愿意盲从无意识的古制，故决意实行短丧。

第四，现行的服制实际上有许多行不通的地方。若说素色是丧服，现在的风尚喜欢素色衣裳，素色久已不成为丧服的记号了。若说布衣是丧服，绸缎不是丧服，那么，除了丝织的材料之外，许多外国的有光的织料是否算是布衣？有光的洋货织料可以穿得，何以本国的丝织物独不可穿？蚕丝织的绸缎既不能穿，何以羊毛织的呢货又可以穿得？还有羊皮既可以穿得，何以狐皮便穿不得？银器既可以戴得，金器和镀金器何以又戴不得？——诸如此类，可以证明现在的服制全凭社会的习惯随意乱定，没有理由可说，没有标准可寻；颠倒杂乱，一无是处。经济上的困难且丢开不说，就说这心理上的麻烦不安，也很够受了。我也曾想采用一种近人情，有道理，有一贯标准的丧服，竟寻不出来，空弄得精神上受无数困难惭愧。因此，我索性主张把服丧的期限缩短，在这短丧期内，无论穿何种织料的衣服——无论布的、绸缎的、呢的、绒的、纱的，——只要蒙上黑纱，依民国的新礼制，便算是丧服了。

以上记我实行短丧的原委和理由。

我把我自己经过的丧礼改革，详细记了出来，并不是说我所改的都是不错的，也并不敢劝国内的人都依着我这样做。我的意思，不过是想表示我个人从一次生平最痛苦的经验里面得来的一些见解，一些感想；不过想指点出现在丧礼的种种应改革的地方和将来改革的大概趋势。我现在且把我对于丧礼的一点普通见解总括写出来，做一个结论。

结论

人类社会的进化，大概分两条路子：一边是由简单的变为复杂的，如文字的增添之类；一边是由繁复的变为简易的，如礼仪的变简之类。近来的人，听得一个"由简而繁，由浑而画"的公式，以为进化的秘诀全在于此了。却不知由简而繁固然是进化的一种，由繁而简也是进化的一条大路。即如文字固是逐渐增多，但文法却逐渐变简。拿英文和希腊拉丁文比较，便是文法变简的进化，汉文也有逐渐变简的痕迹。古代的代名词，"吾""我"有别，"尔""汝"有别，"彼""之"有别。现代变为"我""你""他""我们""你们""他们"，使主次宾次变为一律，使多数单数的变化也归一律。

这不是一大进化吗？古代的字如马两岁叫做"驹"，三岁叫做"𬳿"，八岁叫做"𬴂"；又马高六尺为"骄"，七尺为"騋"。这都是很不规则的变化，现在都变简易了。

我举这几个例，来证明由繁而简也是进化。再举礼仪的变迁，更可以证明这个道理。我们试请一位孔教会的信徒，叫他把一部《仪礼》来实行，他做得到吗？何以做不到呢？因为古人生活简单，那些一半祭司一半贵族的士大夫，很可以玩那"一献之礼宾主百拜"的把戏儿。后来生活复杂了，谁也没有工夫来干这揖让周旋的无谓繁文。因此，自古以来，礼仪一天简单一天，虽有极顽固的复古家，势不能恢复那"礼仪三百，威仪三千"的盛世规模。故社会生活变复杂了，是一进化。同时礼仪变简单了，也是一进化。由我们现在的生活，要想回到茹毛饮血、穴居野外的生活，固是不可能；但是由我们现在简单礼节，要想回到那揖让周旋、宾主百拜的礼节，也是不可能。

懂得这个道理，方才可以谈礼俗改良，方才可以谈丧礼改良。

简单说来，我对于丧礼问题的意见是：

一、现在的丧礼比古礼简单多了，这是自然的趋势，不能说是退化。将来社会的生活更复杂，丧礼应该变得更简单。

二、现在丧礼的坏处，并不在不行古礼，乃在不曾把古代遗留下来的许多虚伪仪式删除干净。例如不行"寝苫枕块"的礼，并不是坏处；但自称"苫块昏迷"，便是虚伪的坏处。又如古礼，儿子居丧，用种种自己刻苦的仪式，"水浆不入于口者三日，杖而后能起"，所以必须用杖。现在的人不行这种野蛮的风俗，本是一大进步，并不是一种坏处；但做"孝子"的仍旧拿着哭丧棒，这便是作伪了。

三、现在的丧礼还有一种大坏处，就是一方面虽然废去古代的繁重礼节，一方面又添上了许多迷信的、虚伪的、野蛮风俗。例如地狱天堂、轮回果报等等迷信，在丧礼上便发生了和尚念经超度亡人，棺材头点"随身灯"，做法事"破地狱""破血盆湖"等等迷信的风俗。

四、现在我们讲改良丧礼，当从两方面下手。一方面应该把古丧礼遗下的种种虚伪仪式删除干净，一方面应该把后世加入的种种野蛮迷信的仪式删除干净。这两方面破坏工夫做到了，方才可以有一种近于人情，适合于现代生活状况的丧礼。

五、我们若要实行这两层破坏的工夫，应该用什么做去取的标准呢？我仔细想来，没有绝对的标准，只有一个活动的标准，就是"为什么"三个字。我们每做一件事，每行一种礼，总得问自己：我为什么要做这件事？为什么要行那种礼（例如我上面所举"点主"一件事）？能够每事要寻一个"为什么"，自然不肯行那些说不出为什么要行的种种陋俗了。凡事不问为什么要这样做，便是无意识的习惯行为。那是下等动物的行为，是可耻的行为！

（原题《我对于丧礼的改革》）

我的儿子

一、汪长禄先生来信

昨天上午我同太虚和尚访问先生，谈起许多佛教历史和宗派的话，耽搁了一点多钟的工夫，几乎超过先生平日见客时间的规则五倍以上，实在抱歉得很。后来我和太虚匆匆出门，各自分途去了。晚边回寓，我在桌子上偶然翻到最近《每周评论》的文艺那一栏，上面题目是"我的儿子"四个字，下面署了一个"适"字，大约是先生做的。这种议论我从前在《新潮》《新青年》各报上面已经领教多次，不过昨日因为见了先生，加上"叔度汪汪"的印象，应该格外注意一番。我就不免有些意见，提起笔来写成一封白话信，送给先生，还求指教指教。

大作说："树本无心结子，我也无恩于你。"这和孔融所说的"父之于子当有何亲……""子之于母亦复奚为……"差不多同一样的口气。我且不去管他。下文说的："但是你既来了，我不能不养你教你，那是我对人道的义务，并不是待你的恩谊。"这就是做父母一方面的说法。换一方面说,做儿子的也可模仿同样口气说道:"但是我既来了,你不能不养我教我,那是你对人道的义务,并不是待我的恩谊。"那么两方面凑泊起来,简直是亲子的关系,一方面变成了跛形的义务者,他一方面变成了跛形的权利者,实在未免太不平等了。平心而论,旧时代的见解,好端端生在社会一个人,前途何等遥远,责任何等重大,为父母的单希望他做他俩的儿子,固然不对。但是照先生的主张,竟把一般做儿子的抬举起来,看做一个"白吃不回账"的主顾,那又未免太"矫枉过正"罢。

现在我且丢却亲子的关系不谈,先设一个譬喻来说。假如有位朋友留我在他家里住上若干年,并且供给我的衣食,后来又帮助我的学费,一直到我能够独立生活,他才放手。虽然这位朋友发了一个大愿,立心做个大施主,并不希望我些许报答,难道我自问良心能够就是这么拱拱手同他离开便算了吗?我以为亲子的关系,无论怎样改革,总比朋友较深一层。就是同朋友一样平等看待,果然有个鲍叔再世,把我看做管仲一般,也不能够说"不是待我的恩谊"罢。

大作结尾说道:"我要你做一个堂堂的人,不要你做我的孝顺儿子。"这话我倒并不十分反对。但是我以为应该加上一个字,可以这么说:"我要你做一个堂堂的人,不单要你做我的孝顺儿子。"为什么要加上这一个字呢?因为儿子孝顺父母,也是做人的一种信条,和那"悌弟""信友""爱群"等等是同样重要的。旧时代学说把一切善行都归纳在"孝"字里面，诚然流弊百出。但一定要把"孝"字"驱逐出境"，划在做人事业范围以外，好像人做了孝子，便不能够做一个堂堂的人。换一句话，就是人若要做一个堂堂的人，便非打定主意做一个不孝之子不可。总而言之，先生把"孝"字看得与做人的信条立在相反的地位。我以为"孝"字虽然没有"万能"的本领，但总还够得上和那做人的信条凑在一起，何必如此"雷厉风行"硬要把他"驱逐出境"呢？

　　前月我在一个地方谈起北京的新思潮，便联想到先生个人身上。有一位是先生的贵同乡，当时插嘴说道："现在一般人都把胡适之看做洪水猛兽一样，其实适之这个人旧道德并不坏。"说罢，并且引用事实为证。我自然是很相信的。照这位贵同乡的说话推测起来，先生平日对于父母当然不肯做那"孝"字反面的行为，是决无疑义了。我怕的是一般根底浅薄的青年，动辄抄袭名人一两句话，敢于扯起幌子，便"肆无忌惮"起来。打个比方，有人昨天看见《每周评论》上先生的大作，也便可以说道："胡先生教我做一个堂堂的人，万不可做父母的孝顺儿子。"久而久之，社会上布满了这种议论，那么任凭父母老病冻饿以至于死，却可以不去管他了。我也知道先生的本意无非看见旧式家庭对于"束缚驰骤"，急急地要替他调换空气，不知不觉言之太过，那也难怪。从前朱晦庵说得好，"教学者如扶醉人"，现在的中国人真算是大多数醉倒了。先生可怜他们，当下告奋勇，使一股大劲，把他从东边扶起。我怕是用力太猛，保不住又要跌向西边去。那不是和没有扶起一样吗？万一不幸，连生命都要送掉，那又向谁叫冤呢？

我很盼望先生有空闲的时候，再把那"我的父母"四个字做个题目，细细的想一番。把做儿子的对于父母应该怎样报答的话（我以为一方面做父母的儿子，同时在他方面仍不妨做社会上一个人），也得咏叹几句，"恰如分际""彼此兼顾"，那才免得发生许多流弊。

二、我答汪先生的信

前天同太虚和尚谈论，我得益不少。别后又承先生给我这封很诚恳的信，感谢之至。

"父母于子无恩"的话，从王充、孔融以来，也很久了。从前有人说我曾提倡这话，我实在不能承认。直到今年我自己生了一个儿子，我才想到这个问题上去。我想这个孩子自己并不曾自由主张要生在我家，我们做父母的不曾得他的同意，就糊里糊涂的给了他一条生命。况且我们也并不曾有意送给他这条生命。我们既无意，如何能居功？如何能自以为有恩于他？他既无意求生，我们生了他，我们对他只有抱歉，更不能"施恩"了。我们糊里糊涂的替社会上添了一个人，这个人将来一生的苦乐祸福，这个人将来在社会上的功罪，我们应该负一部分的责任。说得偏激一点，我们生一个儿子，就好比替他种下了祸根，又替社会种下了祸根。他也许养成坏习惯，做一个短命浪子；他也许更堕落下去，做一个军阀派的走狗。所以我们"教他养他"，只是我们自己减轻罪过的法子，只是我们种下祸根之后自己补过弥缝的法子。这可以说是恩典吗？

我所说的，是从做父母的一方面设想的，是从我个人对于我自己的儿子设想的，所以我的题目是"我的儿子"。我的意思是要我这个儿子晓得我对他只有抱歉，决不居功，决不市恩。至于我的儿子将来怎样待我，那是他自己的事。我决不期望他报答我的恩，因为我已宣言无恩于他。

先生说我把一般做儿子的抬举起来，看做一个"白吃不还账"的主顾。这是先生误会我的地方。我的意思恰同这个相反。我想把一般做父母的抬高起来，叫他们不要把自己看做一种"放高利债"的债主。

先生又怪我把"孝"字驱逐出境。我要问先生，现在"孝子"两个字究竟还有什么意义？现在的人死了父母都称"孝子"。孝子就是居父母丧的儿子（古书称为"主人"），无论怎样忤逆不孝的人，一穿上麻衣，戴上高梁冠，拿着哭丧棒，人家就称他做"孝子"。

我的意思以为古人把一切做人的道理都包在孝字里，故战阵无勇，莅官不敬，等等，都是不孝。这种学说，先生也承认他流弊百出。所以我要我的儿子做一个堂堂的人，不要他做我的孝顺儿子。我的意思以为"一个堂堂的人"决不至于做打爹骂娘的事，决不至于对他的父母毫无感情。

但是我不赞成把"儿子孝顺父母"列为一种"信条"。易卜生的《群鬼》里有一段话很可研究（《新潮》第五号页八五一）：

> 孟代牧师　你忘了没有，一个孩子应该爱敬他的父母？
>
> 阿尔文夫人　我们不要讲得这样宽泛。应该说："欧士华应该爱敬阿尔文先生（欧士华之父）吗？"

这是说，"一个孩子应该爱敬他的父母"是耶教一种信条，但是有时未必适用。即如阿尔文一生纵淫，死于花柳毒，还把遗毒传给他的儿子欧士华，后来欧士华毒发而死。请问欧士华应该孝顺阿尔文吗？若照中国古代的伦理观念自然不成问题。但是在今日可不能不成问题了。假如我染着花柳毒，生下儿子又聋又瞎，终身残废，他应该爱敬我吗？又假如我把我的儿子应得的遗产都拿去赌输了，使他衣食不能完全，教育不能得着。他应该爱敬我吗？又假如我卖国卖主义，做了一国一世的大罪人，他应该爱敬我吗？

至于先生说的，恐怕有人扯起幌子，说："胡先生教我做一个堂堂的人，万不可做父母的孝顺儿子。"这是他自己错了。我的诗是发表我生平第一次做老子的感想，我并不曾教训人家的儿子！

总之，我只说了我自己承认对儿子无恩，至于儿子将来对我作何感想，那是他自己的事，我不管了。

先生又要我作"我的父母"的诗。我对于这个题目，也曾有诗，载在《每周评论》第一期和《新潮》第二期里。

不　朽

——我的宗教

不朽有种种说法，但是总括看来，只有两种说法是真有区别的。一种是把"不朽"解作灵魂不灭的意思。一种就是《春秋左传》上说的"三不朽"。

（一）神不灭论　宗教家往往说灵魂不灭，死后须受末日的裁判：做好事的享受天国天堂的快乐，做恶事的要受地狱的苦痛。这种说法，几千年来不但受了无数愚夫愚妇的迷信，居然还受了许多学者的信仰。但是古今往来也有许多学者对于灵魂是否可离形体而存在的问题，不能不发生疑问。最重要的如南北朝人范缜的《神灭论》说："形者，神之质；神者，形之用。……神之于质，犹利之于刃；形之于用，犹刃之于利。……舍利无刃，舍刃无利。未闻刃没而利存，岂容形亡而神在？"宋朝的司马光也说："形既朽灭，神亦飘散，虽有锉烧舂磨，亦无所施。"但是司马光说的"形既朽灭，神亦飘散"，还不免把形与神看作两件事，不如范缜说的更透彻。范缜说人的神灵即是形体的作用，形体便是神灵的形质。正如刀子是形质，刀子的利钝是作用；有刀子方才有利钝，没有刀子便没有利钝。人有形体方才有作用：这个作用，我们叫做"灵魂"。若没有形体，便没有作用了，便没有灵魂了。

范缜这篇《神灭论》出来的时候，惹起了无数人的反对。梁武帝叫了七十几个名士作论驳他，都没有什么真有价值的议论。其中只有沈约的《难范缜〈神灭论〉》说："利若遍施四方，则利体无处复立……利之为用，正存一边毫毛处耳。神之与形，举体若合，又安得同乎？……若以此譬为尽耶？则不尽。若谓本不尽耶？则不可以为譬也。"这一段是说刀是无机体，人是有机体，故不能彼此相比。这话固然有理，但终不能推翻"神者形之用"的议论。近世唯物派的学者也说人的灵魂并不是什么无形体，独立存在的物事，不过是神经作用的总名，灵魂的种种作用都即是脑部各部分的机能作用；若有某部被损伤，某种作用即时废止；人幼年时脑部不曾完全发达，神灵作用也不能完全，老年人脑部渐渐衰耗，神灵作用也渐渐衰耗。这种议论的大旨，与范缜所说"神者形之用"正相同。但是有许多人总舍不得把灵魂打消了，所以咬住说灵魂另是一种神秘玄妙的物事，并不是神经的作用。这个"神秘玄妙"的物事究竟是什么，他们也说不出来，只觉得总应该有这么一件物事。既是"神秘玄妙"，自然不能用科学试验来证明他，也不能用科学试验来驳倒他。既然如此，我们只好用实验主义（Pragmatism）的方法，看这种学说的实际效果如何，以为评判的标准。依此标准看来，信神不灭论的固然也有好人，信神灭论的也未必全是坏人。即如司马光、范缜、赫胥黎一类的人，说不信灵魂不灭的话，何尝没有高尚的道德？更进一层说，有些人因为迷信天堂、天国、地狱、末日裁判，方才修德行善，这种修行全是自私自利的，也算不得真正道德。总而言之，灵魂灭不灭的问题，于人生行为上实在没有什么重大影响；既没有实际的影响，简直可说是不成问题了。

（二）三不朽说　《左传》说的三种不朽是：（一）立德的不朽，（二）立功的不朽，（三）立言的不朽。"德"便是个人人格的价值，像墨翟、耶稣一类的人，一生刻意孤行，精诚勇猛，使当时的人敬爱信仰，使千百年后的人想念崇拜。这便是立德的不朽。"功"便是事业，像哥仑布发现美洲，像华盛顿造成美洲共和国，替当时的人开一新天地，替历史开一新纪元，替天下后世的人种下无量幸福的种子。这便是立功的不朽。"言"便是语言著作，像那《诗经》三百篇的许多无名诗人，又像陶潜、杜甫、莎士比亚、易卜生一类的文学家，又像柏拉图、卢骚、弥儿一类的哲学家，又像牛顿、达尔文一类的科学家，或是作了几首好诗使千百年后的人欢喜感叹；或是做了几本好戏使当时的人鼓舞感动，使后世的人发愤兴起；或是创出一种新哲学，或是发明了一种新学说，或在当时发生思想的革命，或在后世影响无穷。这便是立言的不朽。总而言之，这种不朽说，不问人死后灵魂能不能存在，只问他的人格，他的事业、他的著作有没有永远存在的价值。即如基督教徒说耶稣是上帝的儿子，他的神灵永远存在，我们正不用驳这种无凭据的神话，只说耶稣的人格、事业和教训都可以不朽，又何必说那些无谓的神话呢？又如孔教会的人到了孔丘的生日，一定要举行祭孔的典礼，还有些人学那"朝山进香"的法子，要赶到曲阜孔林去对孔丘的神灵表示敬意！其实孔丘的不朽全在他的人格与教训，不在他那"在天之灵"。大总统多行两次丁祭，孔教会多走两次"朝山进香"，就可以使孔丘格外不朽了吗？更进一步说，像那《三百篇》里的诗人，也没有姓名，也没有事实，但是他们都可说是立言的不朽。为什么呢？因为不朽全靠一个人的真价值，并不靠姓名事实的流传，也不靠灵魂的存在。试看古今来的多少大发明家，那发明火的，发明养蚕的，发明缫丝的，发明织布的，发明水车的，发明舂米的水碓的，发明规矩的，发明秤的……虽然姓名不传，事实湮没，但他们的功业永远存在，他们也就都不朽了。这种不朽比那个人的小小灵魂的存在，可不是更可宝贵，更可羡慕吗？况且那灵魂的有无还在不可知之中，这三种不朽——德、功、言——可是实在的。这三种不朽可不是比那灵魂的不灭更靠得住吗？

以上两种不朽论，依我个人看来，不消说的，那"三不朽说"是比那"神不灭说"好得多了，但是那"三不朽说"还有三层缺点，不可不知。第一，照平常的解说看来，那些真能不朽的人只不过那极少数有道德、有功业、有著述的人。还有那无量平常人难道就没有不朽的希望吗？世界上能有几个墨翟、耶稣，几个哥仑布、华盛顿，几个杜甫、陶潜，几个牛顿、达尔文呢？这岂不成了一种"寡头"的不朽论吗？第二，这种不朽论单从积极一方面着想，但没有消极的裁制。那种灵魂的不朽论既说有天国的快乐，又说有地狱的苦楚，是积极、消极两方面都顾着的。如今单说立德可以不朽，不立德又怎样呢？立功可以不朽，有罪恶又怎样呢？第三，这种不朽论所说的"德，功，言"三件，范围都很含糊。究竟怎样的人格方才可算是"德"呢？怎样的事业方才可算是"功"呢？怎样的著作方才可算是"言"呢？我且举一个例。哥仑布发现美洲固然可算得立了不朽之功，但是他船上的水手火头又怎样呢？他那只船的造船工人又怎样呢？他船上用的罗盘器械的制造工人又怎样呢？他所读的书的著作者又怎样呢？……举这一条例，已可见"三不朽"的界限含糊不清了。

因为要补足这三层缺点，所以我想提出第三种不朽论来请大家讨论。我一时想不起别的好名字，姑且称他做"社会的不朽论"。

（三）社会的不朽论　社会的生命，无论是看纵剖面，是看横截面，都像一种有机的组织。从纵剖面看来，社会的历史是不断的；前人影响后人，后人又影响更后人。没有我们的祖宗和那无数的古人，又那里有今日的我和你？没有今日的我和你，又那里有将来的后人？没有那无量数的个人，便没有历史，但是没有历史，那无数的个人也决不是那个样子的个人：总而言之，个人造成历史，历史造成个人。从横截面看来，社会的生活是交互影响的，个人造成社会，社会造成个人：社会的生活全靠个人分工合作的生活，但个人的生活，无论如何不同，都脱不了社会的影响；若没有那样这样的社会，决不会有这样那样的我和你；若没有无数的我和你，社会也决不是这个样子。来勃尼慈（Leibnitz）说得好：

> 这个世界乃是一片大充实（plenum，为真空Vacuum之对），其中一切物质都是接连着的。一个大充实里面有一点变动，全部的物质都要受影响，影响的程度与物体距离的远近成正比例。世界也是如此。每一个人不但直接受他身边亲近的人的影响，并且间接又间接的受距离很远的人的影响。所以世间的交互影响，无论距离远近，都受得着的。所以世界上的人，每人受着全世界一切动作的影响。如果他有周知万物的智慧，他可以在每人的身上看出世间一切施为，无论过去未来都可看得出，在这一个现在里面便有无穷时间空间的影子。（见*Monadology*第六十一节）

从这个交互影响的社会观和世界观上面，便生出我所说的"社会的不朽论"来。我这"社会的不朽论"的大旨是：

我这个"小我"不是独立存在的，是和无量数小我有直接或间接的交互关系的；是和社会的全体和世界的全体都有互为影响的关系的；是和社会世界的过去和未来都有因果关系的，种种从前的因，种种现在无数"小我"和无数他种势力所造成的因，都成了我这个"小我"的一部分。我这个"小我"，加上了种种从前的因，又加上了种种现在的因，传递下去，又要造成无数将来的"小我"。这种种过去的"小我"，和种种现在的"小我"，和种种将来无穷的"小我"，一代传一代，一点加一滴；一线相传，连绵不断；一水奔流，滔滔不绝：——这便是一个"大我"。"小我"是会消灭的，"大我"是永远不灭的。"小我"是有死的，"大我"是永远不死，永远不朽的。"小我"虽然会死，但是每一个"小我"的一切作为，一切功德罪恶，一切语言行事，无论大小，无论是非，无论善恶，一一都永远留存在那个"大我"之中。那个"大我"，便是古往今来一切"小我"的纪功碑、彰善祠、罪状判决书，孝子慈孙百世不能改的恶谥法。这个"大我"是永远不朽的，故一切"小我"的事业、人格，一举一动，一言一笑，一个念头，一场功劳，一桩罪过，也都永远不朽。这便是社会的不朽，"大我"的不朽。

　　那边"一座低低的土墙，遮着一个弹三弦的人"。那三弦的声浪，在空间起了无数波澜；那被冲动的空气质点，直接、间接冲动无数旁的空气质点；这种波澜，由近而远，至于无穷空间；由现在而将来，由此刹那以至于无量刹那，至于无穷时间：——这已是不灭不朽了。那时间，那"低低的土墙"外边来了一位诗人，听见那三弦的声音，忽然起了一个念头；由这一个念头，就成了一首好诗；这首好诗传诵了许多人，人读了这诗，各起种种念头；由这种种念头，更发生无量数的念头，更发生无数的动作，以至于无穷。然而那"低低的土墙"里面那个弹三弦的人又如何知道他所发生的影响呢？

一个生肺病的人在路上偶然吐了一口痰。那口痰被太阳晒干了，化为微尘，被风吹起空中，东西飘散，渐吹渐远，至于无穷时间，至于无穷空间。偶然一部分的病菌被体弱的人呼吸进去，便发生肺病，由他一身传染一家，更由一家传染无数人家。如此辗转传染，至于无穷空间，至于无穷时间。然而那先前吐痰的人的骨头早已腐烂了，他又如何知道他所种的恶果呢？

一千五六百年前有一个人叫做范缜说了几句话道："神之于形，犹利之于刃；未闻刃没而利存，岂容形亡而神在？"这几句话在当时受了无数人的攻击。到了宋朝有个司马光把这几句话记在他的《资治通鉴》里。一千五六百年之后，有一个十一岁的小孩子——就是我——看到《通鉴》这几句话，心里受了一大感动，后来便影响了他半生的思想行事。然而那说话的范缜早已死了一千五百年了！

二千六七百年前，在印度地方有一个穷人病死了，没人收尸，尸首暴露在路上，已腐烂了。那边来了一辆车，车上坐着一个王太子，看见了这个腐烂发臭的死人，心中起了一念；由这一念，辗转发生无数念。后来那位王太子把王位也抛了，富贵也抛了，父母妻子也抛了，独自去寻思一个解脱生老病死的方法。后来这位王子便成了一个教主，创了一种哲学的宗教，感化了无数人。他的影响势力至今还在；将来即使他的宗教全灭了，他的影响势力终久还存在，以至于无穷。这可是那腐烂发臭的路毙者所曾梦想到的吗？

以上不过是略举几件事，说明上文说的"社会的不朽"，"大我的不朽"。这种不朽论，总而言之，只是说个人的一切功德罪恶，一切言语行事，无论大小好坏，——都留下一些影响在那个"大我"之中，——都与这永远不朽的"大我"一同永远不朽。

上文我批评那"三不朽论"的三层缺点：（一）只限于极少数的人，（二）没有消极的裁制，（三）所说"功，德，言"的范围太含糊了。如今所说"社会的不朽"，其实只是把那"三不朽论"的范围更推广了。既然不论事业功德的大小，一切都可不朽，那第一、第三两层短处都没有了。冠绝古今的道德功业固可以不朽，那极平常的"庸言庸行"，油盐柴米的琐屑，愚夫愚妇的细事，一言一笑的微细，也都永远不朽。那发现美洲的哥仑布固可以不朽，那些和他同行的水手火头，造船的工人，造罗盘器械的工人，供给他粮食衣服银钱的人，他所读的书的著作家，生他的父母，生他父母的父母祖宗，以及生育训练那些工人商人的父母祖宗，以及他以前和同时的社会……都永远不朽，社会是有机的组织，那英雄伟人可以不朽，那挑水的、烧饭的，甚至于浴堂里替你擦背的，甚至于每天替你家掏粪倒马桶的，也都永远不朽。至于那第二层缺点，也可免去。如今说立德不朽，行恶也不朽；立功不朽，犯罪也不朽；"流芳百世"不朽，"遗臭万年"也不朽；功德盖世固是不朽的善因，吐一口痰也有不朽的恶果。我的朋友李守常先生说得好："稍一失脚，必致遗留层层罪恶种子于未来无量的人，——即未来无量的我，——永不能消除，永不能忏悔。"这就是消极的裁制了。

中国儒家的宗教提出一个父母的观念，和一个祖先的观念，来做人生一切行为的裁制力。所以说，"一出言而不敢忘父母，一举足而不敢忘父母"。父母死后，又用丧礼、祭礼等等见神见鬼的方法，时刻提醒这种人生行为的裁制力。所以又说，"斋明盛服，以承祭祀，洋洋乎如在其上，如在其左右"。又说，"斋三日，则见其所为斋者；祭之日，入室，僾然必有见乎其位；周还出户，肃然必有闻乎其容声；出户而听，忾然必有闻乎其叹息之声"。这都是"神道设教"，见神见鬼的手段。这种宗教的手段在今日是不中用了。还有那种"默示"的宗教，神权的宗教，崇拜偶像的宗教，在我们心里也不能发生效力，不能裁制我们一生的行为。以我个人看来，这种"社会的不朽"观念很可以做我的宗教了。我的宗教的教旨是：

> 我这个现在的"小我"，对于那永远不朽的"大我"的无穷过去，须负重大的责任；对于那永远不朽的"大我"的无穷未来，也须负重大的责任。我须要时时想着，我应该如何努力利用现在的"小我"，方才可以不辜负了那"大我"的无穷过去，方才可以不遗害那"大我"的无穷未来？

（跋）这篇文章的主意是民国七年年底当我的母亲丧事里想到的。那时只写成一部分，到八年二月十九日方才写定付印。后来俞颂华先生在报纸上指出我论社会是有机体一段很有语病，我觉得他的批评很有理，故九年二月间我用英文发表这篇文章时，我就把那一段完全改过了。十年五月，又改定中文原稿，并记作文与修改的缘起于此。

晚年谈话录①

今天先生谈起应酬的痛苦，一次进城要费四小时，深深感到浪费时间的可惜。

先生又谈起《容忍与自由》一文说：这些短文比论文难写，足足费了几个晚上的工夫。

先生谈起"容忍与自由"里引用"王制"里的话是四"杀"，但在《四十自述》里引的"诛"字，不是"杀"字，这是当年没有查查原书的错误。我们应该知道光靠记忆是靠不住的。于是谈起傅孟真的记忆真好："他有一次在美国演讲，身旁不带一张纸，但他在黑板上把《汉书》和《史记》的《儒林传》不同之处完全写出来，你看他的记性多好！他也许早一晚做了苦工，第二天有意这样表演的。"胡颂平说："先生的记忆力也了不得。"先生说："我的记性不好，我是靠硬记的。"

今天给浦薛凤的侄子写了贺婚的立轴十一个字：

---

① 自胡颂平著《胡适之先生晚年谈话录》。文中"先生"，即胡适。

晏平仲善与人交，久而敬之。

先生说：久而敬之这句话，也可以作夫妇相处的格言。

所谓敬，就是尊重。用现在的话来说，就是尊重对方的人格。要能做到尊重对方的人格，才有永久的幸福。

今天夜里，先生对王志维说："有些人真聪明，可惜把聪明用得不得当，他们能够记得二三十年前朋友谈天的一句话，或是某人骂某人的一句话。我总觉他们的聪明太无聊了。人家骂我的话，我统统都记不起了，并且要把它忘记得更快更好！"

一位数学研究所的研究员来见，穿起新西装，头发也理过，可是不戴领带。先生问他今天为什么打扮得这么整齐？他说：下午将要参加人家的喜宴。先生说："人家的喜事，要么不参加；你既要去参加，就应该对主人表示敬意，应该戴上领带；如果你没有，我可以送你一条。"

今天先生谈起当年见康有为时，康说："我的东西都是二十六岁以前写的。卓如（梁启超的字）以后继续有进步，我不如他。"

又谈起："一个人作了大官后就没有用了。一切由人家服侍，结果什么事都不会做；所以我劝你们不要招待我，至少让我一个星期内有一天可以自己做点事。不然的话，一个人什么事也不会做，就变成废人了。"

中午饭桌上，先生谈起一个爱国的人，不能把自己看得太重。现在负有国家重大责任的人，在从前，可以说是国家的大臣；历代的大臣也有大臣的风范，在北宋时期是最好的；到了徽宗以后，才有党争，风气就差了，北宋的政治是最文明的政治。如唐朝贞观时代，也杀了不知多少人才，不能和北宋比的。

我们谈起"气度"。胡颂平问："一个人的气度是天赋的，还是从修养而来的？"先生说："都是从修养而来的。"胡颂平说："魏晋时代称许别人的器局、器干，多指风范气度而言。如谢安，他没有出任以前就有重名了，王导如此，就是宋朝的王安石，也是如此。"先生说："王家自三国的魏国时起来的，一直多少代都做大事；谢家没有王家那么久，也有好几代了，他们未出仕之前就养好了风度了。王谢的历史都很久。像唐朝的颜、柳二家，北宋的吕家，都是很有渊源的。他们的气度全是从修养而来的。"

今天先生谈起他从小就训练自己帮助自己做事情。说：

"在外国，什么都要自己动手做的，那有人来帮助我？"胡颂平问："对父兄师长呢？"先生说："大家都要自己做的。要人家服侍，那是做老太爷的做法。一个人，应该有他的Privacy，去年（四十八年三月十三夜）我答程沧波的信里讨论Privacy这个字，在中国文字中没有一个字能够包含这个字的意思，——说是'私生活'吗？每个人都愿意有一个时候过他的私生活，不愿意有人在他的身旁。你们这样服侍我，整天过的都是公的生活，不是私生活了。所以我劝你们应该让我自己多做点事情。"

今天谈起一个机关主管的调动，往往有许多工作人员跟着进退的情形。先生说："我到任何机关是不带人的。我不带人，什么人都是我的人；如果带了几个人，人家就有分别了，说这个是我的人，这是什么人的人了。"

先生谈起记忆，说："我现在老了，记忆力差了。我以前在中国公学当校长的时候，人在上海，书在北平，由一位在铁路局工作的族弟代我管理的。我要什么书，写信告诉他这部书放在书房右首第三个书架第四格里，是蓝封面的，叫什么书名。我的族弟就照我信上说的话，立刻拿到寄来给我。我看了的书，还是左边的一页上，还是右边的一页上，我可以记得。这个叫做'视觉的心'。"

胡颂平问："记性好的人，是不是都是天分高的？"先生说："不。记性好的并不是天分高，只可以说，记性好可以帮助天分高的人。记性好，知道什么材料在什么书里，容易帮助你去找材料。做学问不能全靠记性的；光凭记性，通人会把记的改成通顺的句子，或者多几个字，或少几个字，或者变更了几个字，但都通顺可诵。这是通人记性的靠不住。引用别人的句子，一定要查过原书才可靠。"

先生因此谈起罗光著的《利玛窦传》，立刻到书房的书架上取了《利玛窦传》，翻开这书第十四章《南昌交游》，指着"利玛窦诵读诗章，一遍之后，即可顺背或倒背"的故事给胡颂平看，说："记忆是可以训练的。利玛窦的《记法》这部书，我没有看见过。记忆，就是用心去记住。随看随忘，那是没有什么用处的。"

胡颂平又问："先生也是过目成诵吗？"先生说："不，我只有'视觉的意象'，不能成诵的。利玛窦能倒诵，真是了不得！"先生又说："像元任，有时也能倒背诗章。我是不懂语音学的，不晓得他们是背得好玩，还是有什么意义？"

下午先生谈起一做工作的人是没有假期的。像我，从来没有假期；我就不知道暑假、寒假，今天是星期天或是星期几。美国有一位医生，因为我的关系，他也认识了许多中国人。有一天，他对我说："我发现你们中国人有一个毛病，就是不休假的病。"我仔细一想：的确是没有休假的病。丁在君到了暑假时要到秦皇岛去避暑，我就没有在君的摩登，我是没有假期的。

今天发现一件录稿上有一个错字，因谈起朱子《小学》上教人做官的方法是勤谨和缓四个字：

> 勤，就是不偷懒，就是傅孟真所谓"上穷碧落下黄泉，动手动脚找东西"，——这样的去找材料，叫做"勤"。
> 谨，就是不苟且。要非常的谨慎、非常的精密、非常的客观，叫做"谨"。
> 和，就是不生气，要虚心，要平实。
> 缓，就是不要忙，要从从容容的校对，宁可迟几天办好，不要匆忙有错。

先生说："这勤、谨、和、缓四个字本来是前辈教人作官的方法，我把它拿来作为治学的方法。这本《小学》，我从少时都会背得出来的。"

辜鸿铭

　　现在的人看见辜鸿铭拖着辫子、谈着"尊王大义"，一定以为他是向来顽固的。却不知辜鸿铭当初是最先剪辫子的人，当他壮年时，衙门里拜万寿，他坐着不动。后来人家谈革命了，他才把辫子留起来。辛亥革命时，他的辫子还不曾养全，他带着假发接的辫子，坐着车子乱跑，很出风头。这种心理很可研究。当初他是"立异以为高"，如今竟是"久假而不归"了。

"宁鸣而死，不默而生"

几年前，有人问我，美国开国前期争自由的名言"不自由，毋宁死"（原文是Patrick Henry在一七七五年的"给我自由，否则给我死"，"Give me liberty, or give me death"），在中国有没有相似的话。我说，我记得是有的，但一时记不清是谁说的了。

我记得是在王应麟的《困学纪闻》里见过有这样一句话，但这几年我总没有机会去翻查《困学纪闻》。今年偶然买得一部影印元本的《困学纪闻》，昨天检得卷十七有这一条：

> 范文正《灵乌赋》曰："宁鸣而死，不默而生。"其言可以立儒。

"宁鸣而死，不默而生"，当时往往专指谏诤的自由，我们现在叫做言论自由。

范仲淹生在西历九八九年，死在一〇五二年，他死了九百零三年了。他作《灵乌赋》答梅圣俞的《灵乌赋》，大概是在景祐三年（一〇三六）他同欧阳修、余靖、尹洙诸人因言事被贬谪的时期。这比亨利·柏得烈的"不自由，毋宁死"的话要早七百四十年。这也可以特别记出，作为中国争自由史上的一段佳话。

梅圣俞名尧臣，生在西历一〇〇三年，死在一〇六一年。他的集中有《灵乌赋》。原是寄给范仲淹的，大意是劝他的朋友们不要多说话。赋中有这句子：

> 凤不时而鸣乌哑哑兮，
> 招唾骂于邑间。
> 乌兮，事将兆而献忠，
> 人反谓尔多凶。
> ……
> 胡不若凤之时鸣，
> 人不怪兮不惊！
> ……
> 乌兮尔灵，
> 吾今语汝，庶或我（原作汝，似误）听。
> 结尔舌兮钤尔喙，
> 尔饮啄兮尔自遂，
> 同翱翔兮八九子，
> 勿噪啼兮勿睥睨，
> 往来城头无尔累。

这篇赋的见解、文辞都不高明。（圣俞后来不知因何事很怨恨范文正，又有《灵乌后赋》，说他"憎鸿鹄之不亲，爱燕雀之来附。既不我德，又反我怒。……远己不称，昵己则誉"。集中又有《谕乌诗》，说，"乌时来佐凤，署置且非良，咸用所附己，欲同助翱翔"。此下有一长段丑诋的话，好像也是骂范文正的。这似是圣俞传记里一件疑案；前人似没有注意到。）

范仲淹作《灵乌赋》，有自序说：

梅君圣俞作是赋，曾不我鄙，而寄以为好。因勉而和之，庶几感物之意同归而殊途矣。

因为这篇赋是中国古代哲人争自由的重要文献，所以我多摘抄几句：

灵乌，灵乌，
尔之为禽兮何不高飞而远翥？
何为号呼于人兮告吉凶而逢怒！
方将折尔翅而烹尔躯，
徒悔焉而亡路。
彼哑哑兮如诉，

请臆对而忍谕:

我有生兮累阴阳之含育,

我有质兮虑天地之覆露。

长慈母之危巢,

托主人之佳树。

......

母之鞠兮孔艰,

主之仁兮则安。

度春风兮既成我以羽翰,

眷高柯兮欲去君而盘桓。

思报之意,厥声或异:

警于末形,恐于未炽。

知我者谓吉之先,

不知我者谓凶之类。

故告之则反灾于身,

不告之则稔祸于人。

主恩或忘,我怀靡臧。

虽死而告,为凶之防。

亦由桑妖于庭,惧而修德,俾王之兴;

雉怪于鼎,惧而修德,俾王之盛。

天听甚迩,人言曷病!

被希声之凤皇,

亦见讥于楚狂。

彼不世之麒麟，

亦见伤于鲁人。

凤岂以讥而不灵？

麟岂以伤而不仁？

故割而可卷，孰为神兵？

焚而可变，孰为英琼？

宁鸣而死，不默而生！

胡不学太仓之鼠兮，

何必仁为，丰食而肥？

仓苟竭兮，吾将安归！

又不学荒城之狐兮，

何必义为，深穴而威？

城苟圮兮，吾将畴依！

……

我乌也勤于母兮自天，

爱于主兮自天。

人有言兮是然。

人无言兮是然。

　　这是九百多年前一个中国政治家争取言论自由的宣言。

　　赋中"警于未形，恐于未炽"两句，范公在十年后（一〇四六）在他最后被贬谪之后一年，作《岳阳楼记》，充分发挥成他最有名的一段文字：

> 嗟夫，予尝求古仁人之心，……不以物喜，不以己悲，居庙堂之高则忧其民，处江湖之远则忧其君，是进亦忧，退亦忧。然则何时而乐耶？其必曰"先天下之忧而忧，后天下之乐而乐"乎？噫，微斯人，吾谁与归？

当前此三年（一〇四三）他同韩琦、富弼同在政府的时期，宋仁宗有手诏，要他们"尽心为国家诸事建明，不得顾忌"。范仲淹有《答手诏条陈十事》，引论里说：

> 我国家革五代之乱，富有四海，垂八十年。纲纪制度，日削月侵，官壅于下，民困于外，夷狄骄盛，寇盗横炽，不可不更张以救之。

这是他在那所谓"庆历盛世"的警告。那十事之中，有"精贡举"一事，他说：

> ……国家乃专以辞赋取进士，以墨义取诸科，士皆舍大方而趋小道。虽济济盈庭，求有才有识者，十无一二。况天下危困，乏人如此，将何以救？在乎教以经济之业，

取以经济之才，庶可以救其不逮。或谓救弊之术无乃后时，臣谓四海尚完，朝谋而夕行，庶乎可济。安得晏然不救、坐俟其乱哉！

这是在中原沦陷之前八十三年提出的警告。这就是范仲淹说的"警于未形，恐于未炽"；这就是他说的"先天下之忧而忧"。

从中国向来智识分子的最开明的传统看，言论的自由，谏诤的自由，是一种"自天"的责任，所以说，"宁鸣而死，不默而生"。

从国家与政府的立场看，言论的自由可以以鼓励人人肯说"警于未形，恐于未炽"的正论危言，来替代小人们天天歌功颂德、鼓吹升平的滥调。

纽约读书笔记

容忍与自由（一）

十七八年前，我最后一次会见我的母校康奈尔大学的史学大师布尔先生（George Lincoln Burr）。我们谈到英国史学大师阿克顿（Lord Acton）一生准备要著作一部《自由之史》，没有写成他就死了。布尔先生那天谈话很多，有一句话我至今没有忘记。他说，"我年纪越大，越感觉到容忍（tolerance）比自由更重要"。

布尔先生死了十多年了，他这句话我越想越觉得是一句不可磨灭的格言。我自己也有"年纪越大，越觉得容忍比自由还更重要"的感想。有时我竟觉得容忍是一切自由的根本：没有容忍，就没有自由。

我十七岁的时候（一九〇八）曾在《竞业旬报》上发表几条《无鬼丛话》，其中有一条是痛骂小说《西游记》和《封神榜》的，我说：

《王制》有之："假于鬼神、时日、卜筮以疑众，杀。"吾独怪夫数千年来之排治权者，之以济世明道自期者，乃懵然不之注意，惑世诬民之学说得以大行，遂举我神州民族投诸极黑暗之世界！

这是一个小孩子很不容忍的"卫道"态度。我在那时候已是一个无鬼论者、无神论者，所以发出那种摧除迷信的狂论，要实行《王制》（《礼记》的一篇）的"假于鬼神、时日、卜筮以疑众，杀"的一条经典！

我在那时候当然没有梦想到说这话的小孩子在十五年后（一九二三）会很热心的给《西游记》作两万字的考证！我在那时候当然更没有想到那个小孩子在二三十年后还时时留心搜求可以考证《封神榜》的作者的材料！我在那时候也完全没有想想《王制》那句话的历史意义。那一段《王制》的全文是这样的：

> 析言破律，乱名改作，执左道以乱政，杀。作淫声、异服、奇技奇器以疑众，杀。行伪而坚，言伪而辩，学非而博，顺非而泽以疑众，杀。假于鬼神、时日、卜筮以疑众，杀。此四诛者，不以听。

我在五十年前，完全没有懂得这一段话的"诛"正是中国专制政体之下禁止新思想、新学术、新信仰、新艺术的经典的根据。我在那时候抱着"破除迷信"的热心，所以拥护那"四诛"之中的第四诛："假于鬼神、时日、卜筮以疑众，杀。"我当时完全没有想到第四诛的"假于鬼神……以疑众"和第一诛的"执左道以乱政"的两条罪名都可以用来摧残宗教信仰的自由。我当时也完全没有注意到郑玄注里用了公输般作"奇技异器"的例子；更没有注意到孔颖达《正义》里举了"孔子为鲁司寇七日而诛少正卯"的例子来解释"行伪而坚，言伪而辩，学非而博，顺非而泽以疑众，杀"。故第二诛可以用来禁绝艺术创作的自由，也可以用来"杀"许多发明"奇技异器"的科学家。故第三诛可以用来摧残思想的自由、言论的自由、著作出版的自由。

我在五十年前引用《王制》第四诛，要"杀"《西游记》《封神榜》的作者。那时候我当然没有梦想到十年之后我在北京大学教书时就有一些同样"卫道"的正人君子也想引用《王制》的第三诛，要"杀"我和我的朋友们。当年我要"杀"人，后来人要"杀"我，动机是一样的：都只因为动了一点正义的火气，就都失掉容忍的度量了。

我自己叙述五十年前主张"假于鬼神、时日、卜筮以疑众，杀"的故事，为的是要说明我年纪越大，越觉得"容忍"比"自由"还更重要。

……

我自己总觉得，这个国家、这个社会、这个世界，绝大多数人是信神的，居然能有这雅量，能容忍我的无神论，能容忍我这个不信神也不信灵魂不灭的人，能容忍我在国内和国外自由发表我的无神论的思想，从没有人因此用石头掷我，把我关在监狱里，或把我捆在柴堆上用火烧死。我在这个世界里居然享受了四十多年的容忍与自由。我觉得这个国家、这个社会、这个世界对我的容忍度量是可爱的，是可以感激的。

所以我自己总觉得我应该用容忍的态度来报答社会对我的容忍。所以我自己不信神，但我能诚心的谅解一切信神的人，也能诚心的容忍并且敬重一切信仰有神的宗教。

我要用容忍的态度来报答社会对我的容忍，因为我年纪越大，我越觉得容忍的重要意义。若社会没有这点容忍的气度，我决不能享受四十多年大胆怀疑的自由，公开主张无神论的自由了。

在宗教自由史上，在思想自由史上，在政治自由史上，我们都可以看见容忍的态度是最难得、最稀有的态度。人类的习惯总是喜同而恶异的，总不喜欢和自己不同的信仰、思想、行为。这就是不容忍的根源。不容忍只是不能容忍和我自己不同的新思想和新信仰。一个宗教团体总相信自己的宗教信仰是对的，是不会错的，所以它总相信那些和自己不同的宗教信仰必定是错的，必定是异端、邪教。一个政治团体总相信自己的政治主张是对的，是不会错的，所以它总相信那些和自己不同的政治见解必定是错的，必定是敌人。

一切对异端的迫害，一切对"异己"的摧残，一切宗教自由的禁止，一切思想言论的被压迫，都由于这一点深信自己是不会错的心理。因为深信自己是不会错的，所以不能容忍任何和自己不同的思想信仰了。

试看欧洲的宗教革新运动的历史。马丁·路德（Martin
Luther）和约翰·高尔文（John Calvin）等人起来革新宗教，本
来是因为他们不满意于罗马旧教的种种不容忍，种种不自由。
但是新教在中欧、北欧胜利之后，新教的领袖们又都渐渐走上
了不容忍的路上去，也不容许别人起来批评他们的新教条了。
高尔文在日内瓦掌握了宗教大权，居然会把一个敢独立思想、
敢批评高尔文的教条的学者塞维图斯（Servetus）定了"异端邪
说"的罪名，把他用铁链锁在木桩上，堆起柴来，慢慢的活烧
死。这是一五五三年十月二十三日的事。

这个殉道者塞维图斯的惨史，最值得人们的追念和反省。
宗教革新运动原来的目标是要争取"基督教的人的自由"和
"良心的自由"。何以高尔文和他的信徒们居然会把一位独立
思想的新教徒用慢慢的火烧死呢？何以高尔文的门徒（后来继
任高尔文为日内瓦的宗教独裁者）柏时（de Beze）竟会宣言
"良心的自由是魔鬼的教条"呢？

基本的原因还是那一点深信我自己是"不会错的"的心
理。像高尔文那样虔诚的宗教改革家，他自己深信他的良心确
是代表上帝的命令，他的口和他的笔确是代表上帝的意志，那
么他的意见还会错吗？他还有错误的可能吗？在塞维图斯被烧
死之后，高尔文曾受到不少人的批评。1554年，高尔文发表一
篇文字为他自己辩护，他毫不迟疑的说，"严厉惩治邪说者的

权威是无可疑的，因为这就是上帝自己说话。……这工作是为上帝的光荣战斗"。

上帝自己说话，还会错吗？为上帝的光荣作战，还会错吗？这一点"我不会错"的心理，就是一切不容忍的根苗。深信我自己的信念没有错误的可能（infallible），我的意见就是"正义"，反对我的人当然都是"邪说"了。我的意见代表上帝的意旨，反对我的人的意见当然都是"魔鬼的教条"了。

这是宗教自由史给我们的教训：容忍是一切自由的根本；没有容忍"异己"的雅量，就不会承认"异己"的宗教信仰可以享自由。但因为不容忍的态度是基于"我的信念不会错"的心理习惯，所以容忍"异己"是最难得，最不容易养成的雅量。

在政治思想上，在社会问题的讨论上，我们同样的感觉到不容忍是常见的，而容忍总是很稀有的，我试举一个死了的老朋友的故事作例子。四十多年前，我们在《新青年》杂志上开始提倡白话文学的运动，我曾从美国寄信给陈独秀，我说：

此事之是非，非一朝一夕所能定，亦非一二人所能定。甚愿国中人士能平心静气与吾辈同力研究此问题。讨论既熟，是非自明。吾辈已张革命之旗，虽不容退缩，然亦决不敢以吾辈所主张为必是而不容他人之匡正也。

独秀在《新青年》上答我道：

鄙意容纳异议，自由讨论，固为学术发达之原则。独至改良中国文学当以白话为正宗之说，其是非甚明，必不容反对者有讨论之余地；必以吾辈所主张者为绝对之是，而不容他人之匡正也。

我当时看了就觉得这是很武断的态度。现在在四十多年之后，我还忘不了独秀这一句话，我还觉得这种"必以吾辈所主张者为绝对之是"的态度是很不容忍的态度，是最容易引起别人的恶感，是最容易引起反对的。

我曾说过，我应该用容忍的态度来报答社会对我的容忍。我现在常常想我们还得戒律自己：我们若想别人容忍谅解我们的见解，我们必须先养成能够容忍谅解别人的见解的度量。至少我们应该戒约自己决不可"以吾辈所主张者为绝对之是"。我们受过实验主义的训练的人，本来就不承认有"绝对之是"，更不可以"以吾辈所主张者为绝对之是"。

容忍与自由（二）

雷先生！自由中国社的各位朋友！我感觉到刚才有位来宾说的话最为恰当。夏涛声先生一进门就对我说："恭喜恭喜！这个年头能活到十年，是不容易的。"我觉得夏先生这话，很值得作为《自由中国》半月刊创刊十周年的颂词。这个年头能活上十年，的确是不容易的。自由中国社所以能够维持到今天，可说是雷儆寰先生以及他的一班朋友继续不断努力奋斗的结果。今天十周年的纪念会，我们的朋友，如果是来道喜，应该向雷先生道喜；我只是担任了头几年发行人的虚名。雷先生刚才说：他口袋里有几个文件，没有发表。我想过去的事情，雷先生可以把它写出来。他所提到的两封信，也可以公开的。记得民国三十八年三四月间，我们几个人在上海；那时我们感觉到这个形势演变下去，会把中国分成"自由的"和"被奴役的"两部分，所以我们不能不注意这一个"自由"与"奴役"的分野，同时更不能不注意"自由中国"这个名字。我想，可能那时我们几个人是最早用"自由中国"这个名字的。后来几位朋友想到成立一个"自由中国出版社"。当初并没有想要办杂志，只想出一点小册子。所以"自由中国出版社"刚成立时，只出了一些小册子性质的刊物。我于四月六日离开上海，搭威尔逊总统轮到美国。在将要离开上海时，他们要我写一篇《自由中国社的宣言》。后来我就在到檀香山途中，凭我想到的写了四条宗旨，寄回来请大家修改。但雷先生他们都很客气，就用当初我在船上所拟的稿子，没有修改一字；《自由中国》半月刊出版以后，每期都登载这四条宗旨。《自由中国》半月刊创刊到现在已十年了。回想这十年来，我们所希望做到的事情没有能够完全做到，所以在这十周年纪念会中，我们不免有点失望。不过我们居然能够有这十年的生命，居然能在这样困难中生存到今天，这不能不归功于雷先生同他的一班朋友的努力；同时我们也很感谢海内外所有爱护《自由中国》的作者和读者。

原来我曾想到今天应该说些什么话；后来没有写好。不过我今天也带来了一点预备说话的资料。在今年三四月间，我写了一封信给《自由中国》编辑委员会同仁；同时我也写了一篇文章，文章登在《自由中国》第二十卷第六期，信登在第七期。那篇文章的题目是《容忍与自由》。后来由毛子水先生写了一篇《〈容忍与自由〉书后》；殷海光先生也写了一篇《胡适论〈容忍与自由〉读后》：都登在《自由中国》二十卷七期上。前几天出版的《自由中国》创刊十周年纪念特刊，有二十几位朋友写文章。毛子水先生也写了一篇《〈自由中国〉十周年感言》，内容同我们在几个月之前所讲的话意思差不多。同时雷先生也有一篇文章，讲我们说话的态度。记得雷先生在五年前已有一篇文章讲到关于舆论的态度。所以这个问题很值得我们想一想。今天我想说的话，也是从几篇文章中的意思，择几点出来说一说。

我在《容忍与自由》一文中提出一点：我总以为容忍的态度比自由更重要，比自由更根本。我们也可说，容忍是自由的根本。社会上没有容忍，就不会有自由。无论古今中外都是这样：没有容忍，就不会有自由。人们自己往往都相信他们的想法是不错的，他们的思想是不错的，他们的信仰也是不错的：这是一切不容忍的本源。如果社会上有权有势的人都感觉到他们的信仰不会错，他们的思想不会错，他们就不许人家信仰自由，思想自由，言论自由，出版自由。所以我在那个时候提出这个问题来，一方面实在是为了对我们自己说话，一方面也是为了对政府、对社会上有力量的人说话，总希望大家懂得容忍是双方面的事。一方面我们运用思想自由、言论自由的权利时，应该有一种容忍的态度；同时政府或社会上有势力的人，也应该有一种容忍的态度。大家都应该觉得我们的想法不一定是对的，是难免有错的。因为难免有错，便应该容忍逆耳之言；这些听不进去的话，也许有道理在里面。这是我写《容忍与自由》那篇文章主要的意思。后来毛子水先生写了一篇《书后》。他在那篇文章中指出：胡适之先生这篇文章的背后有一个哲学的基础。他引述我于民国三十五年在北京大学校长任内作开学典礼演讲时所说的话。在那次演说里，我引用了宋朝的大学问家吕伯恭先生的两句话，就是："善未易明，理未易察。"宋朝的理学家，都是讲"明善、察理"的。所谓"善未易明，理未易察"，就是说善与理是不容易明白的。我引用这两句话，第二天在报上发表出来，被共产党注意到了……说："胡适之说这两句话是有作用的；胡适之想拿这两句话来欺骗民众，替蒋介石辩护，替国民党辩护。"过了十二三年，毛先生又引用了这两句话。所谓"理未易明"，就是说真理是不容易弄明白的。这不但是我写《容忍与自由》这篇文章的哲学背景，所有一切保障自由的法律和制度，都可以说建立在"理未易明"这句话上面。

最近出版的《自由中国》创刊十周年纪念的特刊中，毛子水先生写了一篇《〈自由中国〉十周年感言》。他在那篇文章中又提到一部世界上最有名的书，就是出版了一百年的穆勒的《自由论》（*On Liberty*）；从前严又陵先生翻译为《群己权界论》。毛先生说：这本书，到现在还没有一本白话文的中译本。现在有白话文的中译本了：约翰·密尔《论自由》，程崇华译，一九五九年三月商务印书馆出版，为"汉译世界学术名著丛书"之一。严又陵先生翻译的《群己权界论》，到现在已有五六十年；可惜当时国人很少喜欢"真学问"的，所以并没有什么大影响。毛先生认为主持政治的人和主持言论的人，都不可以不读这部书。穆勒在该书中指出，言论自由为一切自由的根本。同时穆勒又以为，我们大家都得承认我们认为"真理"的，我们认为"是"的，我们认为"最好"的，不一定就是那样的。这是穆勒在那本书的第二章中最精彩的意思。凡宗教所提倡的教条，社会上所崇尚的道德，政府所谓对的东西，可能是错的，是没有价值的。你要去压迫和毁灭的东西，可能是真理。假如是真理，你把它毁灭掉，不许它发表，不许它出现，岂不可惜！万一你要打倒的东西，不是真理，而是错误：但在错误当中，也许有百分之几的真理，你把它完全毁灭掉，不许它发表，那几分真理也一同被毁灭掉了。这不也是可惜的吗？再有一点：主持政府的人，主持宗教的人总以为他们的信仰，他们的主张完全是对的；批评他们或反对他们的人是错的。尽管他们所想的是对的，他们也不应该不允许人家自由发表言论。为什么呢？因为如果教会或政府所相信的是真理，但不让人家来讨论或批评它，结果这个真理就变成了一种成见，一种教条。久而久之，因为大家都不知道当初立法或倡教的精神和用意所在，这种教条，这种成见，便慢慢趋于腐烂。总而言之，言论所以必须有自由，最基本的理由是：可能我们自己的信仰是错误的；我们所认为真理的，可能不完全是真理，可能是错的。这就是刚才我说的，在七八百年以前，我们的一位大学者吕伯恭先生所提出来的观念，就是"理未易明"。"理"不是这样容易弄得明白的！毛子水先生说，这是胡适之所讲"容忍"的哲学背景。现在我公开的说，毛先生的解释是很对的。同时我受到穆勒大著《自由论》的影响很大。我颇希望在座有研究有兴趣的朋友，把这部大书译成白话的、加注解的中文本，以飨我们主持政治和主持言论的人士。

　　在殷海光先生对我的《容忍与自由》一文所写的一篇《读后》里，他也赞成我的意见。他说如果没有"容忍"，如果说我的主张都是对的，不会错的，结果就不会允许别人有言论自由。我曾在《容忍与自由》一文中举一个例子；殷先生也举了一个例子。我的例子，讲到欧洲的宗教革命。欧洲的宗教革命完全是为了争取宗教信仰自由。但我在那篇文章中指出，等到主持宗教革命的那些志士获得胜利以后，他们就慢慢的走到不容忍的路上去。从前他们争取自由，现在他们自由争取到了，就不允许别人争取自由。我举例说，当时领导宗教革命的约翰·高尔文（John Calvin）掌握了宗教大权，就压迫新的批评宗教的言论。后来甚至于把一个提倡新的宗教思想的学者塞维图斯（Servetus）用铁链锁在木桩上，堆起柴来慢慢烧死。这是一个很惨的故事。因为约翰·高尔文他相信自己思想不会错，他的思想是代表上帝；他把反对他的人拿来活活的烧死是替天行道。殷海光先生所举的例也很惨。在法国革命之初，大家都主张自由；凡思想自由、信仰自由、宗教自由、言论出版自由，都明定在人权宣言中。但革命还没有完全成功，那时就起来了一位罗伯斯比尔（Robespierre）。他在争到政权以后，就完全用不容忍的态度对付反对他的人，尤其是对许多旧日的皇族。他把他们送到断头台上处死。仅巴黎一地，上断头台的即有二千五百人之多，形成法国大革命期间的恐怖统治。这一班当年主张自由的人，一朝当权，就反过来摧残自由，把主张自由的人烧死了，杀死了。推究其根源，还是因为没有"容忍"。他认为我不会错；你的主张和我的不一样，当然是你错了。我才是代表真理的。你反对我，便是反对真理：当然该死。这就是不容忍。

不过殷先生在那篇文章中又讲了一段话。他说：同是容忍，无权无势的人容忍容易，有权有势的人容忍很难。所以他好像说，胡适之先生应该多向有权有势的人说说容忍的意思，不要来向我们这班拿笔杆的穷书生来说容忍。我们已是容忍惯了。殷先生这番话，我也仔细想过。我今天想提出一个问题来，就是：究竟谁是有权有势的人？还是有兵力、有政权的人才可以算有权有势呢？或者我们这班穷书生、拿笔杆的人也有一点权，也有一点势呢？这个问题也值得我们想一想。我想有许多有权有势的人，所以要反对言论自由，反对思想自由，反对出版自由，他们心里恐怕觉得他们有一点危险。他们心里也许觉得那一班穷书生拿了笔杆在白纸上写黑字而印出来的话，可以得到社会上一部分人的好感，得到一部分人的同情，得到一部分人的支持。这个就是力量。这个力量就是使有权有势的人感到危险的原因。所以他们要想种种法子，大部分是习惯上的，来反对别人的自由。诚如殷海光先生说的，用权用惯了，颐指气使惯了。不过他们背后这个观念倒是准确的；这一班穷书生在白纸上写黑字而印出来的，是一种力量，而且是一种可怕的力量，是一种危险的力量。所以今天我要请殷先生和在座的各位先生想一想，究竟谁是有权有势？今天在座的大概都是拿笔杆写文章的朋友。我认为我们这种拿笔杆发表思想的人，不要太看轻自己。我们要承认，我们也是有权有势的人。因为我们有权有势，所以才受到种种我们认为不合理的压迫，甚至于像"围剿"等。人家为什么要"围剿"？还不是对我们力量的一种承认吗？所以我们这一班主持言论的人，不要太自卑。我们不是弱者；我们也是有权有势的人。不过我们的势力，不是那种幼稚的势力，也不是暴力。我们的力量，是凭人类的良知而存在的。所以我要奉告今天在座的一百多位朋友，不要把我们自己看得太弱小；我们也是强者。但我们虽然也是强者，我们必须有容忍的态度。所以毛子水先生指出我在《容忍与自由》那篇文章里说的话，不仅是对压迫言论自由的人说的，也是对我们主持言论的人自己说的。这就是说，我们自己要存有一种容忍的态度。我在那篇文章中又特别指出我的一位死去的朋友陈独秀先生的主张：他说中国文学一定要拿白话文做正宗；我们的主张绝对的是，不许任何人有讨论的余地。我对于"我们的主张绝对的是"这个态度，认为要不得。我也是那时主张提倡白话文的一个人，但我觉得他这种不能容忍的态度，容易引起反感。

所以我现在要说的就是两句话：第一，不要把我们自己看成是弱者。有权有势的人当中，也包括我们这一班拿笔杆的穷书生；我们也是强者。第二，因为我们也是强者，我们也是有权有势的人，我们绝对不可以滥用我们的权力。我们的权力要善用之，要用得恰当：这就是毛先生主张的，我们说话要说得巧。毛先生在《〈自由中国〉十周年感言》中最后一段说：要使说话有力量，当使说话顺耳，当使说出的话让人家听得进去。不但要使第三者觉得我们的话正直公平，并且要使受批评的人听到亦觉得心服。毛先生引用了《礼记》上的两句话，就是："情欲信，辞欲巧。"内心固然要忠实，但是说话亦要巧。从前有人因为孔子看不起"巧言令色"，所以要把这个"巧"字改成了"考"（诚实的意思）字。毛先生认为可以不必改；这个巧字的意思很好。我觉得毛先生的解释很对。所谓"辞欲巧"，就是说的话令人听得进去。怎么样叫做巧呢？我想在许多在座的学者面前背一段书做例子。有一次我为《中国古代文学史选例》选几篇文章，就在《论语》中选了几篇文章作代表。其中有一段，就文字而论，我觉得在《论语》中可以说是最美的。拿今天所说的说话态度讲，可以说是最巧的。现在我把这段书背出来——定公问："一言而可以兴邦，有诸？"孔子对曰："言不可以若是；其几也！人之言曰：'为君难，为臣不易。'如知为君之难也，不几乎一言而兴邦乎？"曰："一言而丧邦，有诸？"孔子对曰："言不可以若是；其几也！人之言曰：'予无乐乎为君；唯其言而莫予违也。'如其善而莫之违也，不亦善乎！如不善而莫之违也，不几乎一言而丧邦乎？"《论语》中这一段对话，不但文字美妙，而且说话的人态度非常坚定，而说话又非常客气，非常婉转，够得上毛子水先生所引用的"情欲信，辞欲巧"中的"巧"字。所以我选了这一段作为《论语》中第一等的文字。

现在我再讲一点。譬如雷先生：他是最努力的一个人；他是《自由中国》半月刊的主持人。最近他写了一篇文章，也讲到说话的态度。他用了十个字，就是："对人无成见；对事有是非。"底下他说："对任何人没有成见。……就事论事。由分析事实去讨论问题；由讨论问题去发掘真理。"我现在说话，并不是要驳雷先生；不过我要借这个机会问问雷先生：你是否对人没有成见呢？譬如你这一次特刊上请了二十几个人做文章；你为什么不请代表官方言论的陶希圣先生和胡健中先生做文章？可见雷先生对人并不是没有一点成见的。尤其是今天请客，为什么不请平常想反对我们言论的人，想压迫我们言论的人呢？所以，要做到一点没有成见，的确不是容易的事情。至于"对事有是非"，也是这样。这个是与非，真理与非真理，是很难讲的。我们总认为我们所说的是对的；真理在我们这一边。所以我觉得要想做到毛先生所说"克己"的态度，做到殷海光先生所说"自我训练"的态度，做到雷先生所说"对人无成见，对事有是非"十个字，是很不容易的。如要想达到这个自由，恐怕要时时刻刻记取穆勒《自由论》第二章的说话。我颇希望殷海光先生能把它翻译出来载在《自由中国》这个杂志上，使大家能明白言论自由的真谛，使大家知道从前哲人为什么抱着"善未易明，理未易察"的态度。

雷先生在那篇文章中又说："我们要用负责的态度，来说有分际的话。"这就是说，我们说话要负责；如果说错了，我愿意坐监牢、罚款，甚至于封闭报馆。讲到说有分际的话，这也不是容易做到的。不过我们总希望雷先生同我们的朋友一起来做。怎么样叫做"说有分际的话"呢？就是说话要有分量。我常对青年学生说：我们有一分的证据，只能说一分的话；我有七分证据，不能说八分的话；有了九分证据，不能说十分的话，也只能说九分的话。我们常听人说到"讨论事实"。什么叫"事实"，很难认清。公公有公公的事实；婆婆有婆婆的事实；儿媳有儿媳的事实；公公有公公的理；婆婆有婆婆的理；儿媳有儿媳的理。我们只应该用负责任的态度，说有分际的话。所谓"有分际"，就是"有几分证据，说几分话"。如果我们大家都能自己勉励自己，做到我们几个朋友在困难中想出来的话，如"容忍""克己""自我训练"等，我们自己来管束自己，再加上朋友的诫勉，我相信我们可以做到"说话有分际"的地步。同时我相信，今后十年的《自由中国》，一定比前十年的《自由中国》更可以做到这个地步。